换位游戏

矫健 著

作家出版社

图书在版编目（CIP）数据

换位游戏 / 矫健著 .—北京：作家出版社，2020.8
（矫健天局三部曲）
ISBN 978-7-5212-0774-3

Ⅰ. ①换… Ⅱ. ①矫… Ⅲ. ①长篇小说—中国—当代
Ⅳ. ① I247.5

中国版本图书馆 CIP 数据核字（2019）第 254770 号

换位游戏

作　　者：矫　健
责任编辑：省登宇　周李立
装帧设计：琥珀视觉
出版发行：作家出版社有限公司
社　　址：北京农展馆南里 10 号　　　邮　　编：100125
电话传真：86-10-65067186（发行中心及邮购部）
　　　　　86-10-65004079（总编室）
E-mail:zuojia @ zuojia.net.cn
http://www.zuojiachubanshe.com
印　　刷：北京盛通印刷股份有限公司
成品尺寸：145×210
字　　数：240 千
印　　张：10.125
版　　次：2020 年 8 月第 1 版
印　　次：2020 年 8 月第 1 次印刷
ISBN 978-7-5212-0774-3
定　　价：45.00 元

目　录

A　鹰巢

D　归路

A　鷹巣

一 化装晚会与外来者

这是豪华而盛大的场面。在外国大片里这样的场面多的是。你闭上眼睛，马上可以看见如云的美女、灿烂的明星……我懒得多形容。作为主角，我得尽量保持矜持，脸上挂着淡淡的笑容，似乎自己是一个局外人。

许多人比我更激动。比如我们的蔡经理，这位因好心肠与肥胖而显得有些傻气的女人，眼角竟泛起晶莹的泪花。她在我耳边反反复复地说：真是激动人心的时刻，令人终生难忘的时刻！她可能联想起自己的婚礼。

人们有理由激动。晚会的唯一奖品——一只重达一千二百克的纯金地球，在一束强光的照射下，闪耀着令人眩晕的光芒。主要是我眩晕，因为这奖品是颁给我的。作为蓝天证券公司最佳经纪人，我将获得这份荣誉与实用价值同样沉甸甸的奖品。

主持人以清脆悦耳的声音呼唤我的名字，大厅响起如雷的掌声。最佳男主角、新当选的影帝，我面带微笑，微露漂亮洁白的牙齿（公司女孩盛传我的牙齿全是珍珠打磨而成），迈着尽可能稳重的步履，走上主席台。此时我是一个醉汉，头脑晕晕乎乎，金球、美女、枝形吊灯，董事长、总经理咧开的笑口……所有的一切在我眼前旋转。

当然，这是我的个人感受。在外人看来，我仍是那只冷漠而天真、骄傲而好奇，性格矛盾古怪的孤独鹰。

正局级老干部，我们的董事长秦伯山，把价值十五万元的金地球送入我的怀中，并很有领导风度地和我握握手。我感觉到，在握手的过程中，他暗暗捏了我一下，不知要提醒我注意什么。总经理周峻涛则以热情奔放的洋派风格拥抱了我，这位海归派学者煽情地喊道：孤独鹰辛遥，你是我们公司的骄傲。你总是创造奇迹，而我们需要奇迹。让我们为奇迹欢呼鼓掌吧！

晚会的气氛达到高潮。来自全国各地的分公司经理、业务骨干、投资精英拼命鼓掌。音乐声大起。香槟。鲜花。美女闪亮的眼睛。无数赞美的话语。这一切构成奇妙的梦境。

我不能忘记自己扮演的角色。酒会开始了，我端着高脚玻璃杯，在形形色色的人物中间周旋。这些人我大多不认识，蓝天证券公司是一艘庞大的航空母舰，谁能记住每一个水手的面孔？好在我是明星。我只需面带微笑，朝谁举举杯子，那人就会以为我把他当作朋友，暗自得意。

我们的经理蔡阿姨，像保姆一样跟在我身后，不住嘀咕：少喝一点，少喝一点……她甚至勇敢地为我挡驾，面对无数敬酒者挺起高耸的胸脯，说：不能让他多喝酒，我要保护他的脑袋！

这话显然有一种威慑作用。敬酒者把目光投向我高高突起的额头，脸上显出敬畏的神情。他们说：蔡经理，要么你替辛遥把酒喝了！蔡阿姨毫不犹豫地拿过我手中的酒杯，将酒一饮而尽。她很快面孔涨红，显出醉意。她拍着自己的大头傻笑：我的脑袋不值钱，坏了也没关系……

是的，作为一个天才的操盘手，我的脑袋确实具有无法估算的价值。在刚刚过去的一年，我独自操盘坐庄，为蔡阿姨所领导的湖南路证券营业部创造了上亿元的利润！这就是公司老总们奖励我一只纯金地球的原因。我的绰号"孤独鹰"，在证券界赫赫有名。业内人士都为我凶悍的操盘手法、敢死队一般连封涨停板的强庄风格而震撼！

她朝我投来幽幽的一瞥。我知道，演好这个角色的难点出现了。我向她走去，向她伸出手臂。陶薇，我的法定女友，应该亮相了。她有一种天生的学者风度，与她当副市长的父亲一样，善于把一切复杂矛盾隐藏在那副精巧的金丝眼镜后面。我挽着陶薇的手臂，把晚会的要人们一一介绍给她。其实，这样做完全没有必要，陶副市长分管金融工作，他女儿陶薇又是证监局一位前途无量的年轻干部，我们这个圈子里的人谁不认识她？今晚我如此光辉灿烂，恐怕有一半是托她的福。可她歪着小脑袋，做出一副小鸟依人的模样，听着人们对我的溢美之词，脸上荡漾着幸福的笑容。她可真会装！

我们的爱情已经名存实亡。我提醒自己，千万别被她此刻的形象所迷惑。我们决定分手，至少已有半年的时光，可她不愿意将此消息公之于众。特别是，她不希望父亲看见我们分手的结局。说实话，这位差点儿当上我岳父的副市长，还真的十分喜欢我。我每个星期天照样到陶薇家去，乖巧地扮演毛脚女婿的角色。陶薇为什么这样做？这出戏还得演多久？我不得而知。

陶薇贴在我耳边说：待会儿上我家，把你的奖品拿给爸爸看看。

她吹气如兰，我心中春意荡漾。我马上提醒自己：这种感觉要不得，与我扮演的角色相悖逆。于是我豁然道：一切听从安排，散会我就跟你走。

陶薇抱紧我的胳膊，我清晰地感觉到她那丰满而又富有弹性的乳房。她说：高兴点儿，别冷着脸儿。

我心狂跳。我想抽出胳膊，离她远点儿，但办不到。这就是难点。我喜欢陶薇，可我扮演的角色不爱她，甚至有些厌烦她。我怎么办？这种地方最容易露出马脚。我得有点唐僧精神，才能渡过难关。

说到这里，我得将谜底揭开一角。我是赝品。就是说，真正的明星孤独鹰辛遥不在此地，我只是扮演他的角色。

对于我来说，眼前的一切只是梦境，当然，这是我向往已久的世界。作为外来者，我以某种神奇的方式，一下子飞入欢乐梦境！你可能开始感兴趣了，我们就是要讲有点意思的故事。

我的名字：辛远。我的真实身份是中学语文教师，来自一个遥远的海岛。

当然，扮演孤独鹰得有一点儿绝活，如果我整晚老老实实站在这里，向所有的人鞠躬致敬，肯定会有人怀疑我。孤独鹰酷着呢，他可不会那样老实！我反复询问自己：此时此地此情此景他会怎样做怎样做怎样做？……

犹如画龙点睛，我挥出精彩一笔。我悄悄放下小酒杯，往厕所走去。

走廊上，我遇见副经理贝宁。他装醉，故意用膀子撞我一下，问：哪去？我说：尿尿。他哼一声：天才也会尿尿？

我径直往厕所走去，不再理睬他。我知道嫉妒使他几乎疯狂。这是一个化装晚会，人人都戴着假面具。别看他们笑容可掬，怀着与贝宁同样心态的大有人在，这一点我心里很清楚。别把众人当回事，否则你就是傻瓜。我并没有在小便池前站立，天才不屑与芸芸众生一起尿尿。我迅速走出侧门，穿过停车场，离开这家豪华的大酒店。

是的，我不辞而别，扬长而去。孤独鹰独往独来，一飞冲天，怎会拘于常人礼节？同志们拜拜，股神我走也！

我走在僻静的小路上，为自己的精彩表演而自豪。想到秦董、周总瞅着被我遗弃的金地球面面相觑，想到陶薇失落的神情，想到蔡经理一脸崇敬地摊开手掌，胖鹅似的转着圈对周围的人说：看哪，这就是天才！他脑袋里的东西跟我们就是不一样、不一样……

所有的情景就像电影一样在我眼前叠映，使我兴奋至极。我跳起来，往空中抢胳膊，又打了一个长长的呼哨。

我的新生活开始了。真他妈刺激！

如果我那晚冷静一些，就会发现有个人鬼魅一般跟在我后面，他的皮鞋准确地踩着我的头影……

二 换位游戏

我在海岛隐居。得到这机会，要归功于我的弟弟辛远。我摆脱喧嚣世界，远离灯红酒绿，在我的出生地、在大海母亲的怀抱中享受着宁静安逸。

现在，我是镇海中学初二语文教师，没有人能发现我与辛远的差别。学校刚放暑假，没有多少事情可做，我得以从容适应新生活。我穿过空旷的校园，校长宫本安迎面走来，他背着双手，朝我略一点头。我毕恭毕敬地打招呼，侧身给他让路。走进教师办公室，与和我年龄相仿的女教师热情地说笑。她们流盼的眼神，使我感受到弟弟平时所受的青睐。我在办公室桌前坐下，静静地批阅学生作文本。对于自己扮演的角色，我十分投入。

如果你是一个聪明的读者，也许已经掌握到我们这个故事的关键：是的，我，辛遥，与辛远是一对双胞胎兄弟。

除了我双目失明的母亲，这世上没人能把我们区分出来。母亲不是用眼睛，而是用心来辨别她的两个儿子。外人谁能做到这一点呢？所以，在这个以貌取人的社会里，我们的换位计划得以顺利实现。

我和弟弟从小就喜欢玩这套把戏，曾在老师同学、亲戚朋友当中制造过无数笑话。我们互相扮演对方的角色，驾轻就熟，天衣无缝。我们穿同样的衣服，用同样的语调神态说话，并有把握使所有的人犯同样可笑的错误。小学三年级时，老师把我们分别安排在两个小组学习，我和弟弟就互换角色，到对方的小组参加活动。同学们的误会总要闹出许多笑话，我和弟弟就在无人的地方放声大笑。到了中学，常常有女生流露爱慕之意，我们的恶作剧又更进一步，互相冒名顶替，听女孩子红着脸倾吐心曲。读大学时，我因追一个外地女孩不得不旷课，弟弟甚至顶替我在班上混了半个月，无人知晓。换位游戏给我和辛远留下无数美妙记忆，因此我们坚信，这个游戏永远不会露出破绽。如今，我们使出这一绝招，在人生道路上调换一下角色，演绎一段离奇而精彩的故事，岂不妙哉？

这一构思也是弟弟触发的。我回家探望母亲，在海岛小住几日，辛远这家伙就纠缠着我，要我带他下海。他说：如今有点本事的人都下海经商，能不能赚钱且不说，轰轰烈烈活几天，让生命得一番历练，也不枉做一条男子汉！

我劝他：下海会呛水的，那滋味可不好受。

辛远朝我瞪起眼睛：别吓我，你已经做出了榜样！

他是指我从财经大学毕业，分配在一家银行工作，两年后我毅然辞职，到股市摸爬滚打，才有了今天的成就。弟弟与我同年考上大学，他就读文科，毕业后分配回家乡教学。见我下海，他也蠢蠢欲动。我坚决制止他：兄弟二人不能都辞职，万一失败，谁来养活母亲？辛远默然答应，守着海岛，守着母亲。于是，我就像欠了他一笔债，事业上我越成功，他就越受刺激。他要得到一种补偿，这补偿又不是金钱所能解决的，我真不知道该怎样安抚他。

我对他说：辛远，我说一句心里话，现在我真想上岸。我身心疲惫，空虚无聊，厌烦整个生活。打个比方吧，我身陷一片汪洋，无论怎么游，眼前只见水天一色。你说，我心中盼望什么？我盼望看见彼岸，登上陆地，寻得一种踏实可靠的感觉。你相不相信？

辛远疑惑地望着我：为什么？你有病？

我说：很难跟你说明白。你只有过上我那种生活，才能理解我的心情。

辛远坚决地说：我想过，哪怕过一天也行。

我凝视着他的眸子：你知道吗？我那种表面光鲜的生活，其实是有罪的。

辛远不愿深思，把话题引到另一个方向：我要下海，你想上岸，我们能换一换就好了。

说到"换"字，我们两人的眼睛同时亮起来。仿佛有一道灵光射穿我们的心灵，一个大胆的构思瞬间完成。接下来的日子，我们就反复推敲一切细节……

现在，我享受着渴望已久的生活。我在海边走，深深地呼吸，让湿润的空气渗透我的肺腑。望一眼湛蓝的海面，我不禁心醉神迷。童年的记忆在大脑深处复活。多少个朝夕在这海滩嬉戏玩耍，我熟悉立在海水中的每一块礁石，熟悉沙滩上每一颗色彩斑斓的鹅卵石……我回来了，悄悄地回来了。

我得承认，许久以来，我就在酝酿一个隐退计划。我不想多谈原因，随着故事的发展，你会从弟弟辛远的遭遇中明白一切。我只是强调，上岸，是我真实的心愿。人在江湖，身不由己，我急流勇退也非易事。弟弟与我换位，真是天赐良机，我从心底里感谢他。我们说定这场戏试演一个暑假，如果不行，开学后我们各归其位。但我内心有一种预感：辛远恐怕永远回不来了。我得做好准备，在这海岛当一辈子教师。

我成为一名隐居者。证券界的同仁们谁能料到，孤独鹰辛遥秘密地滞留在了一个海岛上？

夜晚，小鸥喊我去望船礁照蟹。这是一项有趣的活动，我们拿着嘎斯灯，在礁丛中穿行，蟹子就会向灯光游来。它们肚皮贴着水面，飞一般地游过来，岛上人称其为"飞蟹"。干这活儿我可是行家里手，在小鸥快乐的尖叫声中，我很快捞了一网兜螃蟹。海风轻拂，细浪拍岸，其情其景美不可言。

忘了向你介绍：秦小鸥，初二英语教师，二十三岁，是我的未婚妻。当然，正确地说她是弟弟辛远的未婚妻。换位游戏给我们双胞胎兄弟带来一个技术性难题：女朋友怎么办？弟弟对此忧心忡忡，这家伙醋劲很大。我鬼笑：要换一起换。

他急了，板着脸说：那不行，我的奶酪，只许看，不许吃！

我装着无奈：好吧，就这么说定了。

其实，我并不在乎。由于生活的特殊性，我对女人早已失去兴趣。弟弟进入我的角色，很快就会明白这一点。并且，他会变得像我一样，再也不会对任何女人有专一的感情。

小鸥赤着脚，踩着浪花蹦蹦跳跳，一会儿就弄湿了裙子，她回头对我说：我里边穿着游泳衣，咱们下海游泳吧？

我顾左右而言他：螃蟹跑了怎么办？再说，深更半夜和你一起泡在海里，我还真有点儿不好意思。

小鸥诧异地瞪了我一眼：今天怎么这样文明？好像换了个人似的……

她也没了游泳的兴致，我们分了螃蟹，各自回家。

母亲坐在院子里的老槐树下等我。我一进门，她就叫我站到面前。月光下，我能看出她脸上焦虑不安的表情。

你们在搞什么鬼把戏？辛远哪里去了？她问。

我吞吞吐吐道：弟弟闷得慌，想出去玩玩。我让他顶我的班……

母亲摇头：都是大人了，怎么还玩小孩子把戏？

我正色道：妈，这事你对谁也不能说，弄不好就把我的饭碗砸了。弟弟出外闯荡闯荡，不是很好吗？我们两个都愿意，你可别给搅和了。

我进屋上楼。妈妈又摸索着跟来。

她站在我卧室门口盘问：你和小鸥在海边那么久，没干什么？

我苦笑：妈，她是我弟媳妇，我能干什么？

妈妈揉揉失明的眼睛，说：明白就好。你可不能胡来。再有，你弟弟什么时候回来？

我说：这事你就别管了，从今以后最好提也别提。明白吗？

我不太客气地将母亲关在门外。

三　动动他的奶酪

哥哥的生活奢侈糜烂，超过我的想象。周围世界万花筒一般旋转，变幻莫测，富有刺激性。我始终处于兴奋状态，仿佛被人注射了吗啡。这家伙，表面上文质彬彬，对任何事情毫不在乎，冷漠，装酷。其实，他为自己营造的花花世界，简直无法形容。我一头扎进去，立马晕头转向，找不着北。

证券公司对门有个帝豪酒店，名头很大，其实主要做炒股大户的生意。我去那里吃午饭，险些遭到一帮娘儿们的暗算。酒店老板待我不错，总给我留一个雅间，我要两个凉菜，一瓶啤酒，独斟独饮——这也是我从哥哥那里继承来的习惯。这时，黑牡丹就领着她的姐妹们，将我团团包围起来。她们向我敬酒，举着高脚杯轮番进攻，很快将我灌趴下了。

黑牡丹拍着我的脑袋轻声问：宝贝，告诉我们，你在坐哪只股票的庄？

我像醉汉一样发出呓语：不、不知道……我好想你！

这些女人是我们证券公司有名的娘子军，整天泡在营业大厅里，叽叽呱呱仿佛跑来一群鸭子。她们的股票早就套死了，指望从我嘴里掏点秘密，好给她们解套呢。我趁机装醉，一句真话也不说。

一位姓马的胖大嫂使劲扭我耳朵：这小兔崽子不说实话，怎么办？

黑牡丹冷笑：把门关上，咱们给他施点美人计！

我睨着眼睛，看见黑牡丹真要解裙子，吓得我一下蹿起，高呼：我招了，我招了！

众女人齐问：说，究竟是哪只股票？

女人街，我正在炒女人街……

趁着娘儿们思忖发愣，我连撞带推，突出娘子军重围，拔腿逃出雅间。乖乖，真让她们使上美人计，那可比老虎凳还要恐怖！

我敢肯定，想在暗中算计孤独鹰的远不止一两个人。我在街上走，总觉得有人跟踪。夜晚，我与陶薇分手，回到所住的明星公寓，一路上就感到危险步步逼近。我不停地回头，时而发现盯梢者是男性，时而发现某个妙龄女郎正跟踪我。究竟会发生什么事？我有些吃不准，但肯定有一双眼睛在暗中死死盯着我！

我非常害怕，一回房间就紧紧关上防盗门。

我躺在床上，回味在副市长大人家所经历的种种细节，琢磨着与陶薇剪不断理还乱的复杂关系，辗转反侧，难以入眠。好容易睡着了，就发生一件奇事。我一直担忧的威胁竟如此不可思议，简直就是一场荒唐梦。

蒙眬中，我感到有一动物在我脸上嗅来嗅去。我一惊：有贼！我把金地球放在床头柜里，那玩意儿可值一把钱。我正准备奋起一击，却被一股异香迷住心窍，手脚绵软动弹不得。我不傻，知道这位不速之客是一位女性，而且已经钻进我的被窝。这就不一定是坏事了。

我问：你是谁？

银铃般的声音：你的小猫咪。

我努力控制心跳，冷冷地说：你是怎么进来的？

小猫咪在我手臂挖了一爪，极疼，真是出手不凡。她说：装什么傻？还不是你给我的房门钥匙。

我善演哥哥，我知道在这种情况下他会怎么说：请你出去，把钥匙放在桌子上。我不喜欢养猫。

女孩跳起来，打开台灯。我看清她的脸蛋，挺漂亮，眸子特黑，野性。小猫咪咬牙切齿：好哇，你这人出名地冷酷，才这么几天就翻脸不认人了！告诉你，想赶我走可没那么容易，今晚我偏睡在你这张床上。

她一甩波浪形长发（其中有几缕染得色彩斑斓），从容地宽衣解带。我的眼睛无处躲藏，她看出我的破绽，有些得意……

我面临严峻考验。首先我得声明：我不是正人君子。虽然我还缺乏性经验，但面对一个半夜爬上床来，赶也赶不走的女孩，我还是乐意笑纳的。问题在于，我与哥哥有一个君子协定。这事情上我小心眼了，我先说，你可不准动我的奶酪。我正与英语教师秦小鸥谈恋爱，怕哥哥暗中做了手脚，小鸥不辨真伪，无意中送我一顶绿帽子戴。哥哥笑笑：你放心，我吃奶酪吃腻了。我又补充道：我也不动你的女人。哥哥却表现得豁达大度：随便。只要你喜欢，我的奶酪全归你。话虽这么说，我还决心恪守君子协定。

没想到，哥哥的生活如此糜烂，陷我于不义。我也是人啊，怎能经受这种考验？小猫咪攻击如潮，在我身上又吻又咬，我就是唐僧，也控制不住身体上某些器官。终于，我跳起来，把小猫咪按倒在身子底下……

14

等等。我喃喃道：我先……先去一趟卫生间。

我坐在马桶上，急急拨打手机。我和哥哥约定，双方二十四小时带着手机，机不离手，以便应付紧急情况。手机响了又响，估计辛遥睡得正死。我还没有丧失理智，无论如何，我得先礼后兵。动他的奶酪，总得让他知道。

电话接通，辛遥的声音充满睡意：出什么事了？现在是下半夜两点……

我做出一副可怜相：哥，哥，我坚持不住了，我要犯错误了，请你原谅！

辛遥那家伙嘿嘿一笑，他知道是怎么回事。是谁拖你下水？他饶有兴趣地问。显然，他生活中的女人多得自己也记不清。

小猫咪。我说，她有你家的钥匙，半夜爬到我的床上……

只要你胃口好，我的奶酪全归你。辛遥长长地打了一个哈欠。记住，以后别为这类事情打搅我的好梦。

我傻乎乎地表示感激：谢谢，谢谢。

四　鹰巢

蔡阿姨总是对一般员工说：谁也不准走进鹰巢！

蓝天证券湖南路营业部有一个后院，三层高的简易楼像一座碉堡耸立在那里。这就是我的办公室，人们管它叫"鹰巢"。这座小楼过去可能是仓库，阴暗潮湿，空气中总有一股霉味。一楼二楼堆放着旧办公桌、破椅子之类的杂物，蒙着厚厚一层灰尘。三楼精装修，铺红地毯，是真正的鹰巢。我不明白哥哥为什么不把下面两层楼清理出来，每天要经过这样肮脏的地方。也许，是为了保持一种神秘感。

对我来说，神秘感更为重要。因为越神秘，我就越不容易露出马脚。早晨上班，我夹着一只黑色公文包，低着头板着脸，匆匆走进后院。当我一头扎进鹰巢，就彻底自由了。孤独鹰有着著名的工作方式，不要助手，不许旁人观摩，他独自一人操盘坐庄，在股市翻江倒海。他掌握着许多秘密账户，躲在鹰巢以电脑操控，谁也不知道他每天买进或者卖出什么股票。这座蓬头垢面的简易楼成了禁地，甚至是圣地，谁也不得越雷池一步。哥哥声望日隆，可能与他的神秘风格很有关系。

我走进办公室，把六部电脑全部打开，输入不同的账号密码，等待股市开盘。

从鹰巢东侧的小窗望出去，可以看见马路对面的街心花园。一个老头起劲地抖空竹，嗡嗡嘤嘤的声响阵阵传入我的鼓膜。我站在窗前盯住他看，那老头瘦小精干，戴一副黑框眼镜，头发梳得整齐油亮，显出十足的精气神。每天上午，他在这花园里不停地抖空竹，专心演练他的技艺，引得行人驻足观看，连我这趴在鹰巢里的孤独鹰，也望着他不时抛向空中的旋转空竹发怔。

他是谁？为什么整天在这里抖空竹？……如果我能预测未来，知道我们之间有一段特殊缘分，此刻我一定会惊讶地张大嘴巴！

股市开盘。我忙把注意力集中到电脑上。说实话，我有些紧张，一种神圣庄严的感觉压得我透不过气来。我毕竟不是孤独鹰辛遥，面对五花八门的股票，面对闻所未闻的巨额资金，我的膝盖阵阵发软，恨不得扑通跪下……

我扮演辛遥这个角色，最大的难点就是我对于股票的敬畏感。作为一名初中语文教师，我从未摸过股票，是地地道道的门外汉。加上对于哥哥的崇拜，股票在我眼中，就成了一种神奇的、玄妙的、可望而不可即的东西。现在让我独自面对这些机器，成吨成吨地买入股票，我的手怎能不颤抖呢？我的脚怎能立得住呢？我拿起手机，就像拿起一根拐棍，想与哥哥通话，让他扶我一把。但我迟迟没按电话号码，因为哥哥交代过，没有特殊情况别老打电话。他以某个大人物的口吻，一字一板地说：按既定方针办。

既定方针出奇地简单。我的任务就是每天买入一只名为天堂岛的股票。我在一台电脑跟前坐下，输入账号密码，挂单买入五千股。我坐着轮椅滑到另一台电脑跟前，打入股票代码，挂单买入八千股。然后滑到下一台电脑……干脆这样说，我就是在六台电脑之间溜旱冰！什么价格买入？甭管。买多少股？反正账号上有钱，我就只管买。这工作比我教那帮顽皮孩子背唐诗简单得多，而报酬却是一名普通教师的千百倍！

哥哥说：我告诉你一个秘密。做庄家是天底下最容易的事情，你只要能搞来钱，一切都好办。你买买买，用资金推进器把股价推到天上，然后你再卖卖卖，又把股价打趴在地下。没玩够吗？你可以把股价拉起来，再整一个轮回。炒股，就这么简单！什么基本面分析，宏观经济走向，波浪理论，日K线走势图分析，统统是骗人的鬼话。股评家在电视台侃侃而谈，他们比谁都清楚自己在胡说八道！辛远，我实话跟你说，如果你懂股票，我还真不敢用你。你一窍不通，就会做得比谁都好。

我不相信。若是信了哥哥的话，我就会有巨大的失落感。凭这种小儿科把戏，孤独鹰就能起飞？股市种种传奇、神话，原来只是一包渣？事实真相可能比较残酷，但也不至于那么简单。

哥哥说：最复杂的事情，其实最简单。哥伦布竖蛋的故事你听说过了吧？谁都不能把一只熟鸡蛋在餐桌上竖起来，可是哥伦布将鸡蛋一敲，蛋皮碎了，鸡蛋就在桌子上站住了。政治、经济、军事、文化，无论哪一行都隐藏着敲鸡蛋的秘密。股市更是如此。

这就是我得到的证券投资启蒙教育。现在我不遗余力地买这一只名为天堂岛的股票，不问它在哪里，不问它干什么，只是不停地买进买进。这倒与哥哥的想法相符，暗示我产生更深的荒谬感。我们身处的世界，真相究竟是什么？我们的行为究竟有意义吗？

桌上的电话铃忽然响起来，我吓了一跳。鹰巢里竟然传入外部世界的声音，是谁？

一个悦耳的女中音从话筒传出：今天抛盘很凶，我看不大对劲。辛遥，你得小心！

我想问，你是谁，但我把问题咽回肚里。我嗯嗯两声，说：知道了。就把电话挂断。

我迅速拿起手机，拨通辛遥的号码。这下我可有了理由，哥哥必须指点我如何应对女人的提醒。

我感到莫名的兴奋，似乎舞台布景揭开一角，隐约可见后台的活动。

辛遥的声音听起来好像总没睡醒，无精打采，还有点儿不耐烦：没啥大不了的，别管她。你少说话，少表态，说一声"知道了"就挂电话。

我说：我就这么办的。可那女人好像知道不少内幕，她是谁？

你的好奇心太重。哥哥批评我道，但他还是回答了我的问题。原来她是公司红马甲，此刻正在证券交易所现场交易。她有责任把最新信息、现场感觉及时报告辛遥。那个电话只是例行公事，并没有我想象的那么神秘。

我有些失望，只得转移话题。你在哪里？在干什么？我问。

哥哥嘿嘿一笑：我在小鸥的床上躺着，她约我到宿舍谈事。

我的声音有些变调：她人呢？

辛遥说：夏青老师喊她接电话，一会儿就回来。怎么？你担心我动你的奶酪？

我生气地说：随便！就挂断电话。

我呆立在窗前，眼前掠过一幅幅难以抹去的画面……

五　我的善行

弟弟失态了，这在我预料之中。越是单纯的人，越容易犯错误，同时，越不肯原谅别人的错误。这是一条规律。我就不一样，曾经沧海难为水，我怎么会轻易动弟弟的奶酪？顺便指出：弟弟关于奶酪的比喻并不准确，他完全不知道，女人外表像奶酪，等你吃在嘴里就变成强力胶，黏得你万分狼狈。今后，弟弟将遇到一大堆麻烦……

小鸥回来了。她见我仰躺在床铺上，哇哇地叫起来：哎呀，你的衣服那么脏，皮鞋也不脱，怎么就躺在别人床上？起来起来！

我坐起来，不知是因为羞愧还是恼怒，脸颊火辣辣地发烫。在我的经验里，很少有女孩对我这样说话。小鸥认真地、手脚麻利地收拾床铺。我暗想：就凭这一点，就可判断弟弟尚未把小鸥搞定。

小鸥仿佛想起什么，转身直视我。半天，她轻声问道：你怎么了？身上不舒服？

没，没什么……你为什么这样看着我？我喃喃地道。

我发现你今天特别乖。要在平时，你早和我吵起来了。我不用笤帚打你，你肯起来才怪呢！她笑着补充道：你脸红真可爱，我都舍不得骂你了。

我明白自己没有扮演好弟弟这个角色。我问：你让我来，要商量什么事情？着急结婚？

又胡扯了。小鸥嗔怪地瞅我一眼，暑假放了好几天了，我想让你陪我去天翔家看看。

我不知道天翔是什么人，也不便多问。我做出无所谓的样子：去吧，快去快回。

我们在街道上走。我们这个岛叫"翡翠岛"，是渤海湾一连串岛屿中最大的中心岛。岛上的小城宁静清洁，很有海上仙境的味道。只是规模太小，一条马路三盏灯，一只喇叭满城听。城中主干道名为"翡翠路"（其实与岛名重复），不消半个时辰就走到尽头。小鸥领我拐入土路，朝海边一座渔村走去。

土路无人，小鸥突然温柔起来，拐着我的胳膊，直往我身上靠。她扬起小脸，眼镜片闪闪发光，问：辛远，你哥这次回来，捎了不少钱吧？

我点点头：嗯，他说这钱留给我们结婚用。你问钱干什么？

小鸥说：你去天翔家看看，咱们出来再商量。

我很快明白小鸥的意思。在一座海带草为屋顶的破旧的房子里，我看见失去双臂的天翔。他倚着门框，老远朝我们笑。笑容是苦涩的，因为他无法向我们招手。小时候，天翔到村中变电所玩耍，不幸被高压电击中，失去双臂。他的母亲精神失常，只会痴笑。父亲从不回家，不知在何方流浪。老奶奶把他拉扯大，现在也卧病在床。

天翔是有志少年，一直坚持读书，且成绩优秀。他会用双脚做各种活计，烧饭、扫地、捡破烂，甚至还会钓鱼。他只有十四岁，支撑着整个家庭。但是，下个学期他不得不辍学离校，原因很简单：没钱！

小鸥关切地问：你还差多少钱？一千？两千？

天翔低头盯着自己的脚趾头，大脚趾一翘一翘。他声音低得像蚊子叫，让人几乎无法听清：不用那么多……有六百块，我就过得去……

小鸥转身看我一眼，意味深长。她说：天翔英语特棒，你相信吗？他肯定会有出息。将来，大学有特招生名额，我们会看见天翔成为一名大学生！

接着，小鸥与天翔练习英语对话，叽里咕噜，我一句也听不懂。但我看见天翔眼睛里放出异光，像一棵浇过水的植物，显得精神抖擞。

回家路上，我对小鸥说：我把天翔包了。

她似乎没听懂，站住脚仰望我的面孔。我的神情肯定十分庄重，一字一句地向她解释：我包他上学期间一切费用，直到大学毕业，如果真的有特招生的话。我马上拿出五万块钱，用天翔的名义到银行开户，给他存上，存折由你保管。

我没料到小鸥的反应如此强烈！她睁大眼睛看了我几秒钟，跳起来搂住我的脖子，一阵狂吻。我得说，弟弟和她显然没有操练过接吻，她鸡啄米似的一个劲儿吻我脸颊，眼镜框撞得我颧骨生疼。但我无法推开她，因为她哭了。一个姑娘流着泪吻你，你能拒绝吗？

她说：辛远，你真好。我真没想到，你会变得这么好……

我心里有行善的冲动。虽然我知道，这对于我扮演辛远的角色不太有利。我很富裕，可以并愿意向岛上任何弱者伸出援助之手。行善能洗涤心灵的灰垢，并可以减轻罪恶带来的压力。我追求一种新生活，必须行善，必须常伸施援之手。回忆往事，让我时时悔恨，我像一个刚从泥潭里爬出来的人，急需沐浴，任清水冲刷每一个汗毛孔里的污泥……

不过，翡翠岛人少眼浅，人们很快就会把目光聚焦到我的钱包上。如何转移这些目光？我得想想办法。

我回到楼上卧室，打开笔记本电脑，一边看股市行情，一边在黑板上练粉笔字。这就是我目前生活的写照：一方面，我放心不下弟弟的操盘，一方面我又要尽快成为一名合格的语文教师。

前天，学生们返校，我闹了一出笑话。检查暑假作业，我纠正孩子们常出的几个错别字，这就免不了要在黑板上写写画画。没想到，我刚拿起粉笔写了两个字，就听见背后传来同学们哧哧的笑声。我问：谁站起来告诉我，这教室里发生了什么可笑的事情？

真有一个光头小子站起来，指着黑板说：老师，你的字退步了。敢情也像我们一样，放了暑假光知道玩吧？

学生们哄堂大笑，闹得我满脸通红。

我决心把粉笔字练好。说来惭愧，我使用的字帖，竟是写满弟弟手迹的笔记本。我们双胞胎兄弟的笔迹本来很接近，只是我的字退化了，不如辛远的手笔俊逸有力。这是一个破绽，必须立即补上。否则让宫校长看见，批我一顿尚且不说，还容易引起怀疑。我顶着夏日的暑气，额上冒着油汗，一笔一画在黑板上认真写字……

天堂岛股票走势图忽然波动起来。我扔下粉笔，立即伏在电脑荧屏前，屏息观察盘面动静。我仿佛看见弟弟的身影，他正挥臂搏击于股海的波涛之间……

六　难题

公司同仁中有不少人恨我，这点我心中有数。恨我的原因多种多样，但主要是嫉妒。比如财务部的莫小华，挺温柔挺美丽的一个姑娘，我从没得罪过她，甚至有些喜欢她，她却恨我恨得牙根痒痒。真是莫名其妙！若非哥哥提前交代给我人事关系联络图，没准我就掉进陷阱里了。

莫小华恨我，是由蔡经理对我实行一套特殊政策引起的。她让我享有经理特权，可以在酒店、桑拿、各种娱乐场所签单消费。这可把我美坏了，大把花银子无所顾忌，一头扎进安乐窝，乐不思蜀。过后，莫小华拿着支票到处结账，最清楚我花了公司多少钱。一样是人，她能不眼红生气吗？蔡经理还严厉禁止她乱说，若泄露财务机密，立马炒她鱿鱼！莫小华就用甜蜜的笑容迷惑我，背地里却一笔一笔记着黑账，以备变天时拿出来做证据。她是副经理贝宁的心腹，但隐藏很深，许久以后才被蔡经理发现。

我不知道哥哥换了环境有没有遇到难题，我这边却是难题不断。在家时，哥哥虽然详尽地介绍了各种人物，并预备好处理紧急事务的各种方案，但真遇到难题时，还要靠我自己急中生智，逐一化解。有人给我出难题是怀着恶意，也有人满怀善意，却把我难得张口结舌。

我们咨询部有一个搞技术分析的小姑娘，名叫冯男男，特崇拜我。她老是在我进入鹰巢之前，堵住去路，缠着我讨教技术难题。我是个赝品，虽然每天恶补证券知识，肚里也没几两油水。而冯男男毕业于财经大学，科班出身，她提出的问题深奥难懂，我哪里解答得了？面对她的难题，我就像生生嚼碎一个红辣椒，张口结舌，满脸通红。

她两眼闪着天真的光亮，看着我问：你怎么啦？

我说：紧张。

为什么？

我就胡扯：因为你太漂亮了。一看见你脸颊上那两个酒窝，我满肚子的学问就飞到九霄云外去了。

冯男男捂着嘴笑，好像要把美丽的酒窝掩盖起来。

我进一步发挥，皱着眉头问：你的名字好奇怪，那么一个漂亮姑娘，为什么要起男性化的名字？

冯男男解释父母为她起名的用意，我却一句也没听进去。我注意到副经理贝宁站在拐弯处，假装看贴在墙上的股市分析资料，两只耳朵却支棱着听我们说话。这可是阶级敌人的行径，哥哥说得没错，贝宁是一颗躺在我身边的定时炸弹！

冯男男的问题无法回避，老打岔也不是办法。再说，贝宁也在等着听我的回答。怎么办？我若说错一句，不仅要出洋相，还可能让贝宁把我这冒牌货揪出来。我第一次面临严峻考验！

我老老实实地说：男男小姐，你提的问题我无法回答。因为我不懂。

冯男男惊讶地扬起秀眉：波浪理论你也不懂？这可是技术分析的基础哇！

对不起，我没学过，真的不懂。说完，我就径直走进鹰巢。

我估计贝宁把这话听了进去，胆子壮了，开始公开找碴儿。有一天，蔡经理外出，他把咨询部的技术分析人员召集起来，让我给他们讲课。这可给我出了大难题，面对货真价实的专家，我当场就愣住了。

贝宁指着一张令人眼花缭乱的股票走势图，笑里藏刀地对我说：你给大家讲讲艾略特的波浪理论，像你这样的高手，肯定有独特的心得体会。这幅图呈现的调整浪 B 浪，曾引起很大争议，有人认为 B 浪可以创新高，也有人认为既然创新高就可能是主升浪第五浪……你孤独鹰飞得高看得远，请你对同志们说说，这个浪尖，究竟是 B 浪还是第五浪？

我晕了。

我知道贝宁的历史，他曾是我们营业部第一操盘手，长期负责自营业务。自从辛遥跳槽到蓝天证券公司，蔡经理就冷落他，明升暗降，给他一个副经理的头衔，却把自营业务这极重要的一块，划给我哥哥。贝宁自然仇恨辛遥，这仇恨自然也就落到了我身上。出于某种本能，他对我的到来总存有怀疑，旁敲侧击，反复试探，想摸清我是不是真正的孤独鹰。他在总公司有根，我们的总经理周峻涛就一直赏识他。所以他才有点儿胆量向我挑战。今天可算图穷匕见，拿不出点儿绝活，我还真下不了台了！

我把鼻子凑到图跟前嗅嗅，摇摇头。转了个圈，我又猎狗似的嗅那图。满屋子分析师瞪眼瞅着，不明其意。

没戏。我说，这样的行情你是捞不到油水的。

贝宁皱起眉头：阁下，你怎么用鼻子数浪？难道你是依靠鼻子操盘的吗？

我说：没错，我从不数浪。盘面上有一种味道，用鼻子闻闻，我就能闻出行情往哪里发展。

贝宁学我的样子，不住抽动鼻子。没有啊，我怎么闻不出味道？他转过身，对分析师们说，你们能闻出什么东西来吗？

于是，大家都抽动鼻子，仿佛屋子里窜进了一群猎狗。有人放了一个响屁，十分及时，立马引起哄堂大笑。

贝宁严肃地说：辛遥同志，请你不要侮辱我们的证券事业。股市涨跌有规律，技术分析是一门科学。你不懂可以学，为什么用这种轻浮的态度，对待一门科学呢？

我说：我认为鼻子的嗅觉功能更是一门科学，除了能闻屁味，它还能闻到世界上种种微妙的气息。你敢说行情变动不会发出某种味道吗？那么请问，你何以解释我以往操盘所取得的、有目共睹的优秀业绩呢？

骄傲。简直是狂妄！贝宁的脸色渐渐发紫，由此可见我占了上风，你的鼻子，鼻子……这跟鼻子有嘛关系？

冯男男站起来说：贝总，别和他讨论鼻子，他是逗你玩呢。

这时，蔡经理回来了。她一走进办公室，大家七嘴八舌向她汇报鼻子之争。我本以为她也会哈哈大笑，没想到她脸一沉，严厉地训起人来。

贝宁，这会是谁让你召集的？我做过布置吗？蔡经理矛头直指她的副手，毫不留情，这样的会，不利于团结，不利于工作，还是少开为妙！你们笑，笑什么笑？股民对你们的技术分析都不买账，把你们称作"反向指标"，这个咨询部还有存在下去的必要吗？光是嫉妒别人，自身业务能力怎么能提高？脑子平庸，鼻子当然也平庸，你们还争什么？今天我在这里说一句，谁能创出辛遥一样的业绩，不管他是用鼻子，还是用波浪理论，我都给他最好的待遇。否则，你就考虑走人！少扯淡，多干活，散会。

贝宁领着分析师们灰溜溜地走出办公室。我头一回领教蔡经理的厉害，不由暗暗佩服。

她一转身，又朝我堆起满脸笑容：别和他们掺和。跟这些人斗，白白浪费你的天才。你就待在鹰巢里，与世隔绝，谁也甭理。明白吗？

我点点头，回我的鹰巢。离开时，我对这个胖女人心存感激：她真像老母鸡一样护着我呢！

七　千万别小瞧她

我慢慢领悟出辛遥的道理。是的，干这一行关键在于资金。你如果掌握无穷无尽的资金，失败的风险近乎零。你可以把股票看作一副扑克牌，只要把王全抓在手里，爱怎么出牌就怎么出。有钱能使鬼推磨，这句老话用在股市最恰当不过。股评家会帮忙抬轿子吹喇叭，上市公司会配合你散布利好或利空消息。时髦概念满天飞，你随手抓一个给股票戴上就行。整个股市就在演绎安徒生著名的童话《皇帝的新装》，只是缺乏一个小孩子跑出来戳穿谜底罢了。我也不笨，随着时间的推移，我越来越看清股市的真相。

一个问题浮现在我的眼前：谁为我组织庞大的资金？谁让我坐在鹰巢里制造神话呢？

哥哥不告诉我。他不希望我知道太多，只让我做一个临时票友而已。可我们毕竟是双胞胎兄弟，心有灵犀。既然换了位，我就要把座位四周的情况都搞清楚。渐渐地，一名关键人物出现在我的视野。这人我原先小瞧了，她就是我们的经理蔡阿姨。我仔细研究她，越研究越有味道。

蔡经理其实刚满五十岁，人虽胖了一些，却并不显老。她热情如火，爱管闲事，爱为别人帮忙，是那种既让人感激又惹人烦的女人。但是，透过外表，你可以发现她性格深处有一种黏合力，任何人与她接触，都会被她黏在一幅现成的图上。或者说，她像一只肥硕的母蜘蛛，辛勤地编织一张网，那轻柔的网丝几乎能把整个世界捆绑起来。

我不知道她怎么能够做到这一点。比起她管理公司的能力，搞资金才是她的真功夫。事实上，我所运用的资金全都是她搞来的。她像一台大功率抽水机，日日夜夜从各种渠道汲取资金。如今生意难做，许多企业以委托理财的方式，把资金投入股市，企图发一笔横财。蔡经理总有办法让企业家上钩，使对方相信只有她能保证资金的安全并获得出乎意料的回报率。没有她攻不动的堡垒，只要听说哪家企业有钱，她就会一趟趟找上门去，直到老总们俯首帖耳地拿出支票本。蔡阿姨自有奥秘，千万不可小瞧她。

应该说，我和蔡阿姨相得益彰。我们是蓝天证券公司的一对王牌，但风头却都被我占了，蔡阿姨做了无名英雄。然而她对此毫无怨言，心甘情愿地做我的陪衬。她屁颠儿屁颠儿地为我鞍前马后奔跑，真心拥戴我做明星。她对我的天才深信不疑，有着某种盲目崇拜。她对我又有一种难以解释的疼爱，好像我是她的儿子。总之，我们处于一种奇特的关系之中。我觉得这里面有一个谜团。

星期天她会请我到她家去。哥哥对我说：你必须推托。你千方百计寻找借口，哪怕胡闹也不要紧，就是不去。就不理她！哥哥对此事做出特别指示，可见问题的重要性。

我顶替哥哥出场的第一个周末，蔡经理就发出邀请，让我到她家去吃饺子。以后每到周末，她或约我谈工作，或请我参加朋友聚会，找出各种理由请我去她家做客。我当然拒绝。我能想象出哥哥拒绝她的样子，于是也冷着脸，不哼不哈。最后干脆地回她一句：不去不去，我和女朋友有约会！蔡阿姨满脸失望，眼睛里还流露着凄凉的神情。我心一硬，把脸转向窗外。

其实，我心中充满好奇，巴不得去她家看看，她能怎么着？吃了我？

这一天，还只是星期五，蔡经理就闯进我的鹰巢。根据不成文的约定，除非发生紧急情况，蔡经理也不能随便进我的办公室。现在她来了，神色严峻地站在我的面前。这会儿，她说话的口气完全像个领导，简直不容商议。她说：今儿晚上去我家，晃爷和何总都来。他们非要见你，天堂岛股票好像出了什么问题。约好七点半见面，你可别迟到！

我打了个哈欠，懒洋洋地说：不行，今晚我约好到陶薇家去，我那位副市长老丈人也约我七点半谈话……

蔡经理冷笑，在她那圆圆的脸盘上，这样的冷笑很少出现。她说：副市长大，还是我们老客户大？你自己掂量着吧。她说完扭头就走。

我愣在那里，仿佛被她出的题目考住了。蔡阿姨走到门口，又回头冲我嫣然一笑：你呀，今晚非去不可。躲避总不是好办法！她显然十分得意，甩着短发走下楼梯。

我不敢怠慢，立即打电话向哥哥请示。我不知道何总和那什么爷是干什么的，但从蔡阿姨的口气中不难判断，这是我得罪不起的重量级人物。

辛遥这家伙好像总是在睡觉，接电话的声音模糊不清，哈欠连连。我说你怎么了？他说回到海岛没事，犯了昏睡症。我把刚才的情况一说，辛遥立刻瞪起眼睛：什么？老晃找我？那可不能开玩笑，你七点半必须准时赴约。

我以强调的语气问：蔡经理家我也去得吗？

他不耐烦地说：别说蔡经理家，就是约你到地狱门口碰头，你也得马上去！

哥哥对我做了详细交代，遇到什么情况，我如何应付。我听了半天，就明白一条：那个老晃，号称"晃爷"的最厉害，无论他提出什么要求，我必须答应。

我有些不服气：这个老晃是什么角色？自由翱翔的孤独鹰也要唯他马首是瞻吗？

哥哥在电话那边沉默一阵，缓慢而清晰地对我说：老晃是我们炒作天堂岛股票的合伙人。长期以来，他为我提供了大量的资金。更重要的是，老晃是道上的人，发生重大利益冲突，他随时会要我们的命！这一点，蔡阿姨也不知道。以后老晃可能与你单线联系，你一定要处处服从他，又要小心提防他。

我脊梁骨凉飕飕的，没想到一个明星操盘手还得与黑社会打交道。哥哥确实不容易。我说：嗯，我会小心应付的。

辛遥又嘱咐道：你也不必特意奉承他，注意保持自己的风格，随意、冷漠、孤傲，别忘了你是孤独鹰！还有一点，千万别谈股票，业务问题由蔡阿姨与他们谈判。

我说：他们要是问我股票问题，我怎么办呢？

哥哥说：顾左右而言他。你胡说八道都行，就是不接那话茬。这是我多年养成的风格，与外人从不谈股票。一字不谈！圈内人都知道我这特点。

谢谢。我已经这样对付贝宁了。我思忖着说，若不是你开了个好头，我扮演你的角色还真有一定困难哪！

收起手机，我高兴地吹口哨。终于可以去蔡阿姨家做客了。我还真盼望这一刻呢。越是压抑，越是好奇，我倒要看看蔡阿姨家有什么秘密。另外，老晃这人物也使我兴奋，我脑海里浮现许多香港黑社会电影的人物镜头，周润发、陈小春……一个比一个酷。

他为什么叫"老晃"呢？这名字可有点古怪。

八 秘密会议

蔡经理家住在一座老式花园洋房里。别看房子陈旧,这种殖民地风格的建筑物在当地房地产市场上价格惊人。这是她去世的丈夫留下的遗产,准确地说,是她更早去世的公公留下的遗产。她公公是一位著名的资本家,享誉海内外。"文革"后落实政策,国家把这栋洋房归还老人。蔡阿姨说,她第一次走进花园,就决心嫁给陈文凯。那花园太迷人了,以至于她老怀疑树丛里躲藏着鬼魅精灵。我觉得,她对我这样说是为了勾起我的好奇心。

我来到绿色大铁门前,按按电铃。一个极高、驼背的老头为我开门。他显然认识我,冲我略点一点头。从他阴郁的神情中,我猜到,哥哥不止一次来过这里,并且不知何故招致这老仆人的反感。我满不在乎,东张西望,顺着水泥甬道进入洋房。

夜色中,我看见那花园,可惜模模糊糊一大片,除了深邃,看不出什么景致来。这是一座法式建筑,楼梯很宽,我隐隐约约闻到一股霉味。这地方肯定好玩,我暗想,但心底又有一种阴森森的感觉。

我走进客厅,对着早已坐在那里的客人笑笑:啊哈!就在沙发坐下,把头枕在靠背上。天,屋顶那么高,比正常房间足足高出一倍。天花板上有石膏雕塑,我感到那就是苍穹。

蔡阿姨穿一袭晚礼服,像一个女高音歌唱家,比平时在营业部的形象高雅得多。我斜眼看看左边一个胖子,他戴着眼镜,模样斯文，有几分港商味道。这是何总，我暗自做出判断。我把眼睛移至正前方，就看见对面沙发上那个瘦长如面条的男人。他的上身特别长，轻微地摇晃着，似乎是前后晃，似乎是左右晃，又似乎是慢慢地转着圈晃。这种晃动难以觉察，所以我觉得他像挂在筷子上的一根面条。我顿时明白人们为什么称他为"老晃"。但是有一点我恐怕永远不会明白：这样一个软绵绵的男人，怎么能和黑社会联系起来？

蔡阿姨说话了：你们三人终于碰头了，三巨头。有话只管说吧。保姆端着茶盘进来，蔡阿姨亲手接过，又关上房门，举止十分谨慎。

三人都沉默不语。我内心有些紧张。乖乖，三巨头！看来，我是身陷一个巨大的机密之中了。今天的会议，也许会影响中国股市的一段历史。

何总先开腔说话：我们这个核心，出现一点小小的裂缝。黄老板提出，他要退出天堂岛股票的炒作。我觉得问题比较严重，所以约大家来这里碰个头。

蔡经理惊愕地哟了一声，又没了声音。我知道大家的目光都集中在我身上。我仰脸看着天花板上的浮雕，企图飞到那高高的屋顶上去。脑子里一片空白，心里对哥哥恨恨。

蔡阿姨及时说话了：何总，你是特大型国企老总，一言九鼎的人物，你不会也想打退堂鼓吧？

何总用一块丝巾擦眼镜，两只鼓凸的金鱼眼睛却朝我瞪着。我嘛，他慢条斯理地说，我轻易不会动。但是我想听听孤独鹰的想法。他点中天堂岛这只股票坐庄，必有高深见解。现在股价从 8 元炒到 15 元，下一步棋怎么走，总该让我们心里有个底吧？

嘿嘿，我也不知为什么，忽然这么笑笑。作为一个演员，总要做一些表情，说几句台词吧？可是我什么也说不出来，用尽全身智慧，也只能这么笑笑。

蔡阿姨对我的怪笑做出最好的注解：何总，你的要求就有点过分了。谁都知道我们孤独鹰坐庄的规矩，有关股票的事，一字不提！你把三亿元资金放在我们这里，委托理财，孤独鹰为你赚了多少利润？有没有失手一次？

老晃仍在那里轻微晃荡。看久了，我觉得他的身体语言异常丰富。他一言不发，但每晃一圈，就像滔滔不绝地说出一席话。我仔细辨认他的语言，越发觉得这人有意思。他也在观察我，全部注意力凝聚成看不见的探照灯，在我身上扫来扫去。我明白，我和他是真正的主角，我们正在上演对手戏。

嘿嘿，他也笑了一笑。那声音、那笑容完全是刻意模仿我，并且惟妙惟肖。这家伙，出手不凡，演得真棒！

蔡经理异常紧张，鼻尖都沁出了汗珠，不知道她从我们的笑容中解读出何等重要内容。她忽然双目圆睁，目光如炬，胸部高挺像发怒的母狮，冲老晃吼道：黄天雄，我知道你是民营企业大亨，我也知道你掌握着天文数字的资金，但你不能欺人太甚！说好共同坐庄，为什么忽然中途退出？这不是釜底抽薪吗？你走可以，按照行里的规矩，你只能抽走本金，利润一分钱也没有！

老晃说话了，声音软绵绵，也像一根面条。但话里的内容却甚刚硬，毫无商量余地：就这么说定了。我一分钱利润不要，利润全归你们。明天，我就让会计来转账，两亿元本金，希望你们及时归还。

我突发灵感，忙说：别别，利润还要分你一份，不过，只是象征性的。

何总笑眯眯地望着我，颇有领导风范：你打算分给他多少？

我竖起一根手指：一元钱。

老晃挺直身子，连连摆手：你不要客气，不要客气！我们还是按规矩办。

众人哈哈大笑，僵局彻底被打破了。

何总对蔡阿姨说：这小鬼，挺会做人思想工作，买卖不成仁义在嘛。你这当经理的，还得向他好好学习呢。

蔡经理脸上乐开了花，只要夸我，她总是由衷地高兴：是是，他人小鬼大，高高盘旋，看事可远呢。要不怎么叫"孤独鹰"呢！

老晃板着脸，十分严肃地说：我退出，自有原因。说多了不行，但作为朋友，我还要给孤独鹰两句忠告：注意你的女朋友，人家正在调查你的天堂岛。

我一惊：陶薇？她在调查我？

老晃不说话，又前后左右颤颤悠悠地摇晃起来。

蔡经理扫我一眼：怪不得她老是和你藕断丝连，原来有目的呢。我劝你别舍不得市长的千金小姐，尽快一刀两断！

何总思忖道：我手下的人调查过天堂岛，没什么问题嘛。证监局局长是我同学，证监委几个副主席我也都熟，我怎么没有听到风声？他怀疑地瞅着老晃，揶揄道：你从哪儿买来的参考消息？

老晃自然不回答，上身不易觉察地微微晃动。我真想剖开他的肚子，看看里面藏着多少关于陶薇的秘密。

忽然，我仿佛被梦魇住了，手脚不能动，喘不过气来。老晃微微晃动的脑袋后面，是一扇老式钢窗，一张艳美凄素的女孩的脸贴在玻璃上。她的双目情意绵绵，似乎要隔着玻璃吻我。于是，鲜红的嘴唇渐渐挤扁，鼻子、脸庞都挤得变形，变成一块丑陋的肉饼……

我几乎尖叫一声，但未及发出声音，玻璃窗上什么都没有了，只映出窗外老樟树的一片枝影。

九　疯美人

散会了，我们三巨头（这称谓使我暗自得意）走出法式洋房，踩着甬道上的花影，告辞离去。驼背老仆人打开大铁门上的一扇小门，让客人们鱼贯而出。蔡阿姨在黑暗中拉拉我衣角，高声说：好了，我们就送到这里，二位老总走好。

我有些愕然，她显然把我列在了当走的客人之外。

老晃、何总拱手道：留步留步，你们还要研究工作呢。

老仆人手脚麻利，咣当关上铁门。我陷入一片黑暗。

我们去花园坐坐，有许多事情得商量呢。蔡经理一边以快速响亮的谈话打消我的疑虑，一边领着我走向一条鹅卵石铺成的小径。沿小径前行，七弯八绕就来到花园。朦胧月光与路灯的灯光糅合，白蒙蒙一片，花园里的一切若隐若现，婆娑迷离。蔡阿姨显得雍容华贵，由一位女高音歌唱家变成了一位贵妇人。若不是她滔滔不绝地谈着业务，我真认不出她来了。

情况很严重，辛遥。老晃撤资退出，给我们留下一个资金窟窿。我必须紧急调来两个亿，才能把窟窿堵住。可是我上哪里去弄钱呢？要两个亿呀！

她在前面款款而行，还顺手摘下一枝夹竹桃花，拈在手中打转。看那样子，她丝毫不紧张，反倒在我面前显示什么。

我说：你有办法。两个亿也难不倒你，你总有办法搞来钱。

蔡阿姨对我的恭维十分满意，她瞟我一眼，道：你小鬼精得很哪。跟我配合，你总有打不完的子弹。神枪手是子弹喂出来的，我搞子弹，你打枪，试看天下谁能敌？

我谦虚地说：谢谢，我这神枪手，全仰仗蔡阿姨呢！

蔡阿姨越发眉飞色舞：老晃一说要退出，我已经在心中打好谱了。明天，我直接去总公司找秦伯山董事长，还有周总，向他们暂借两亿元资金，支持我们一下。

我尽量说些没咸淡的话：你出马，肯定不会有问题。

那当然，我一般是不会张口的，我们营业部为他们赢得多少利润？所以，我蔡志华说句话，他们都得听听。前两天他们发给你那个金地球，也是我一句话争来的。

蔡经理在我面前摆功显能，平时可从不这样。我知道，她是想延长我在花园中逗留的时间。我也乐意待在这里，因为心中的谜团使我兴奋不已。我很想看看夜深人静时，这花园里会发生什么故事。

花园中间有白色大理石做成的圆桌、石凳，蔡阿姨让我坐下，沉默一会儿，她又把话题转到另一方面。她谈起这座花园的历史：当年法籍犹太人皮埃尔，花了十万两银子建起这栋洋房。陈文凯的爸爸陈远京那时在皮埃尔开的银行当大班，是他手下得力大将。后来，皮埃尔病死，陈远京进一步发达，把他的银行，连同这花园洋房都买了下来。这一变故与皮埃尔年轻的中国妻子有着说不清的关系，而这女人最后成了陈远京的妻子。花园里面发生的爱情与阴谋，后人就无法说清了。解放后，陈远京作为工商界的重要统战对象，一直受到政府的保护。同时，老人也为他能干的儿媳妇，留下工商界庞杂深厚的人事关系，使她得以大展身手……

这个故事蔡阿姨肯定不止一次对哥哥说过，在叙述过程中，她不时插一句：这事情你是知道的。于是我就不住点头，好像这故事听她讲过多少遍了。但我又总想打听一些细节：你是怎么走进这花园的？你丈夫陈文凯是怎么去世的？……当然，我不会直接这样问的。

三年前陈文凯飞机失事，一去再不回来，这花园只剩下孤零零我一个人了。她说这话时眼睛发直，失神地望着花园东南角的一丛竹林，仿佛那里藏着她失去的东西。

我若有所思地说：看来，这花园有一个重要特点。

蔡阿姨回过身来，望着我问：什么？

我一字一顿地道：它总是属于外来者。

蔡阿姨明白了我话里的意思，眼睛里流露出某种深意。

你也愿意成为这样一个外来者吗？停顿许久，她也同样一字一顿地问我。

我反被她将了一军。这似乎又涉及某个核心机密，我却全然不知，无以对答。

这时，上衣口袋里的手机响起来。我得以摆脱僵局，赶快接听电话。

我听见哥哥耳语般的声音：别说话！我说你听着。我知道你此刻正在蔡家花园，你必须立即离开。你们已经谈够了，什么事情都解决了，现在就站起来，坚决告辞！

我说：知道了知道了，明天陪你吃午饭，我正好有些事情想问问你呢。拜拜。

我挂断电话。蔡阿姨用异样的目光看着我，问：谁来电话？

我若无其事地道：我那位证监局女朋友，陶薇。她怪我今儿晚上失约呢……

蔡阿姨以斩钉截铁的声音说：和她断掉，越快越好！她和你根本不是一路人。再说，我已经调查清楚她的底细，她有情人，一个有妇之夫。你已经被戴上了绿帽子！

我惊讶地睁大眼睛：是吗？

蔡阿姨冷笑：要我拿出他们约会时的照片吗？算了，看了太受刺激。你听我的没错。

她看我一脸沮丧的模样，又起身道：我去拿个西瓜来，你独自在花园里清醒清醒。

她步履轻快地消失在小径的尽头。其实，我本可以拦住她，向她告辞，正像哥哥在电话里指示我的那样。但是，我被另一种力量左右着，一心要探清这花园里的秘密。我决定违背哥哥的指示，直觉告诉我：要演好孤独鹰这个角色，关键就在今晚。

我站起来，在花园里随便走走，这花园形状古怪，有点像一顶巴拿马草帽。中间鼓凸的部分是一片竹林，远看显得深邃，我沿着小径走向竹林。微风吹过，竹叶沙沙作响，我想这倒是捉迷藏的好地方。我躲在里面，蔡阿姨抱着西瓜回来，肯定找不到人……

我这么想着，就和一个女人撞了个满怀！她倒会捉迷藏，早在竹林里躲着呢。我后退一步，看清那张脸：苍白而美丽，正是刚才出现在窗户上并被玻璃挤压得非常丑陋的脸庞！

你是谁？我问。她朝我笑，傻笑。她穿着一袭淡蓝色的睡衣，丰腴的身体在睡衣轻柔的质料后面颤抖……

我明白了，这是一个精神失常的姑娘，是蔡阿姨的女儿。哥哥要我躲避的，也是他所极力躲避的，正是这名女子！

我得撤退，快撤！我快步退向竹林外面。但那姑娘像一只猎豹，轻轻一跃，就将我扑倒在草地上。

真是不可思议！这姑娘的疯狂与爱有着极强的感染力，或者说，她体内的病会传染人，我很快被这病传染了。我身体每一个部位从里到外被大火炙烤着，不能自制。

蔡阿姨始终没有抱来西瓜。

十　母亲的眼睛

黎明。我跟葛大爷出海，约定同去的还有小鸥。小鸥先到，老远朝我挥手，催促我快一点。葛大爷蹲在船头，发动机器，待我跳上船，就驶向宁静的海湾。

晨曦中的海，美极了！白雾如纱，凝结不动。海水碧绿，平静如镜。为了渲染这宁静，海上一切运动似乎都静止了。偶尔，一只灰色海鸥从我们头顶掠过，使眼前这画面有了动感。养殖扇贝的玻璃泡，排列有序地伸向远方，为大海勾勒出纵横阡陌。海天之间，一线胭脂红渐渐洇开，我知道那地方一轮金日不久将要跃出海面。这熟悉而又陌生的图景令我感动，我盼望它已经许久许久了……

葛大爷是小鸥的舅姥爷，知道我想出海，小鸥就央求他老人家捎带着我。葛大爷在镇政府食堂做饭，每天早晨要出海搞一些海鲜，以备中午招待客人。我有些奇怪：虽说守着大海，海鲜是说搞来就能搞来的吗？葛大爷却胸有成竹，一边把着舵直往海湾深处行驶，一边谈论着我的爸爸。我对父亲毫无印象，因为他去世时我还不到三岁。所以在我看来，葛大爷谈的是一段遥远的传奇。

他说：你爸爸是好样的！当年他在大连百货商店当会计，两只手都能打算盘。神了！我和你爸爸最要好，就佩服他有本事。可惜，他遭坏人陷害，领导说他经济上不清白，把他打发回家了。

我问：听说我爸是淹死的，你知道具体情况吗？

葛大爷说：你爸水性极好，怎么淹得死？回到岛上，他心里闷，老是划着小船出海钓鱼。钓鱼也钓不到什么，他就是一个人想心事。有一天，海上起风了，别人都收船回来，他却划船往老洋子漂去。别人叫，他也不答应……他就这么走了，再也没人看见他的踪影。我老觉得，他是选了一条路，自己往那里去了……

我心情有些忧郁。我不知道父亲遭遇了什么事情，但我理解他的选择。小鸥似乎想安慰我，轻轻捏了捏我的手。

小船停下。不知凭着什么标志，葛大爷在养殖扇贝的绳缆上寻到一根尼龙绳，轻轻一拽，一个网箱浮出水面。网箱里有螃蟹、海螺、爬虾、章鱼……活蹦乱跳，稀罕煞人！葛大爷将各种海物抓几只扔在舱里，又把网口收好，让网箱重新沉入海中。他告诉我：镇政府领导吃不完的好东西，都在这里养着，永远保持鲜活，这也是海岛特色。

回去路上，小鸥对我谈起天翔。那个失去双臂的孩子，又可以继续上学了，现在正发奋学习英语。我的善举在学校内迅速传播，校长在教师会上表扬我，同事们毫不掩饰自己的吃惊。我看得出，小鸥也有些吃惊。我把存折交给小鸥，小鸥把存折交给校长，事情就这样办成了。她告诉我，英语组的老师都在私下议论，没想到辛远动真格的，没想到辛远一下子拿出那么多钱……

我们上岸，告别葛大爷。太阳跃出海面，照得小鸥脸上红通通的。我决心让她为我骄傲，继续自己的善行。

我说：你能不能帮我办一件事情？

她仰脸望着我：有事就说呗，怎么这样严肃？

我缓缓道：你帮我调查一下，咱们学校还有几个像天翔这样的学生，我要把他们全包下来。

小鸥真的吃惊了。她站住脚，轻轻说一声：你疯了？你有多少钱？

我说：是这样，我哥哥发了大财，他想通过我的手为家乡做一些好事，善事。他又不愿意以他的名义，只好让我代劳。

小鸥恍然大悟：原来是这样。

我说：我也不能老出风头，闹大了别人还说我虚伪。所以，这次我们确定帮助对象，以你的名义去做。你一定要帮我的忙！

小鸥迟疑一会儿，终于点头道：好吧，反正都是帮你哥哥的忙。

我们在进入县城的岔道口分手。小鸥去学校，我要回家。我看得出，小鸥缠缠绵绵想让我吻她。但我拒绝了她，我心理负担很重。我说：昨晚我一夜没睡，人整个儿很难受。她体贴地一笑，脚步轻盈地离去。

这话我倒没撒谎，我为弟弟提心吊胆，整夜没合眼。我想，除非若云没在花园出现，除非蔡阿姨没能拦住弟弟，否则弟弟很难摆脱成为她们猎物的命运。事情的轮廓渐渐清楚了，我为什么要上岸？我为什么要摆脱蔡经理？只因这一段疯狂的、罪孽的爱情。若云，我一念及这个名字就心悸，就战栗，就不能自已……

我步履沉重地往家走去，浑身好像灌满了铅。本以为清晨的海景能解除我的忧烦，可是不行，当我独处时心头又被阵阵阴云压倒。二层小白楼耸立在我的面前，到家了。小楼位于县城北部山坡上，是我出钱让弟弟盖的。跨上院门石台阶，回首一望，大海金光灿灿尽收眼底。真是好地方！母亲在厨房收拾东西，听见我从门口走过，侧脸问了一句：吃过早饭了吗？我嗯一声，匆匆上楼。九点半了，股市已经开盘，我得看看天堂岛股票的动向！

回到卧室，我打开笔记本电脑，调出天堂岛的分时走势图，专心致志地看盘。有一点弟弟搞错了，股票并不是像我描绘的那样简单，在他不闻不问只顾买进的背后，我的一双眼睛从未离开股市风云。当然，作为一个傀儡，他懂得越多越麻烦，只需执行我的指令就行了。我在后面牵线，他在前台唱歌跳舞，我们兄弟配合得天衣无缝。

我清楚，昨天弟弟经历了怎样的一场风暴。老晃——晃爷突然撤资，给我来了个釜底抽薪，差点儿使我一个跟头栽倒！关键时刻唯有靠蔡阿姨，只有她才能迅速调来两亿元资金，堵上这偌大的窟窿。但我知道，为此我必须付出代价。准确地说，是弟弟付出代价！长期以来，我与她周旋，就是不肯踏进她的花园。蔡阿姨明白我为什么躲避，而她是绝不会让我溜走的！昨夜，我们必须通力合作，否则无法渡过面前的难关。蔡阿姨肯定会抓住这个机会，一举将我搞定。由此看来，弟弟肯定凶多吉少了……

天堂岛走势平稳，看不出任何异常迹象。十点过后，价格曲线像龙一样昂起头来，强劲攀升。17 元、17.5 元、18 元……我可以想象，我那位傻弟弟正在鹰巢手忙脚乱地买进股票。嗯，他也许会像我一样，坐在轮椅上，在六台电脑之间滑来滑去。总之，暴风雨过去了，一切平静如常。

老晃，晃爷，你好狠啊！

门无声无息地开了。母亲站在我的背后，直视着我。我蓦地一惊，转回头来。妈妈眼窝深陷，眼皮永远紧闭。但这并不妨碍她的直视，直视我的心。

我问：妈，你要干什么？

母亲反问：你要干什么？你把弟弟弄到哪里去了？

我一直隐瞒与辛远换位的事情，尽量避免与母亲多做交谈，但她仿佛知道一切，还是尖锐地提出这个问题。我只得硬着头皮回答：辛远非要过我的日子，我就让他过过瘾。

母亲固执地追问：你把弟弟弄哪儿去了？

我火了：那是他自己的选择，你能怪我吗？

母亲头微微颤抖，脸侧着，向我步步紧逼：你让他回来，你不能带坏了他，不能害了他……

我几乎暴跳：我不是你的儿子吗？你从不担心我学坏吗？别人害不害我你从不放在心上，难道不是吗？

母亲怔了一下。她一边摇头，一边向门外退去，喃喃道：你和他不一样，你们不一样……

我绝望地喊：为什么不一样？有什么不一样？我们是双胞胎，前后脚从你肚子里出来，我们一模一样，完全一模一样！

母亲已经走下楼梯。房门被风吹得砰的一声关上。

我沮丧地倒在床上……

十一　枪，顶住我的脑门

我必须封闭记忆。对于昨夜发生的一切，不去回想，不去琢磨，只把它当作一个荒唐古怪的梦。我全神贯注地工作，不停地买入股票。自从踏入鹰巢，我还从没有像今天这样卖过力气。当我离开办公室，走下那阴暗的楼梯时，头脑一阵晕眩，差点儿顺楼梯滚下去……

我得承认，我的神经深受刺激。那种美与疯狂混合而成的毒药，具有不可抗拒的力量。毒素深入到神经末梢，只要脑海闪过那疯女的面容，我的心灵就战栗不已。必须封闭。否则，我会和那姑娘一样发疯！

我羞于面对蔡经理，就直接穿过喧闹的营业大厅，来到马路上。我只想赶快回家，狠狠地睡一觉。

待我一觉醒来，已是半夜时分。肚子叽咕乱响，好像在提醒我该吃饭了。我忽然感到饿极了，跳起来就往楼下跑。穿过一条条无人的街，我满世界地寻找通宵营业的饭店……一切处于混乱状态，脑子里混混沌沌。我都不知道自己在干些什么。

我总觉得有一双眼睛在暗中窥视我，甚至怀疑有人跟踪我。此刻，危险正一步步逼近。新生活对我的冲击如果仅限于女人，倒也罢了。然而我没想到，有人正提着一把手枪，趁我处于迷糊状态，对我下手了！

别动！一个沙哑的男低音在我耳畔回响，动一动，就崩了你！

这是一处停工的建筑工地。我吃过夜宵，喝了两瓶啤酒，觉得小腹鼓胀，正打算找个僻静处方便方便，乌黑的枪筒就顶住了我的脑门。面对突然袭击，我吓得魂飞魄散，腿一软便跪倒在地上。

我听见自己颤抖的声音：兄弟别……别乱来，我身上的钱都给你。

这点儿钱救不了你的命。我只想知道一桩秘密，如果你老老实实说出来……

我说，我一定说！什么秘密？

你先睁开眼睛，看看是什么东西顶在你脑门子上？

枪……一把手枪……我无需睁眼，早就知道那硬邦邦、凉森森的管状物是什么东西。

好吧，你说。那沙哑的声音停顿一下，更慢、更清晰地问道，你在坐哪只股票的庄？打算炒多高？

天堂岛。我毫不犹豫地说出对方希望知道的秘密。若在革命年代，我肯定是一个叛徒。我积极主动地，毫不打顿地倒空肚里的东西：我在做天堂岛，我的第一目标是要炒到 50 元，最终目标炒到 100 元。我希望在自己手中诞生一只百元大股。

少啰唆。行了，现在你可以去报案了。

不，我绝对不敢……

为什么不呢？我把枪留给你，做一个证据。

哑嗓子把枪筒拧了一下，整得我脑瓜子生疼。他真的把枪扔在我面前，人却跑得无影无踪。印象中，此人头上套着尼龙袜子，身材瘦小，动作敏捷，与电影里的恐怖分子没什么区别。

许久，我都不敢去碰那把枪。我是草包，稍加考验就现出原形。引领我钻入工地的那泡尿，我竟不知不觉地撒在裤裆里。早知如此，我干吗还要到这鬼地方来？当我终于有力气站起来，就提着手枪，摇摇晃晃回家去了。

　　我泡了一阵热水澡，惊魂甫定。我躺在床上研究那把手枪，才发现它竟是一件假货——仿真玩具手枪！凶手把枪留给我，还让我去报案，不过是要我明白：他闹了一场恶作剧，公安局不会理会这种小事。绝，真他妈的绝！一把假枪居然掏去了我所有秘密，还吓得我尿了一裤裆。我也太有出息了，让哥哥知道不笑掉大牙才怪。

　　我得查出凶手是谁，并予以强烈回击。我不准备给哥哥打电话，既然身处这个世界，我就得自己动脑筋解决问题。这如同下棋，我必须掌握局面主动权，在恰当的时候，动用恰当的棋子。我这么想着，老晃微微晃动的身影就在眼前浮现。他不是黑社会的大哥大吗？哥哥不是指示我与他加强联系吗？那么，有人用枪顶着我的脑门，请晃爷出马搞定，是再恰当不过的事了。

　　可能有些冒昧，当我拨通他的手机时，正是凌晨四点。这样打搅他，是为了突出事件的严重性，引起他老人家的注意。老晃语音清晰，反映出他头脑的冷静，听完我对恐怖事件的叙述，他只简简单单地说了三句话：回你的老娘家旭日投资公司。找你的老冤家车光算账。别忘了带上那把枪。

　　当阳光洒满这个喧闹的城市，人们匆匆忙忙赶路上班之时，我夹着一个黑色公文包，站在旭日投资公司的玻璃门前。

　　我得简述一下哥哥的从业前史：他离开国有银行下海，曾在好几个证券公司干过，似乎一直不太顺利。与蔡经理认识之前，哥哥担任旭日投资公司的第二操盘手。他与顶头上司车光矛盾重重，满腔怀才不遇的郁闷。幸亏蔡经理慧眼识珠，将他挖走，证券界才有了一只孤独鹰盘旋翱翔。旭日投资公司其实是一家大型私募基金，处于半地下状态，据说掌握着上百亿资金，实力惊人。哥哥一走，带走不少客户，老晃就是其中重要的一位。所以车光等人对他恨之入骨。哥哥曾对我详细交代这段过节，可我没太在意。现在看来，那把黑枪很可能是他们派人指向我的脑袋的。

车光尚未上班。多数人都认识我，纷纷点头打招呼。我说：我有点事找车经理，你们忙，我在他办公室等着。一位小姐就打开经理办公室的门，请我进去，并端来一杯茶。

不大一会儿，车光来了。他是个瘦子，因为个高，更显得像一根芦苇似的。他见到我一怔，冷冷一笑，问：你怎么来了？混得意了，还记得这些人？

我把办公室门关上，锁好，转身来到大班台前，拉开公文包。车光也许以为我会拿出什么票据，伸长鹭鸶一般的脖颈朝包里看。却不料，我蓦地掏出一把手枪，枪口顶住他的脑门。

我露出狰狞面目：今儿个是你死我活。我不干掉你，早晚就要遭你的毒手！

车光的脖颈乌龟一般缩回去：君子动口不动手。干咱们这一行哪有玩枪的？小心走火。

我说：你在背后是怎样算计我的？不老实，枪就走火！

明人不做暗事，前些天我向证监局举报了你……

我感到意外，把枪往后缩了一缩：举报我什么？

你在我公司操盘时，与第三者对敲，谋取不法利益。但我没有拿出确凿证据，怕的是把我们旭日公司也牵连进去……陶薇接待了我，还催我补充材料。她不是你的未婚妻吗？难道没有给你透露一点儿风声？

少啰唆。我又把枪口朝他脑门顶了顶，还用力一扭，早该一枪崩了你！说，还干过什么坏事？

没，没了，真的……

不老实！你派了杀手暗算我，昨天夜里有人用这把枪顶着我的脑袋，逼我说出坐什么庄，炒哪只股，你敢说这不是你干的？

绝对不是。车光这小子比我冷静，在枪口下还能讲明道理，你是内行，咱们自己做庄家，还用得着问别人炒什么股吗？

我不得不承认车光的话有理，决定亮出另一张王牌。枪，是重要道具，得变着花样玩。我收回发酸的胳膊，把枪啪地拍在大班台上。车光两道短而粗的浓眉跳了一下。

我说：那么，老晃为什么让我拿着枪找你算账？他是什么角色，你心里应该清楚。

车光眼里流露出真正的恐惧，喃喃道：明白了，晃爷是警告我呢。请你转告他老人家，我这张嘴再也不敢胡说八道了……证监局那边的举报材料，我明天……不，今天就撤回来！

很好。

我没词了。戏演得差不多，该收场了。我本想把枪扔给车光，让他去报案。可又觉得落入窠臼，没趣。整部戏都模仿别人，结尾总得有点儿新意。再说我也舍不得这把仿真手枪，它可在二十四小时之内顶过两位证券界重量级人物的脑壳。我还要继续调查，直至找到它真正的主人！

我把枪收回公文包。脸上浮现出亲切的笑容：很好。话说透了，今后咱们还是朋友。中午我请客，给你压惊。

瘦子车光急忙说：我请，我请！

我说：不必客气。你详细说说陶薇，哦，她对你的举报持怎样的态度……

十二　猴子

我们营业部的客户中多怪人。黑牡丹算一个。但比起狼来，她就差远了。确切地说，狼是我们大户室中的一位老客，所以他当然是人。他古怪而沉默，有一种内敛的狼劲儿，因此得了"狼"这么个绰号。

我常听冯男男她们说起狼，一直无缘谋面。引起我兴趣的是他的独特经历。他从西部一个偏远县城来，曾被判过刑，据说他勒死了自己的妻子。他带来一大笔资金，达百万之巨，因而也有人说他是一个贪污犯。对于种种传言，狼从不辩解，似乎习惯于别人往他身上泼污水。

还要说明一点：他的百万资金早已被套死，要斩仓，恐怕连十万元也没有了。所以他已经是穷人，一匹瘦狼。他无心看盘，也不在大户室久待，每天都要到营业部后面的街心花园抖空竹——是的，我经常伏在鹰巢窗口注视着的那位戴黑框眼镜、头发梳得整齐油亮、有着高超技艺的抖空竹老头，竟然就是狼！

那天，我终于在帝豪酒店结识了狼先生。我按老习惯独斟独饮，享用午餐时的两瓶啤酒。黑牡丹牵着狼的手,来到我的桌前。看样子他们挺亲热,关系非同一般。黑牡丹朝我嫣然一笑,把狼按在我身边的椅子上:老狼想和你交朋友,还有点儿不好意思。我说鹰和狼都挺孤单,应该对话,就把他领来了。

我举起酒杯:原来你就是狼!久仰久仰,我很想拜你为师,学习抖空竹呢!

老头不苟言笑,等我把酒喝完,一字一板地说:走吧,我现在就教你。

我跟狼学抖空竹,一直练到傍晚。我们很少说话,却有一种精神交流,分手时已十分亲密。我进步很快,居然能把空竹抖得嗡嗡作响。老头点点头,说了一句:孺子可教。倒也毫不客气。

回家时,我又遇见另一位怪人——猴子。

刚开始,一辆出租车在我身旁缓缓行驶,我还没注意。后来,出租车居然把我挤到小胡同里,横在我面前停住了。我想骂人:你眼瞎?怎么开的车?但一瞬间,我就看见坐在驾驶座上的猴子那张瘦脸了。

猴子说:上车吧,我等你一下午了。

我打开前门坐在他的旁边。猴子很兴奋,一只手把握方向盘,一只手抓耳挠腮。他说他想念我,一日不见如隔三秋。比闹同性恋还想。他又说我人好,今生今世遇到我这么一个好哥哥,肯定是前三辈子积了德。我板着脸一声不吭。

最后,他终于露出本相,厚颜无耻地将那只猴爪伸到我面前,乞求道:好哥哥,我又没钱花了,救济救济我吧,免得我又犯老毛病……

我把身边所有的现金全翻出来，连钢镚也不剩，统统塞入那猴爪。

猴子却说：太麻烦了，你不如给我一张卡，一张你刷得差不多的卡……过去你不是总给我卡吗？

我只得依照哥哥的惯例，从钱包里抽出一张龙卡给他。那卡里还有一千多块钱，真叫我心疼！

猴子将现金与卡一把抓走，眉飞色舞地喊了一声：谢您了哥！然后宣布本出租车收工，他要请我客，找地方潇洒潇洒去……

我说：千万别，我练了半天武艺，累极了，只想回家睡觉。

猴子说：睡吧，你不就爱在我车上睡觉吗？睡够了再玩。

他开着车在市区兜风。随着身体有节奏的晃动，我很快进入梦乡。

从某些方面来看，哥哥是个喜欢交朋友的人。孤独鹰不孤独。那一大串女孩且不说，就这个猴子，便属于鸡鸣狗盗、引壶卖浆之徒。我一到这座城市，就被猴子纠缠上了。因为是哥哥的旧友，无论我喜不喜欢，只得照单全收。

我从猴子的言谈中得知，他得以跟着辛遥混，还有一段传奇故事（他自认为是缘分）。有一段时间，猴子决心做一名小偷。他真的动手行窃，第一个对象就是辛遥。可惜，他是个笨贼，手刚伸进裤子口袋，就被辛遥一把抓住。辛遥说：小兄弟，手艺这么差，还敢出来混？说完，挎着女朋友胳膊扬长而去。

那天我哥哥辛遥正领着某位小姐逛百货商场，心情不错，也没和小偷计较。可是，他严重地挫伤了猴子的自尊心。猴子一个人立在圆柱旁，脸红半天，决心报复。他尾随着辛遥，伺机下手。然而适得其反，他又一次失手，被辛遥抓住手腕，径直拖出百货商场。

他问：你这个笨贼，究竟想干什么？

猴子说：你杀了我吧，送我进公安局吧。但我警告你，不准侮辱我的人格！辛遥笑弯了腰，拍拍他肩膀说：冲着你这份人格，我就和你交个朋友！不过，偷钱包的事，今后你再别干了，你不是这块料……他们果真成了朋友。

猴子，真名侯杰，是南方某小城无业青年。他父亲开厂，家境原不错，只因生性放荡，猴子来到这北方大城市闯荡。钱花完了，问他父亲要，父亲要他回家，不肯寄钱。于是，猴子生出当一名神偷的念头。辛遥成功地劝阻了他，并说服他的父亲做出投资，让他当上一名出租车司机。但是猴子三天打鱼两天晒网，只恋着跟辛遥玩，哪里赚得到什么钱？久而久之，这辆出租车成了辛遥的包车，猴子成了跟班马仔，辛遥也不得不担负起这位小兄弟的花销。好在手头宽裕，辛遥也不在乎这两个钱。倒是猴子越来越得力，经常帮辛遥做些要紧事情。比如，跟踪法定女朋友陶薇，发现她移情别恋的蛛丝马迹……

我一觉睡醒，天已经完全黑了。路灯柔和的光线，从我脸上掠过。猴子说：吃饭吃饭。

我说：不想吃。

猴子说：随便吃点，咱们去找小猫咪。

我把头摇得拨浪鼓似的，一句话也说不出来。现在，我能体会哥哥为何一谈女人就厌倦了，活活撑的！我说：没胃口。

猴子神秘地一笑：我知道你对小猫咪没胃口。可是，她那里新来一位姐妹，天姿国色，你见了保准有胃口……

说话间，车在一座灯光璀璨的建筑物跟前停下。我推开车门，就看见霓虹灯闪耀，"GOGO俱乐部"几个大字依次跳跃，像一群涂脂抹粉的女妖。猴子兴奋异常，掰着手指头咕念：先吃饭，再桑拿，然后蹦迪、唱歌、搂小姐……

我刮他一下鼻子：想得美你！

猴子正色道：今天我请客！说定了，用不着你掏一分钱。

他倒是说真话，每次钱一到手，必花个精光，绝不吝啬。但是，最终结果往往由我掏出钱包，把那亏欠的大头给补上。这小子，真是个好玩伴！

我哥哥辛遥，就这样沉溺在花天酒地里。他很有钱，并且来源复杂，用之不竭。除了财务莫小华按时结账，蔡经理还亲自把各种信用卡送到我手里，声言吃喝开销都由营业部报销。工资奖金数额不详，也是由蔡经理直接划入卡里。还有些人，神神秘秘地来到我住的公寓，放下一信封钞票，什么话也不说就走。

我曾问过哥哥，这些钱是怎么回事。辛遥说：甬问，你闭着眼睛花就是了。所以，我就像掉在钱海里游泳。一边游我一边想：下海可真好哇！对于我这样一位中学教师而言，这真是难得的经历。

猴子这家伙可是见惯了世面，神气活现地走进那豪华俱乐部，一路与熟悉或不熟悉的小姐们打着招呼。我周围的人个个气宇轩昂，有钱有势使他们脸上的神情不同凡响，从容自信。猴子遇到熟人，总要炫耀地说一句：我大哥来了！于是，敬仰中略带惊讶的目光向我脸上扫来。男人如此，女人尤甚。我冷漠，孤傲，慢慢地将脸转向旁边。做一只孤独鹰可真不错，我在心中暗暗佩服哥哥。

踩着柔软的红地毯，穿过几个金碧辉煌的大厅，猴子领我走进一家美国牛排馆。当嗞啦嗞啦响着的牛排端到我面前，我突然饿起来。是的，我多么需要牛排啊！我所经历的生活，没有牛排绝对支撑不起来。我狼吞虎咽，猴子在给小猫咪打电话：你马上下来，我大哥来了！哎，带上菲菲小姐，两男两女正好。你可不能自私，我也是男人嘛……

他朝我挤挤眼睛，我知道菲菲小姐就是所谓的国色天香者。

我的手机响起来。是陶薇打来电话，她的声音十分急切：辛遥，你能马上来我家一趟吗？

我嚼着牛排，呜呜噜噜道：不行，我正在和朋友吃饭……真忙，忙死了！

陶薇停了一会儿，口吻里增加了恳求的色彩：我需要你。今晚上我特别需要你，你能帮帮我吗？

十三　匿名信

每当我跨进陶薇家的大门，远远瞄见那位副市长岳父大人的身影，就不由得肃然起敬。我暗暗怀疑哥哥的智力：放着阳关大道不走，他为何专拣曲里拐弯的独木桥？

我是指女人问题。我就不明白，陶薇的长相、修养、风韵魅力，哪一样不比那些乱七八糟的女人强？况且事情明摆着，有这样一位副市长岳父做靠山，哥哥这只孤独鹰展翅高飞，扶摇直上，不是指日可待吗？可他与陶薇貌合神离，不知道闷葫芦里卖的什么药。要我选择，我就讨陶薇做老婆，这一点是毫不动摇的！

陶薇在客厅里迎接我，神情略有些紧张。她低声说：咱们有君子协定，谁也不能违反，对吗？我点点头，尽管我对协定内容毫不知情。她说：这样，爸爸无论问你什么，你就一口咬定，昨晚我是在你那里过的夜。

我耸耸肩膀，做出委屈的表情：可以。但明天晚上你得如实补上，我可不能空担虚名。

陶薇却板着脸，毫无开玩笑的意思：走吧，爸爸在书房等着你。她转身登上客厅里的旋转扶梯。

书房在二楼走廊的尽头，陶薇卧室也在同一条走廊上。我去过她的闺房，没去过书房，所以推开房门，看见宽阔的写字台、四壁如城墙般的书橱，我就不免有些紧张。我那位位高权重的岳父大人，坐在写字台后面摆弄老花镜，满脸怒容使他更显得威严。他一抬胳膊，用老花镜指指屋角的沙发，说：坐吧，你们两个都坐。我和陶薇并排坐下。我侧眼看看陶薇，她镇定自如，刚才在客厅里的紧张，这会儿倒消失得无影无踪。将门虎女，我这位未婚妻可真不简单。

家丑不可外扬。辛遥，今天我把你当作自家人，直言不讳了。老泰山开口说话，声调沉郁，直截了当，每个字都很有分量。他把一封拆开的信递到我的面前：先看看这个。你慎重地想一想，先别急于表态。

我有些吃惊，戏真的进入高潮了！这是一封匿名信，揭露陶薇的绯闻。信中有两个地方刺激人的兴奋点，其一，绯闻男主角是本市颇有知名度的作家，其作品多次获大奖，并改编为影视剧频频在荧屏亮相。其二，揭发者言词凿凿，说陶薇与作家共度良宵，地点在西山大酒店，时间是七月二十五号夜晚，也就是昨夜。匿名信作者还写了一些细节，可信度非常高。作为语文教师，我能从流畅的文笔、巧妙的结构推断出这位揭发者也是吃文字这碗饭的。搞不好还是一位作家！

卑鄙。我轻声地说。我想，我的感情受到挫伤，这时候可能脸都白了。我把匿名信往茶几上一拍，高声补充道：卑鄙！

市长岳父审慎地凝视着我。当我说第一声"卑鄙"时，他眼睛里还存有疑惑，当我喊出第二声"卑鄙"时，他的表情一下子松弛下来，好像真有一块石头落了地。我认为我的表演很成功。

陶薇及时地作了补充说明：刚才辛遥没来，你逼问我，有些话我不好说。现在当着辛遥的面，我可以把真实情况告诉你。爸爸，她停顿一下，脸上显出一丝羞涩，昨晚上，我和辛遥在一起，在他的公寓小窝过了一夜……

我感觉自己真像一个戴绿帽子的傻丈夫。我捧起匿名信，双手有些颤抖，激动地说：陶市长，我坚决要求公安局的同志追查匿名信的炮制者，我要告他诽谤罪！

老泰山从写字台后面站起来，一边在书房踱步，一边做了几条指示：第一，咱们是一家人，你不必称呼我的职务，什么陶市长？起码叫个叔叔嘛！第二，这件事情到此为止，既然搞明白了，就没有必要再和这些小人纠缠。第三，有则改之，无则加勉，你们两个要从这件事情中吸取教训……

书房门开了，陶薇妈妈走了进来。刚才暴风骤雨迫在眼前，连她也不得不回避，可见形势紧张。女人嗅觉很灵，隔着墙壁她也能闻到雨后天晴的气息，及时赶来参与谈话。她是一名儿科医生，戴着金丝眼镜，从眼神到话语处处透露着冷静。她提出一个尖锐问题，马上把戏推入另一个高潮。

她问：你们为什么不结婚？

我一怔，转眼看看陶薇，陶薇也不好回答，低着头，不说话。我很想拍拍胸脯回答丈母娘：马上结，明天结也行！当然，陶薇不喜欢这样的答案，我也没必要逞能。

市长大人也把目光集中到我们身上：是啊，你们恋爱快两年了，年纪也不小了，还等什么？

医生的冷静犹如一把手术刀，轻轻地划开我们热恋的外表。我有些奇怪，她说：你们好像不太正常。薇薇，回答我，你想不想和辛遥结婚？

陶薇仍然低着头，不敢直视母亲的眼睛。我看出来了，她怕母亲甚于怕父亲。她点点头，声音细得像蚊子叫：愿意……

市长岳父配合他的妻子，马上问我：你呢？辛遥，你愿不愿意和薇薇结婚？我是说，尽量早一点……

他们两个像牧师。我真想跳起来，高兴地喊：我愿意！但我马上意识到，戏不能这样演，路子不对。我如果兴高采烈地争着当女婿，不就是把陶薇往火坑里推吗？那封匿名信揭露的问题，很容易得到证实，她在这关键问题上不能与我保持一致，就说明她已经变心。事情到了这一步，我要是一个男子汉，就不能不担起所有的压力。

得，我就当一回坏人吧，为了陶薇我生扛着！

我抬起头，迎着双亲期待的目光，硬着心肠说道：叔叔阿姨，请原谅，问题出在我身上。我，怎么说呢，我的心理有障碍，相当严重的障碍。我觉得我配不上陶薇，也配不上这个家庭。我算什么，一个炒股票的，没地位，没权力，没学问，除了两个钱，一无所有啊!

市长岳父欲开口说话,我摆摆手挡住了他:对不起,请让我把话说完。我的情况听起来有些不可思议,但是确实如此。我也拿自己没办法。然而我爱陶薇,这份爱永远不会改变。我会一点一点克服心理障碍,最终挽着她的胳膊走进婚姻的殿堂。真的,我需要时间,我请求你们给我一点时间……

陶薇蓦地抬头瞥了我一眼,眼睛里竟噙着泪花。

我未来的岳父母长长地舒了一口气,我又一次使他们心中的石头落了地。

当我走出书房的时候,我感觉自己像一个英雄。我不免骄傲起来:哥哥在,也不能把事情办得如此漂亮!谁是真谁是假,戏演久了,这就成了问题。

陶薇挽着我的胳膊,熨帖地靠在我身上,我能感觉到她体内流溢的温柔。她打开卧室的门,柔声道:到我屋里坐一会儿吧。

我相信市长岳父与医生岳母的目光,正在后面注视着我们。

十四　陶薇爱情之谜

好吧,现在你该对我说说了,这一切是怎么回事?

我坐在圈椅上,脚尖一翘一翘,眼睛尽量不看陶薇。陶薇站在梳妆台前,对着镜子梳理头发。她冷静下来,刚才的柔情蜜意早已抛到了九霄云外。

你有必要知道那么详细吗?别忘了我们的君子协定,其中第三条就是互不刺探对方的感情秘密。她说这话时，完全显得忘恩负义、没心没肺，并且像她母亲一样冷静。

我长长地打了一个哈欠：我已经忘记什么君子协定了。我很困，什么都记不清了。为了报答刚才的恩情，我在你屋里睡一夜，你和你的父母不会介意吧？

我脑袋一歪，立即睡着，并且打起呼噜。我真是困极了。

陶薇肯定没料到我会来这一招，一时手足无措。她推我、摇我，甚至抓住我的头发，使劲晃动我的脑袋，我就是不醒。她认定我是装睡，气得拿起梳妆台上的唇膏在我脸上乱画。最后，她把进口的法国香水洒在我头上，那强烈的香气刺得我鼻子发痒，打了一个响亮的喷嚏，终于从梦中醒来。

你要干什么？我跳起来，对着镜子一把把乱抹，整张脸顿时变成猴腚。陶薇笑得前俯后仰。

我们决定出去散步。经过一番折腾，陶薇变得十分友好，牵着我的手穿过客厅。我觉得我们俩像一对小朋友。出门时，我快乐地向叔叔阿姨挥手告辞。其实我什么也没得到，马路上凉风一吹我清醒过来，就觉得自己吃了很大的亏。

我们这个城市有许多湖，南湖是其中最大的一个。湖畔一栋栋漂亮的小楼，都住着我岳父那样有钱有势的大人物。我们在湖边徘徊，平静的湖水使人心醉，一轮圆月映在湖面上，泛出很强的银光，使人产生如同白昼的错觉。湖边老柳树千姿百态，柳丝垂入水中，像一群正在洗发的女妖。有一只睡眼蒙眬的鸟儿，发出一声尖叫，仿佛在梦中遭到劫掠……

我闷闷不乐。陶薇与我保持一尺的距离，手儿早就松开，显示出我们之间关系的实质。我搞不懂，哥哥与她为什么弄得这样僵？我也不甘心，这样好的一块奶酪，理论上已经完全属于我了，我却一指头不能动，岂不冤哉？

喂，别老板着脸。陶薇开口说话，语调里有关切的成分，使人心暖，你真的生气了？这可不像你啊！

我倒无所谓。我只是纳闷，咱们这台戏一直演下去，究竟该如何收场？

陶薇脸色严肃起来，甚至是严峻。她说：我也不知该怎么办。我需要一个过渡期，等待事情瓜熟蒂落。也许，我是在冒险，甚至在赌博，但无论如何我也要坚持下去……谢谢你今天帮我的忙。

见外了吧？咱们毕竟是自己人。既然把话说到这地步，你我还是仔细策划策划，省得以后露出破绽来。你说那个过渡期，到底有多长？几个月？几年？我再说透彻一些，那个作家，对你到底真不真心？会不会欺骗你的感情？

欺骗？陶薇猛地瞅我一眼，好像我的词语侮辱了她，不，我们真心相爱！他正在办离婚手续，半年，最多一年，我们就能正式结婚！

明白了。我点点头道，为了逃避社会舆论，为了免遭父母指责，你把我当作挡箭牌，掩护那位作家暗度陈仓。可我被你们玩惨了，你就一点儿不照顾我的感情吗？

感情？陶薇惊讶地叫起来，这词是从你孤独鹰口中说出来的吗？你从不屑提起这个词。在你的词典里，只有自由，哪里有感情？你逼我接受君子协定，其实质不就是只讲自由，忘掉感情吗？

真该死，哥哥从未给我谈起过什么君子协定，我差点儿露马脚。

但我企图扭转局势，改变与陶薇的关系。我说：此一时也，彼一时也，国际协定也常常作废，何况我们定的破玩意儿？我提议，废除该君子协定……

陶薇眼睛里迸出火星，把手扬在空中：我真想给你一个耳光！一切都是你造成的，你屁股后面跟着一个娘子军连，把我的感情折磨得千疮百孔。我在你的公寓里撞见多少女孩？我是如何发誓从今以后不踏进你房间一步的？难道你都忘了吗？好了，我终于接受你的自由理论，也找到了自己的感情归宿，今天你却要废除君子协定。这不是明摆着要干扰我的感情生活？你究竟是何居心？

陶薇说着这些话，指着我的鼻子步步紧逼。我就像舞台上的丑角，惊慌失措，步步后退，直到我后脑勺砰地撞在柳树干上。

我摸摸脑袋，对大柳树说：对不起！

陶薇毫不动容，继续她的控诉：知道我最难原谅你的是什么？你总是刺探证监局的情报，把我当作你的间谍。这也许是你和我谈恋爱的真正目的。我比谁都清楚你的心思，你只想要钱。为了钱，什么事情你也干得出来！

我哥哥辛遥真不是东西！他在爱情问题上的表现，只有"卑鄙"二字可以形容。我在心里附和着陶薇，痛骂远在天涯海角的哥哥。现在我完全明白了，陶薇那难以捉摸的爱情，有着充足的理由。不过，我还想为哥哥挽回败局……

陶薇骂我也骂累了，就怔怔地看着我。

你看，我说，你看……就我这么一个人，是不是会有改变？你想想，我现在的表现，是否已经有所改变？

不可能，你永远变不了。陶薇断然地说。停了停，她又仔细瞅瞅我，道：不过，你今晚的表现很出色，仗义，在我父母面前说的话也感人肺腑……是有一些改变。

我说：随着时光的流逝，我们都会慢慢地改变。

我们走累了，在长椅上坐下。我们也说够了，默默地眺望湖水。月亮西移，四下寂静，我却一点儿睡意也没有了。

我蓦地想起，蔡经理说她曾派人调查陶薇，那封匿名信是不是与她有关？她还说手中有陶薇与男人幽会的照片，如果是真的，那可就危险了！把柄不能落在她的手里。我知道花园里那个疯女，蔡阿姨为了她的女儿，什么事情都能做得出来。我想提醒陶薇，又不知从何说起。

同时，我眼前出现老晃晃悠悠的身影，他的声音也在我耳畔响起来：证监局正在调查天堂岛股票……还有车光，他把举报我的材料直接送到陶薇手里……她肯不肯帮我一把呢？

我胡思乱想，心如乱麻。

陶薇忽然说：我有一个想法，哪天让你和作家碰碰头，也许你能发挥今儿晚上这样的作用。

不胜荣幸。你不会让我和他决斗吧？我调侃道。

不，我只想让你帮助我。她转过脸来看着我，说：我觉得你是在变，慢慢地变成另一个人。真是这样，我们即便不能成夫妻，也能成为好朋友。

我有些激动：我们本来就是好朋友。我希望，事情往另一个方面转变，就像我在你父母面前说的那样，最终是我们走进婚姻的殿堂。

陶薇撇撇嘴：得了吧，这话你留着对我父母说。但她也有些激动，目光变得含情脉脉：今晚上，你整个人变得怪怪的……

我趁机握住她的手。她往外抽了抽，我不肯放松，她也就让我握着。这一刻，南湖变得很美。

这时候，我下意识地说了一句话。不，准确地说，是哥哥在我的里面说话，仿佛他的魂附到我身上来了。简直不可思议！我们刚刚建立的那一丝美好感觉，瞬间被践踏一空。

我贴近她的耳朵，情意绵绵，似乎要吻她。可是，我一张嘴就小声问道：听说，你们在调查天堂岛？为什么？查出什么问题来了吗？

陶薇立即抽出手，站起来。她冷冷地盯着我：这就是你，孤独鹰！你永远不会变，我也要永远对你保持警惕！

陶薇一甩短发，坚定地转身离去。她背影透露出干练、果断的气质，使我想起那位未来的老泰山。她走远了，我还坐在椅子上，呆若木鸡。

真奇怪，我们双胞胎兄弟可能存在某种心灵感应，哥哥正利用它控制我呢！

十五　翡翠岛往事

我一直生活在罪中。身陷无边的沼泽，拼命挣扎却越陷越深。黑暗、肮脏、窒息，我越来越绝望。我渴望过清白的生活，卸下肩负的重担，长长地舒一口气——这就是我上岸的真实动机。

声色犬马、灯红酒绿，我早已厌倦。并且，不知从何时起，我生出一颗忏悔之心。我为自己所做的一切深感悔恨，总想做一些善事，进行补偿。当小鸥领着我，看见那失去双臂的孩子一瞬间，我就知道机会来了。我又让小鸥出面，寻找并帮助更多的贫困学生。我渴望行善积德，钱，对我来说不算什么。能用钱去做一桩善事，我的灵魂就获得无比喜悦。无人能理解我的心思，小鸥也不例外。

弟弟已经深入我的生活，他肯定看见了罪恶。他会怎样想？他会不会像我一样弃之如粪土呢？我看很难。这种生活正如人们所说，像一块臭豆腐，闻着臭，吃起来却香。你若天生是一只苍蝇，更是围着它嗡嗡嘤嘤赶也赶不走。据我判断，弟弟正深入角色，乐不思蜀呢！他是初生牛犊不怕虎，元气充沛，正挥舞长剑在美女、金钱、权势构成的世界里奋勇前进！

话说到这里，我得承认深藏于我心底的一个小秘密：我希望与弟弟的换位是永久性的。也就是说，他从此变成真正的孤独鹰，我呢，此生愿做海岛男教师，平静、恬淡地生活下去。母亲责备我，是因为看穿了我的用心（她那双失明的眼睛能够洞察一切）。可是，人各有志，我想上岸，弟弟想下海，我们做一下交换又有何妨？形势正朝我预想的方向发展，弟弟在我的世界越陷越深，并逐渐显露出主动性。这很好，人生即选择，让我们各自按着选择的路线行进吧。

每天清晨，我到海边散步，总是沉浸在莫名的幸福感之中。我觉得身处这样的世外桃源，深深吸一口气，整个身体仿佛都变得透明。无忧无虑，神闲气定，自我融入浩瀚的大海，这是多么美好的境界啊！我相信，古代隐士属于最会享受的一类人，因为他们已经掌握生命的真谛。每当红日跃出海面的一刹那，我都想欢呼，为自己的新生欢呼！

我们这个海岛，有着独特的历史。明朝初期，这里曾是关押犯人的监狱。没有牢房，没有围墙，甚至没有看守的士兵，整个海岛就是一座大监狱！造反的农民、失足的官僚、小偷、强盗、骗子……形形色色的罪犯被一船一船地从大陆运来，赶鸭子似的被赶到岛上，船就自顾自地开走了。从某种意义上说，罪犯似乎获得了自由，在荒岛上，他们爱干什么就干什么，打架斗殴，继续犯罪，或者开荒种地，为解决生计而辛勤劳作……总之，谁也不会干涉他们，他们在荒岛上像野草一样自生自灭。这真是个聪明的主意，低成本，好管理，滔天的海浪能把最顽劣的囚徒教育得清醒过来。现在上哪里去找这样的海岛监狱呢？

城东那片海域，有一片礁石群。海浪滚滚而来，在黑色的礁石丛中绽开千朵雪花，景色蔚为壮观。我喜欢站在沙滩上，久久凝视那些状态各异、怪兽似的出没于海水的黑礁石。其中最大的一块，突兀拔出海面，犹如一座悬崖。当地渔民把它叫作"望船礁"，据说，古时的犯人常常立在礁上，眺望地平线上隐约可见的大陆，期盼过往船只能将他们带走。同时，也对自己的罪行悔恨万分。

这块黑色巨礁引起我的无限遐想。我还从老人们那里打听到，我那位犯错返乡的父亲，也常常站在礁上，朝着不可知的目标眺望。最终，他划船离去，再也没有回来……

我猜想，父亲当时的心情，与那些爬上望船礁的囚徒有某些相同之处。他已经认识到，这海岛就是囚禁他的牢房。归根结底，我们这岛上的居民，都是囚徒的后裔，每一个年轻人，似乎出于遗传的本能，总是千方百计想逃离海岛。其实，岛上的生活比较富裕，即使饥荒年代也从未饿死过人。但是没用，他们一有机会就急急地逃离。弟弟辛远老吵着下海，我认为也有这种逃离海岛的情结在作怪。这真是十分有趣的现象。

我却喜欢翡翠岛，从未如此由衷地喜欢。在我看来，囚禁与隐居有相似之处，都是舍弃（或剥夺）对繁华世界的享受，在孤独中获取一份清静。急于逃离海岛的人们为什么就不明白，外面的世界充满竞争、阴谋、堕落，其实是一座更加可怕的监狱呢？我经历了这一切，怀着一颗忏悔之心归来，更懂得珍惜我们的海岛生活。

价值观决定一切，我愿意永远待在这座海岛监狱中。

手机铃响，是弟弟的电话。我接听的时候，心头掠过一种异样的感觉，莫非弟弟知道我正在思考的问题？

辛遥辛遥，你可真是个坏家伙！弟弟责备我的口吻，带着某种愉快的成分，你把我扔进女人的迷宫，我越走越迷茫，已经找不着北了！下一步我该怎么办？陶薇、小猫咪、疯女若云……

我打断他的话：别问我。你要自己处理这些问题。

弟弟迟疑一会儿，问道：你真的舍得放弃这一切？我们不是在演戏吗？

我觉得时机到了，有意点拨弟弟：俗话说，假戏真做，现在就是这种情形了。我告诉你，辛远，我已经厌倦了过去的生活，我要上岸。只要你能把我的生活全盘接过去，我们就永远交换，绝不反悔。从此，我就是镇海中学语文教师辛远，你是孤独鹰辛遥！

弟弟的呼吸有些急促，看起来他很激动：这……这是玩真格的！

你喜欢吗？我问，你说一句心里话，你喜不喜欢现在的生活？

很累……但是我喜欢。

我看见小鸥从沙滩走来，她撩起裙子，踩着层层扑来的浪花前进。她知道我喜欢在此地散步，能够遇见我。但她假装没看见我，朝着别处东张西望。

我说：辛远，你知道我现在正忙着做什么事情吗？备课。我把初二语文课本备得滚瓜烂熟，开学时，我会成为一名合格的语文教师。

弟弟笑了：你猜我在干什么？我在研究天堂岛股份公司的财务报表。我还啃了许多技术分析、实战手册之类的证券书刊。我想，我早晚也能成为一名合格的操盘手。

我说：一言为定，我们各走自己的路，永不回头！

弟弟忽然想起什么，嘱咐我说：对了，有一件事我忘了提醒你，我们办公室有个邓老师，邓铭深，和我最不对付。这人品质恶劣，很阴险，爱搞小动作。你得小心提防，别吃了他的暗亏。

我并没在意弟弟的警告，告别后匆匆收起手机。我朝小鸥走去，她仰起脸对我笑，朝霞把她的笑容渲染得格外灿烂。

我想：也许我该结婚了。

B 迷宫

十六　别想改变我

　　周峻涛总经理坐在我的对面，一只手抚摸着刮得暗青的下巴，另一只手有节奏地敲击着写字台，仿佛在弹钢琴。他若有所思，目光深邃，仿佛要看穿我的五脏六腑。这位海归派学者，曾在纽约华尔街大显身手，为一家著名的外国证券公司赢得了丰厚的利润。他是真正的行家，在他面前，我浑身不自在。

　　你是什么人？他思忖道，你的操盘思路实在令我迷惑……

　　像往常一样，我傲然冷笑。不过说实话，我内心紧张到极点，暗想：如果我的画皮真会被人揭穿，那就是在今天，在这位英俊潇洒的中年男子手中了。

　　我有些后悔独自来到总部大楼，可又不能不来。下午股市收盘，我离开鹰巢。猴子用出租车拉着我，正要找地方寻乐，手机响起来。我没想到公司老总会直接给我打电话，并约我面谈。他语音清晰地发出指令：不要与蔡经理打招呼，直接到我办公室里来！我感到蹊跷，也有几分好奇，就让猴子把我送到蓝天证券公司总部大楼。现在我十分后悔，为什么那么老实听话？只要我给蔡经理做一些暗示，在这关键时刻，她准会闯来保驾！现在我不得不独自承受巨大压力……

我曾在大会上热烈地赞扬你，把你称作"创造奇迹的人"。可是我常常独自思索：你的操盘风格酝酿着多大风险？中国股市又有多少庄家，共同将这种危险放大、使之系统化？

我试图开玩笑，转移话题：周总，你表扬过我，是不是感到后悔了？今天你把我叫来，就是想批评我一顿，取得某种平衡？

不不！周峻涛总经理抬起头，似乎从自己的思路中走了出来。他朝我笑笑，说：我想和你进行探讨，切磋，是作为同行在技术方面进行交流。你可别误会，哈哈！

我说：我个人十分重视商业秘密。一般来说，我拒绝和任何人谈论股票。

我知道，孤独鹰这个习惯大家都知道。不过我想提醒你，你们蔡经理前天上午刚从我这里借走两亿元资金，我想更多地了解你的操盘情况，总还是可以的吧？

是这样。我故作轻松地说，你是大老板，有权问任何问题，我尽量做到有问必答。

周总有些扫兴，不想再和我探讨技术问题。他直截了当地问：天堂岛这只股票，你的目标位在哪里？你要把它炒到多高？

50元。我眼皮也不眨地回答，这问题没必要瞒他，但是，我有可能炒得更高，也可能提前出货。总之，摸着石头过河，走一步看一步，我从不注重目标位……

你等于没回答。周总皱着眉头说，我搞不懂，你这样推土机一样买进、买进，最后怎么出货？按照我做的技术分析，中国股市即将从牛市转为熊市，一旦大盘反转，你怎么办？

我笑了：周总，我不同意你对中国股市的看法，这两天，证券报刊都在进行牛市熊市大讨论，海归派的观点比较悲观，我们却对光明前景充满信心。我想，我们不必再重复这些争论了吧？

我为我的机智感到兴奋，周峻涛总经理着实被我将了一军。他倒是个坦率的人，十分洋派地耸耸肩膀，又摇头道：看不懂，中国股市实在叫人看不懂。我承认，国际资本市场的经验与中国股市现状无法接轨……但是，我得告诉你，总公司拨去的两亿元，你一分钱不许给我赔掉！你能做出保证吗？

我说：这话你对蔡经理说，她是我们营业部的领导……

周总盯着我不放：我不问她，我就要你一句话！你孤独鹰能不能以你个人的名誉做出担保，保证这笔资金的绝对安全？

我站起来，走到他的面前，庄重地，甚至气吞山河地回答：既然你看重我个人的名誉，那我就做出保证。周总，你知道我的业绩，我孤独鹰从不言败，也极少失手。这次，我要把天堂岛打造成一只明星股，再创奇迹！

周峻涛与我击掌，握手。尽管他心中仍有些许疑虑，却仍为我的豪气所感染。他由衷地说：好，我等待奇迹。有你这些话，我心中就踏实了。

我原以为可以告辞离去了。周总却让我到董事长秦伯山办公室去一趟。老干部专门等着接见我，下班了也不走。我有些受宠若惊，暗想：今天真的是过五关斩六将了！

我敲敲董事长办公室的门，门立即开了，秦伯山像一位真正的大叔立在我面前。请进，快请进。他亲热地说道，同时轻轻拍抚我的肩背，好像把什么脏东西掸掉。我却不敢放松警惕，董事长兼任公司党委书记，不知他要从哪个方面挑我毛病。我在秦伯山对面坐下，专心致志准备过堂。

你是不是共产党员？秦董事长突然问道。他脸上虽然荡漾着和蔼的笑容，却透出一股威严的气势。

我惭愧地摇摇头：不是。

要努力争取呀，你还年轻嘛。秦伯山不无遗憾地说道，组织上考虑提拔你，政治面貌可是一个重要条件。

我有些纳闷：提拔我干吗？我也不会当官，只是一个操盘手……

秦伯山不笑了，表情十分严肃：你不考虑，组织上一直在考虑。今天我找你谈话，就是要加强你头脑里的政治意识！难道你从来没想象过，自己可能成为证券营业部的副经理吗？

我眼睛渐渐地亮起来：真的？

再往远处想，蔡经理年纪大了，过两年退休，你接替她当正经理又怎么样呢？这不是不可能，你的业务水平非常出色，缺的就是一点政治表现。

我感激涕零：谢谢领导点拨，我回去就写入党申请书。

秦伯山是一名正局级老干部，政治涵养令人敬佩，他又堆起慈祥的笑容，凝视着我的眼睛说道：政治表现也不仅仅在于一张入党申请书，关键是要主动向组织靠拢。比方说，你炒作什么股票？打算炒多高？什么时候出货？都要及时向我们汇报。营业部的事情，若有必要，你可以直接向我报告。总之，你不仅要对蔡经理负责，更要对总公司负责，对党委、董事会负责！明白吗？

明白了。原来如此。他们不仅对我不放心，甚至对蔡阿姨都不放心。他们要直接控制我哪！

果然，周峻涛总经理到来，证实了我的猜想。他推门进屋，故作吃惊地说：你们还没走哇？对了，我有一个想法，临时产生的一个念头——辛遥，把你调到总公司来怎么样？负责自营资金运作，直接在我手下工作？

秦董事长马上补充一句：总经理助理，给你一个正处级待遇！

二位领导瞪着眼睛看我，也不怕我翘尾巴，只希望我能给出一个令他们满意的答复。我呢，就装模作样思考一番，摇头叹息：蔡经理错了，她不该向总公司借两亿元资金。这笔钱分量重啊，把我调来，钱也跟着回来，二位领导才能彻底放心，是吗？

不仅是这样，我还要派你大用场！周总急切地说，你难道不愿意登上一个更大的舞台吗？

我缓缓地摇头：不。我喜欢待在鹰巢。那里小，但是自由。实话对你们说，许多证券公司高薪聘请我，也给我这样那样的级别，我都不感兴趣。我要的就是这份孤独，这份自由。谁也别想让我离开鹰巢！

我极为出色地演绎着孤独鹰的本色，双手往裤袋里一插，也不向领导们告别，昂着公鸡脑袋扬长而去。我想，二位领导看着我的背影，准定瞠目！

十七　一箱可疑的钞票

一个漂亮的上升浪展现于电脑荧屏。我望着它出神，这就是我每天描绘的天堂岛股票走势图。每一根日 K 线，由开盘价、收盘价、上引线、下引线构成。若是上升阳线，就以红色表示；若是下跌阴线，就以绿色表示。每一根小棒棒，都是由千百万现金堆积而成。

在我眼里，这些小棒棒都是活的。我每天的交易行为，决定了一根日 K 线的诞生。我不喜欢阴线，因为我每日不停地买进，主要任务就是生产阳线。这便使得阳线们像一群红孩子，欢喜雀跃地朝我奔来……

天堂岛从 12.8 元起涨，到今天收盘已升至 21 元，升幅将近百分之百！它以势不可当的气魄，引起深沪股市投资者的一致关注。今天证券报刊登一篇长篇股评:《天堂岛，你要升往何方？》。说实话，这也是我心中存在已久的问题。不错，漂亮的红色升浪，每一根阳线都是出自我手，我为它骄傲。但我心里一点底儿也没有，我根本不知道它要涨到哪里。

无论面对黑洞洞的枪口，还是站在我的最高领导周峻涛总经理面前，我总是信誓旦旦地喊出 50 元、100 元这样一些数码。可是，那都是我随性所致，信口开河。没有人告诉我究竟要把天堂岛炒到哪里，没有！我曾不止一次地问过哥哥，哥哥总是淡淡地回答:说实话，我也不知道。一只股票究竟炒多高，操盘手无权说算，那是由各方面的力量综合平衡后决定的。你别问，到时候自会有人告诉你出货。

这状况有些荒谬。战斗指挥员不知道作战目标，闭着眼睛一个劲儿朝前冲，胡砍乱杀！怎么会这样呢？操盘手只是一个傀儡、一颗棋子吗？我又感到某种神秘力量，仿佛是一股黑色的潜流，在暗中左右我，主宰我！而我，随波逐流，无力抵抗，甚至不知道真正的主宰是谁，藏身于何方……想到这些，我心里就有点儿不自在。

最令我担忧的问题，是如何出货。经过一段实际操作，我对股票操盘也有了一些心得，哥哥说得不错，只要有了钱，你愿把股票炒多高就能炒多高。每天，我只要买入少许股票，股价噌噌就蹿上去了。抛盘很轻，跟风者众，推升股价犹如顺水行舟，腾云驾雾，十分轻松且愉快。但是，总有一天我得把股票卖出去，才能实现赢利，使钞票落袋为安呀！我现在掌握着两千五百万股天堂岛（各账号存有股票的总数），涨到某个天价，我把这些股票卖给谁？哪来那么多傻瓜接我的高价股票呢？随着天堂岛火箭般地腾飞，我内心的不安日益加深。这真是严峻的问题。

夜深人静，我两眼瞅着电脑荧屏上那个漂亮的上升浪发愣，一坐就是两三个小时。不知从何时起，我学会了抽烟。我木然地从烟盒里抽出一支接一支的香烟，抽得屋内烟雾腾腾。

我的压力越来越大。这是随着我进入角色越来越深，对待手中的事情越来越认真而产生的结果。蔡经理的期望，周总、秦董的嘱托，陶薇以及其他女孩对我的青睐，构成一道无形的墙，缓慢而沉重地压到我的心上。奇怪，我居然有了责任心，而且很强，满心渴望把天堂岛这只股票做好，打一场漂亮仗！我想，哥哥已经成功地把他肩上的担子转移到我肩上来了。

我得承认，我的私心很重。特别是那天哥哥来电话，透露出他要与我永远换位的意思，我内心就再也无法平静。这就是说，我真的要做孤独鹰了。我无偿地得到哥哥多年奋斗的结果：天才操盘手的荣誉、无穷无尽的金钱、形形色色的漂亮女人……任何人都无法抵御这样的诱惑。我又怎能免俗？只是，我有些惭愧，有些心虚，怎好意思独吞哥哥的福分呢？我又怎能担当起哥哥所挑的重担呢？这件事变得越来越不可思议了。

暑假即将结束。我应该向哥哥主动提出：咱们各自归位吧，这个假期我玩得很愉快，迄今为止也没有惹什么麻烦，该结束了。一切都应回到原来的位置。然而，我却没有勇气向哥哥打这个电话，我不想回去。我甚至觉得让我回镇海中学当语文教师，比坐牢还难受！我得到了一生中罕见的机会，必须牢牢抓住它！哥哥既然愿意得我的份，甘心做一名语文教师（天知道他中了什么邪），我何不顺水推舟达成这项交易呢？我鼓励自己，试一试吧，说不定我真能成为孤独鹰！

我站起来，扭动着腰肢走向阳台。清风扑面而来，我的头脑变得格外冷静。站在二十八层楼的高度，我可以把市中心璀璨的灯火尽收眼底，这光芒代表着繁华，看得久了，一个人的野心就会膨胀起来。我暗暗发誓：我绝不离开这里，我要让一切变得更好！

门铃响了一下。间隔一会儿，又响了一下。我诧异：这么晚了谁来找我？肯定是小猫咪。我已经把钥匙收了回来，这方面我与哥哥不同，我可不想让任何人随随便便闯入我的房间。我不愿理睬小猫咪，躺在床上装睡。但是间隔不久，门铃又响起来，而且那铃声显得很谨慎，不像小猫咪的风格，我只得起身下床。

隔着防盗门，我从猫眼朝外面张望。一个男人站在走廊上，很高，剃小平头，戴着墨镜，穿一件黑色 T 恤衫，手里提着一只小黑箱。他看上去很酷，也有点令人生畏。我犹豫不决：开门放他进来吧，不知道这男人是干什么的，恐怕有危险。不放他进来吧，又怕是哥哥的朋友，或者与哥哥有什么神秘关系，得罪不起。我正想着，那男人摘下墨镜，对着猫眼微笑——他知道我正观察他呢！我赶紧打开防盗门的保险锁。

对不起，我睡得太沉了……我抱歉地笑着说。

高个儿男人礼貌地躬躬腰，把手中的黑箱递给我：别客气，我也不打搅你了。老规矩，我把东西送到就走。

我不敢去接那箱子。退了一步问：这……这箱子里是什么？

他笑了：辛遥先生是不放心啊？那好，我们过过数。

他把墨镜一戴，随手关上防盗门，提着箱子大步走进客厅，一副冷面杀手模样。我胸口突突跳，有一种莫名的紧张。小平头把黑箱放在茶几上，啪地打开箱盖，天！箱子里装满成捆的百元大钞。

这是三十万元，请过数。他说着，躬一躬腰，退到沙发上坐下。

我表面尽量装得冷漠，但内心惊讶不已。以前也有人来送钱，都是装在信封里，一万两万，数额有限。我问过哥哥，他说那是朋友送来的信息费，收过钱向他们透露点消息就行。这笔巨款是什么钱？戴墨镜的高个儿男人又是何方神圣？

我可不能不明不白地把黑箱留下。我不点钱，也不说话，只是望着那男人笑，企图让他先开口。

小平头被我看得不自在起来。他摘下墨镜，转动镜腿，问：孤独鹰，咱们是老朋友了，你这是什么意思？

我说：你是老晃的人吧？

老晃？他摸摸小平头，不知所云，谁是老晃？我们的老板不是慕老板吗？你在开什么玩笑？

我马上明白过来：是天堂岛股份公司的董事长！我天天炒作这只股票，娘家终于来人了。可是我想知道更多的情况，故意把事情搞僵。我说：没人开玩笑，这钱，我不想要了。

高个儿男人噌地站起来，满面怒气：我明白了，你想毁约！

我点点头：对，你回去告诉慕老板，就说我孤独鹰毁约了。

为什么？哪里出了问题？小平头不解地望着我。你炒高我们公司的股票，公司每个季度给你发三十万元奖金，不都说好了吗？你用公家的钱炒股，私人得到这样优厚的报酬，难道还不满足？

我冷笑：你说话的口气，好像是我的领导。

他也冷笑：较起真来，我还真是你的领导。你的大名，列在我们公司证券部的工资表上，我田大勇作为证券部副经理，你以为只是为你送钱，还没有资格来领导你？咱们把话说穿了，你就是天堂岛股份公司的一名员工！

看来，我是双重甚至多重间谍哩！我明白了自己的身份，就来了个急转弯，赔着笑脸对小平头说：田经理，你还真生气啊？我不过是开个玩笑，发几句牢骚罢了，哪能不认你这位领导呢？

田副经理显然不擅于玩脑筋急转弯，他的性格与外貌吻合，又硬又直。他怔怔地望着我：你的意思是……

嫌奖金太少！我直截了当地说，我想违约，争取得到更高的奖金。我已经让天堂岛的股价翻了一番，报酬不应该水涨船高吗？当然，我也不敢轻易违约，只是和你田经理熟了，发发牢骚，让你把这层意思转达给我们的慕老板就是了。你可要表达得委婉一些哦。

你小子挺鬼！田大勇转怒为喜，笑容灿烂。他戴上墨镜，恢复冷面杀手模样。一摆手道：这钱你数不数我不管了，我走！

我独自面对一箱钞票，心中的滋味无法形容。真了不起，哥哥原来还是天堂岛的一员大将！他把股价炒高了，天堂岛正好推出配股和增发方案，从股市圈走大把钞票，妙极了。如此看来，天堂岛股票的目标位定在何方，还得老板说了算。

双重间谍，这角色今后就由我来扮演了。

哥哥的故事无穷无尽，就像俄罗斯套娃，你可以从一个木头娃娃肚子里取出一连串的小娃娃。你不断吃惊，又很难辨清他们究竟是谁……

十八　抢庄

蔡经理向我通报一个新动向：以黑牡丹为首的炒股娘子军，近来纷纷抢购天堂岛股票。与黑牡丹关系密切的狼，甚至割掉多年被套的老股，换仓天堂岛。蔡阿姨严肃地盯着我问：谁在泄密？你身边有没有奸细？这可是一桩严重事件！

我也深感蹊跷，黑牡丹虽然千方百计刺探消息，但我绝无可能向她泄露半点口风。就我目前状况而言，也肯定不会中她美人计！我向蔡阿姨说明情况，并夸耀自己如何机智地摆脱娘子军的围追堵截。我希望给她留下坚贞不屈的印象。最后，我愤愤然道：一定要逮住罪魁祸首，严加惩罚。否则，我这庄没法坐了！

问题的严重性超出我想象，就像疮口开裂似的难以控制。我发现，盘面经常有异动，似乎有人在与我捣蛋。比方说，我看见某价位上方挂出大笔卖单，刚刚敲打键盘准备买进，就被人抢先一步，争食似的一跃而起，将它吞掉！这样的情况屡屡发生，搞得我很恼火。

我开始认识到：棘手的问题终于出现了。当一个庄家，并不是坐着不停买进股票那样简单，他还必须与各种对手进行较量。我不知道谁在和我作对，但有一点很清楚，对手比我更精明更强大。我抢单子总也抢不过他，就像一个篮球运动员跃身投篮时，老是被对手盖帽，痛失手中的球。一连几天，我都没有买入多少股票，天堂岛股价却坐火箭似的节节上升，令我难以追赶。我懊恼，沮丧，有时甚至歇斯底里地想砸碎什么东西泄愤！

最终，我不得不向哥哥求救。打这样的电话我很不情愿，因为这证明我毕竟不是孤独鹰。哥哥的笑声流露出隐藏的得意，仿佛我向他求救早在他意料之中。

没事，他说，有人想和你抢庄，我一直在边上观察着呢。

抢庄？我紧紧握住电话，他要把我赶下台，自己当庄家吗？

表面上看是这样。不过对手的动机往往很复杂，很难判断他真正的目的。如果你不能应付得当，就只有让位下台了。

我不干！我激动地嚷道，我要与他血战到底！

那，咱们就陪他玩玩。哥哥举重若轻地说，别激动，首先，要搞清你的对手是谁。你能猜得出谁在跟你抢庄吗？

我摇摇头：猜不出来。哥，你说是谁？

嘿嘿，那操盘手法，那狠毒的心劲儿，我一眼就看出来了。我那位顶头上司，我的老冤家，是不会自动退出历史舞台的。他必定要与我较量一番，直到被我打得落花流水，头破血流！……

你是说，车光？

就是他！

在以后的日子里，哥哥亲自指挥战斗。他运用的战术使我感到不可思议，竟命令我不计价位，大笔大笔地卖出股票。这一来形势发生戏剧性逆转，对手挡不住我的狂轰滥炸，股价直线跌落，竟直奔跌停板，并且牢牢封住！

哥哥说：这就是盘面语言，你要坐庄吗？给你，股票统统给你！

我想，车光肯定被这回马一枪杀乱了阵脚，他还没有准备好资金，接下我手中握有的大量股票。股票有时候会变成炸弹，当我把成吨成吨的炸弹往他头上砸时，他肯定晕了！开始，我的对手还企图顽抗，我抛，他就吃，很快他就顶不住了。天堂岛股价从28元一路跌到18元，车光抢到手的股票统统变成套牢盘。以战争的眼光估量，他至少有几个师的部队成为了我的俘虏！

不仅车光惊慌，连蔡经理也坐不住了。她一次次问我：你究竟要干什么？

我按照哥哥定下的口径回答：战略性震仓，大规模洗盘。但是，这话我只给你一个人说，对外，你就说我撤庄了！

我要扩大影响，让更多的人知道我改变了计划。我整天阴沉着脸，无论碰到贝宁，还是遇上冯男男，我都气哼哼地说：不干了，这活儿，人没法干！

大家都莫名其妙。冯男男天真地睁大眼睛：什么呀？谁惹你了？

我挥挥手道：全世界！反正今后我再也不当庄家了！

很多人都看见我的脸色，听到我有意散布的信息，当然，也包括黑牡丹与她的娘子军连。有一天中午我装醉，指着黑牡丹鼻子骂她婊子。黑牡丹竟没有反击，领着她那帮婆娘灰溜溜退出我的包房。

狼最有意思。他和我一样阴沉着脸，眼睛里流露出吃人的凶光。我们在小花园里抖空竹，一句话也不说，满耳朵嗡嗡嘤嘤的声音。老头忽然把空竹抛到空中，跌下来也不接，那飞转的木疙瘩险些砸着我的脑袋。

狼一指我的鼻子：你，太不够意思！

我问：这话怎么说？

狼道：不说师生缘分，咱爷俩也算玩得不错吧？你出货，为什么不告诉我？

我叫：出什么货？告诉你什么？你从没对我说过一句真话，让我对你说什么？我尊重你老人家，但轮到谁不够意思，只有天知道！

狼自知理亏，却咽不下这口气，双手神经质地抖着。脸上的凶相，似乎恨不得扑过来咬我一口。

我温和地笑道：以后我们彼此以诚相待。你想买什么股票，告诉我一声，我会关照你的。

狼浑身渐渐松弛下来：真的？你肯关照我？

我点点头：我许诺。不过，作为交换条件，你也要对我说一句实话，谁让你割肉换仓，买入天堂岛的？

狼的脸色转黄转青，喃喃道：是，是黑牡丹她们……

她从哪里得到消息？她又怎么肯告诉你？

老头因羞愧脸色又转红，十分可爱的样子：我和她，上床……

这一仗我大获全胜。车光终于主动找我签订了投降书，这一幕真让我永生难忘！我们是在罗马凯帝俱乐部相见，这天，证券界精英聚会，高手云集，共同利益把各个集团领军人物聚集在一起，商谈证券业大事。节日一般的气氛、豪华的场面使我心情良好，笑逐颜开，车光就在这一刻面带愧色地向我走来。

在他身后跟着一位矮胖的老头。蔡经理告诉我，他就是车光的后台老板，大名鼎鼎的丘八爷。私募基金控制着数目惊人的资金，幕后当然少不了一位神奇人物掌舵。蔡阿姨在我耳边低语：哼，丘八爷亲自出马，这回可有好戏看了！

车光把我请到落地窗前，瘦长的脸颊凑上来，道：抽我两嘴巴，兄弟，狠狠地抽！

我却把脸转向一边，看蔡阿姨与矮胖老头热情地寒暄，她那嘹亮的女高音盖住了车光的乞求声。胖老头瞥我一眼，目光中满是焦虑。

车光弓起瘦骨嶙峋的脊背，继续哀求：我服了，我认输，兄弟你就放我一马，好吧？讲个数，咱们把这件事情了结。

我故作吃惊：什么事情？我跟你没什么过节呀？

车光急急地道：得了，咱们谁都别装。我把底细露给你：这次行动，我没得到丘八爷的批准，现在，我大难临头了。我手里共有二百八十万股天堂岛，不把它们处理掉，老爷子非扒了我的皮！

我冷笑：抢庄，不是吗？那好，我让位，你来做天堂岛岛主。不瞒你说，我还握有三千多万股筹码，你和老爷子说明了，我一起倒给你，反正我都是获利盘。

我哪敢抢庄？我不过是想搭你一段顺风车……什么也别说，我错了，我给你磕头，行不？

哥哥告诉我，发生抢庄事件，即两个以上的庄家抢同一只股票，最终总要坐下讲数。强的一方，会以讲定的价格接下对方所握有的股票；失败者或亏或赢，都要黯然出局。现在，就是按照江湖规矩决定胜负的时刻了。

我说：那么，你先开价，那二百八十万股天堂岛，你打算多少钱卖给我？

车光满脸苦涩：我是在 25 元以上抢到的筹码，这个你心里最清楚。现在我认栽，在 20 元价位上把盘子倒给你。一股赔 5 元，总共要赔一千五百多万元，真正吐血了！

我缓缓摇头：不行。我 18 元接盘，多一分钱也不干。

车光眼都直了：你别欺人太甚，太毒，太黑……

我道：再说一句咱们就拜拜！我也给你透个底，天堂岛我还真玩够了。我平均建仓成本不过 12 元，一路出货，把价格杀回去我也赚钱。你呢，你就吊死鬼一样在 25 元上方吊着吧，我一走，没人会来救你！我再另选一只股票玩去。

我摆出要走的架势。丘八爷叼着大烟斗走过来，时机拿捏得正好。车光可怜兮兮地说：丘总，他开价 18 元，太低，太……

矮胖老头从嘴里拔出烟斗，缓慢地、很有气势地摆摆手（这动作使我想起斯大林），说道：别争强，听孤独鹰安排。失败者没有讨价还价的权利，这道理难道不懂吗？我只有一个要求，你们两个的恩怨从此一笔勾销，从斗争走向合作。怎么样？在我面前握握手吧！

我落落大方地伸出右手，握住车光瘦得像鸡爪子一般的小手。我感到鸡爪子在颤抖。

车光赔了，我自然就赢了。通过这次大洗盘，天堂岛的平均成本又降低不少。蔡阿姨眉开眼笑地告诉我：黑牡丹、狼们的持仓也发生变化，纷纷卖出天堂岛股票，逃之夭夭。

甩掉所有的包袱，以后的征程我就会轻松许多。

哥哥也退出战斗。他在电话里对我说：这是我最后一次出手。今后，天塌下来我也不管了。

我豪迈地说：天塌下来有我顶着！

胜利者吹牛不算过错。

十九　与贝宁叫板

　　我真的好得意！过去操盘，我只是机械地买进股票。曾有一度，我对这种低技术含量的工作，微微感到失望。现在不同了，在股价曲线变动的后面，我看见了人，看见了对手的喜怒哀乐。特别是当我把天堂岛股票拉升到18元时，车光那张瘦长的苦脸就浮现出来。按照约定，他大笔抛出高价抢入的筹码，让我从容接盘。我似乎看见他挥动闪亮的长刀，从细长的胳膊上一片一片地割肉……多么过瘾啊！

　　人一得意，就容易生出些是非来。我在鹰巢里待着，有点儿耐不住寂寞，就经常到营业部遛遛。走下那座灰色的简易楼，与营业部的芸芸众生打成一片，使我产生一种下凡的感觉。瞧，我降临人间，就像一只孤独鹰落入鸡群一样。在这种情况下，即使真神仙也难免犯错误，更何况像我这样的假冒伪劣者。

　　我打听到营业部许多人和事，陈芝麻烂谷子，蝇营狗苟，我全都藏到肚子里。本质上，我还是改不了小岛居民的好奇、琐碎。营业部众男女关系复杂，矛盾重重，真是一台好戏！

　　比方说，冯男男与莫小华几乎不共戴天，原因是管理电脑机房的技术员李枫抛弃了莫小华，转而追求冯男男。李枫毕业于某名牌大学，年轻的电脑专家，前途无量，人又长得帅。莫小华当然无比痴心，打死她也不肯放弃这段金玉良缘。

再比方说，贝宁是一条隐藏在阴暗角落里的色狼，他乘机靠拢莫小华，想趁她感情软弱时占得便宜。他经常把莫小华叫到办公室谈话，人们发现，莫小华出来时眼睛总是哭得桃子一般红肿，可见贝副经理的工作颇有成效。贝宁可能对漂亮的女财务做下了某种承诺，他从各个方面挤压冯男男，使这位天真直率的女分析师处境日益艰难……

冯男男有时候太傻帽，尤其是涉及股票技术分析，她过分认真，简直六亲不认。而贝宁偏偏喜欢到咨询部卖弄学问，给分析师们上点儿课什么的。冯男男就经常因观点不和与这位顶头上司发生冲突。心胸狭窄的贝副经理，对她更加恨之入骨。最近一次争论，我也在场，争论的焦点恰巧是天堂岛股票的未来走势。没有人知道我就是天堂岛的庄家，所以分析师们的高论在我看来十分可笑。那时我正重击车光，猛烈打压股价。贝宁指着图上一连串阴线，信誓旦旦地说：庄家出货了，恐慌性出货，很可能资金链已经断裂……

冯男男站起来，说出不同意见：根据成交量计算，庄家不可能把货出完，顶部形态尚不成熟，行情还会有反复……贝宁脸红脖子粗地训斥冯男男一番，拂袖而去。

冯男男求救似的看着我。我又故技重演，跑到图跟前，用鼻子嗅了一番，对分析师们宣布：冯男男判断正确。该股腥味浓重，上攻欲望强烈，后市必创新高！

我对冯男男挺有好感，总想帮她一把，这就难免卷入矛盾的漩涡。终于，我和贝宁发生了一场严重冲突。

导火索是在冯男男与莫小华之间点燃的。冯男男拿着一沓资料费单据去财务部报销，莫小华找了一些借口，百般刁难她。冯男男火了，指责莫小华公报私仇。而莫小华一不做二不休，干脆骂冯男男是狐狸精，抢她的男朋友……两位美女尖声叫骂，引来营业部一帮男女看热闹。

我也有幸置身其中观战。我注意到两位美女骂人姿势的不同特点：莫小华一手叉腰一手指点对方鼻子，其造型像一把茶壶，名曰"茶壶式"；冯男男则双手叉腰，挺胸拔颈，像一只花瓶，名曰"花瓶式"。这两种姿势看上去很美，茶壶、花瓶我都很喜欢。

贝宁副经理的到场，使喜剧气氛急转直下，他做出不公平的裁决，引起人们的气愤。不问缘由，不分青红皂白，贝宁一来就指责冯男男在上班时间到财务室吵闹，破坏了营业部纪律。他宣布，依据公司管理条例，冯男男必须写出书面检查，并罚款五百元。面对副经理的偏袒，冯男男欲辩无言，流着眼泪冤冤地离去。我愤怒了，路见不平，拔刀相助。我不记得自己说了些什么，但肯定每一个字尖如芒刺，使得贝宁满脸紫红，浑身不自在。众人阵阵哄笑，添油加醋，趁火打劫，气得贝宁差点晕过去……

后果十分严重，贝宁向蔡经理递交了一份辞呈。他说：孤独鹰身份特殊，我不管他倒也罢了，他却老来找我的碴儿，这活我还怎么干？他提出收回辞呈的两个条件：让我当面赔礼道歉，按公司有关规定对我施行惩罚。他越说越激动，甚至引用了某个样板戏里的一句台词：留他留我，三爷您看着办吧！他把辞职报告往蔡经理面前一拍，扬长而去。

蔡经理打了个电话，把我叫到办公室。我很少进她的办公室，一进门就感到难言的压力。蔡经理什么话也不说，把贝宁的辞职信推到我面前。我仔细看了一遍，心中暗暗叫苦。跟一个副经理叫板，我的分量只怕还轻了一点。这就是得意忘形的后果。我低着头，默默等待蔡经理的处置。

她问：你说，我会怎样解决这个问题？

我摇头：不知道。

蔡经理偏着脑袋，饶有兴趣地望着我：你猜猜，在一定的压力下，嗯，当我面临很大的压力，我会怎样对待你？

我沉默许久，仍然摇头。

她说：去吧。这两天你好好琢磨这件事，就当我给你出了一道题——猜猜我会怎样做？

一连几天，蔡经理没采取任何举措。我的心悬着，真猜不出她想干什么。贝宁更加慌乱，他预感到事情有点不妙。静默中，我们仿佛都能听见定时炸弹秒针发出的嘀嗒声。

终于，我沉不住气了，找到贝宁做检讨：贝副经理，这件事情我有错，我不该当众顶撞你，损害了你作为一名营业部领导的形象……我说了很多，贝宁却心烦意乱，似乎一句也没听进去。

贝宁做出一个出人意料的决定。他站在蔡经理的大班台跟前，赔着笑脸，点头哈腰，请求收回自己的辞职报告。他说：我一时冲动，过于轻率，现在十分后悔。老实说，这件事情我也有错，现在我已经认识到了……

蔡经理淡淡地说：晚了。

贝宁吃惊地扬起眉毛：什么，晚了？

蔡经理板起脸，一双圆眼射出威严的光芒：我决定接受你的辞呈，并已经把辞呈转交总公司董事会。我正在物色新的副经理人选，希望寻到一个比你优秀的人才，来取代你的位子！

贝宁惶惶如丧家之犬，到处托人求情。他甚至跑到我面前，求我帮他说话。他声音颤抖地说：我错了，请你千万别记仇。蔡经理最器重你，只有你说话她才能听进去。不怕你笑话，丢了副经理我将一无所有，这个位子对我来说太重要了……帮帮我吧！贝宁目光散乱，脸色苍白，那副尊容真叫我哭笑不得。

我再一次走进蔡经理办公室。她意味深长地朝我笑：猜到谜底了吧？瞧，这就是我想采取的行动，贝宁是咎由自取。

电话铃响起来。是周峻涛总经理打来的电话，他也为贝宁说情。蔡经理不耐烦地皱起眉头：周总，营业部这么一个小小副经理，还用得着劳你一次次的大驾吗？我这个经理，连决定自己副手的权力也没有？更何况是他自己要辞职，又不是我赶他走。你既然看好他，就把他调到总公司去吧……好了，秦董事长和你既然都说了话，我再考虑考虑。

蔡经理放下电话，咯咯直笑。我趁机说：我来，也想为贝宁求情。这件事情我们都有错，互相做了检讨，已经和解了。蔡经理，得饶人处且饶人，你就放他一马吧。

蔡经理凝视着我，许久才说：你也为他说话？嗯，这可比周总的电话还有分量。好吧，我可以饶他一次。

我不失时机地奉承几句：蔡经理，你高！别看你平时笑嘻嘻的，不太管事，其实营业部里的人和事，你都看在眼里，想得深啊！你简直，差不多是一位女政治家！

她笑：小嘴甜呢。不过，整个事件还包含着一层意思，我希望你能看得明白。

我有些懵懂：什么意思？

蔡经理从大班椅站起来，走到我的面前：你是金子，在我眼里就是一块金子！谁敢动你一指头，我就让他倒霉。她停顿一下，又用轻柔的声音问道：知道这是为什么吗？

我首先想到股票，想到天堂岛。继而，我眼前浮现若云美丽而疯狂的面容。我脸红了，点点头道：知道。

蔡经理靠我更近，为我整整衣领，目光温暖而暧昧。她在我耳旁喃喃道：知道就好。该怎么做，你心里明白。

二十　蔡经理的杀手锏

又一个黄昏，蔡经理笑眯眯地站在我的面前。走吧，回家包饺子吃。她说。自从她解决了我与贝宁的冲突，对我说话就多了几分底气。她朝我晃晃小坤包，从神情到语气都有一种不容置疑的成分。

我站起来，乖乖地跟在她后面走，好像一只听话的小叭狗。我知道，抵抗是没有意义的，我依赖她提供弹药。哪天她真的撒手不管，我这只孤独鹰就会从半空掉下来！

还有一层原因，我心中也惦念着那位美丽的疯女。既与她有了肌肤之亲，又找千百条理由推辞不见，实在太不人道。不管哥哥怎么想，我可不能这样做事。我变被动为主动，经过一家花店时，买了一只大花篮，准备送给若云姑娘。蔡经理眼睛中流露出满意的神情。

走进绿色的大铁门，驼背管家无声无息地将小门打开。我又来到那美丽而神秘的大花园。不知怎么，我的心突突跳起来，有几分紧张、几分恐惧。我想，若云也许会突然从某个地方跳出来，站在我的面前，然而，我一直未见她的踪影。蔡阿姨回头对我说：你到我屋里坐坐，我有事情和你商量。

她径直领我走进卧室。我觉得问题比较严重，蔡阿姨可能逼我娶她女儿，从此出任我的丈母娘。她让我坐在一把椅子上，自己去浴室更衣梳洗。得，哥哥拼命躲避的一幕终于出现了，来不来这花园当驸马？

我有思想准备，倒也不太慌张。人家整天捧着你，不就是为了招你做养老女婿吗？可以理解。我的对策是：走一步算一步，车到山前必有路。只要不办结婚登记，走到哪里我也是自由身。我甚至做好准备，她今儿晚上让我改口叫"妈"，我就叫她"妈"！我真有些无耻。

我心情松弛下来，环顾这间卧室。老式洋房的结构，与现代房屋大不相同。卧室高且宽敞，犹如宫殿。屋中央放着一张大床，主题鲜明，赫然醒目。窗帘半垂，光线暗淡，渲染出一种暧昧气氛。厚厚的红地毯铺满卧室，使人产生赤着脚，野兽一般在地毯上行走的欲望……

蔡经理从浴室出来，真的赤着脚，无声无息来到我的面前。

我吃了一惊！这位半老徐娘，竟穿着一袭薄如蝉翼的睡衣，站在我这个即将做她女婿的青年人面前。她浑身散发一股异香，面色红润，头发湿漉，一双眼睛犹如盯着一只落入陷阱的猎物……

这是干什么？我蒙了。

蔡阿姨在我身边坐下，语调柔润地说：辛遥，我要和你算总账。为什么老是躲避我？你说。

我差点儿晕过去。这是丈母娘与女婿对话？还是情人之间对话？这当中有一个谜团，我搞不懂，也不敢乱说。我只得支吾道：没躲避，我天天惦记着若云……

我呢？你把我放在什么位置？蔡阿姨直截了当地，甚至是理直气壮地问道。

我抑制着恶心，努力挣扎着说：我十分尊重你……因为你是若云的母亲……

放屁！她突然粗野地喊道。你想否认我们之间的关系吗？你是先上了我这张床，又把若云搞到手。你倒好，得了便宜卖乖，真把我当成丈母娘了？哼，想甩了我，你可没门儿！

真是晴天霹雳连连在耳边炸响，我脑子里一片空白。我做梦也没想到，哥哥竟与蔡阿姨有这样一层关系！我感到羞耻、恶心、无地自容，却不知道如何应付眼前的局面。哥哥害死我了！

我故作镇静，把椅子拉开两米距离，咳嗽一声说：过去的事情过去了，就算我混账，行吗？我们要向前看，我和若云这样的一种关系，将来总要组成家庭啊，你怎么办？你总不能一辈子扮演那个……那个角色吧？

蔡阿姨点着一支烟，一边往空中吐烟圈一边说：你别给我耍滑头，你压根没打算和若云结婚。再说了，我不会放弃你，绝对不会！我们之间的关系，不是由你单方面决定，我还有发言权！

我试图反抗：如果我不愿意呢？

蔡阿姨冷笑：没用。生米煮成熟饭，你愿不愿意也是那回事。

我开始恼怒：我还不信了，我就不那个……那个，你能怎么着？我这就站起来，从门里走出去，去找若云，你能怎么着？

走啊，请便。蔡阿姨用细长的香烟指指卧室门，姿态优雅，你只要从这门里出去，明天，你的世界就彻底改变了。

我想站起来，可是双腿发软，我直觉到自己正在接近一个核心秘密。我还嘴硬：怎么着？我孤独鹰还要靠你吃饭不成？告诉你，前几天秦董事长和周总经理还找我谈话，想把我拉到总公司去。不是我对你一片忠心，你的墙脚早就被人挖去了……

蔡经理哈哈大笑，笑声洪亮且有共鸣。她说：亏你聪明。你去跟周峻涛干，不出三天就露馅了！你是什么？我在床上给你起的外号已经忘了吗？你是稻草人、你是小傀儡、你是大花瓶……

天哪，我哥哥，骄傲的孤独鹰，竟能忍受这胖女人给他起这样的绰号？更使我害怕的是，莫非蔡经理说的都是真相？

你忘记了真相！你到我营业部来时，落魄成什么样子？你能在旭日投资公司待下去吗？要不是我收留你，没准你现在就去扫大街了呢！孤独鹰，天才的操盘手，还不是我一手包装出来的？没有我的庞大资金，没有我的深厚的关系网，你能做什么事情？就连那鹰巢，也是我精心为你设计的。你在别人眼里神秘，在我面前就是赤裸裸的，没有半点神秘可言。你如果从这扇门里出去，不出一个月，我就会制造出第二只甚至第三只孤独鹰！你信不信？

我四肢冰凉，第一次体会到命运被别人主宰的滋味。这个女人了不起，是她导演了一切神话；她要毁灭我，我就会像蜡人一般融化。

蔡阿姨又变得和颜悦色，从酒柜里拿出一瓶干红，往两只高脚杯倒酒：算了，别说怄气的话了，多说伤感情。当初我一眼就看中了你，你身上有一种特殊气质。你知道吗？我天天夜里躺在这张床上想你。可以说，是爱情，多少有点儿畸形的爱情创造了孤独鹰！来吧，与我喝一杯酒，放松些，一切都会好起来了……

我麻木地接过酒杯，与她干杯、饮酒。

我还在绞尽脑汁，想法摆脱被动局面。但是，那杯酒大有文章，我浑身忽然发热，熊熊烈火在我五脏六腑燃烧起来。我血流加快，心脏狂跳，整个人几乎要爆炸……

忽然，卧室的门被轻轻推开。我从门缝看见那只美丽而呆滞的眼睛。门缝越推越大，直至完全敞开。若云披散着长发站在卧室门口。

母亲低声命令：云儿，出去。赶快出去！

疯女却不肯听从这命令，微笑着走近大床。

二十一　我是谁？

我站在鹰巢东侧的小窗前，看狼在街心花园抖空竹。我懒得做单，连电脑也懒得开。心灵遭受重创，我无所适从。整个人像被抽空了似的，无法确定自己是否真实存在……

蔡经理给我当头棒喝，终于使我看清真相。原来我那位伟大的哥哥，竟是傀儡、花瓶、稻草人！这一棒打得好，不仅把我翻在地，也把我心中的偶像砸得粉碎。从此，我心底残存的一点纯真扫荡一空，可以用冷酷的目光观察世界了。

在那张宽大的床上，老练的蔡阿姨给我讲了许多哥哥的往事。她喜欢回忆，并用这些回忆粉碎我的自尊，这就像男人玩够了姑娘的身体，又要作践她的灵魂一样。

不过，对我而言，这些细节正是我需要的。因为它们拼凑起一幅图画，让我看见哥哥卑微而可怜的形象。比如，哥哥如何被一家又一家的证券公司炒鱿鱼，直到蔡经理收留了他。公正地说，她是他的救命恩人。哥哥又是如何拍蔡经理的马屁，处处曲意奉承，直至将恩人变成情人。

女人出卖肉体，人们呼之曰"鸡"；男人出卖肉体，人们呼之曰"鸭"。我哥哥辛遥是一只鸭，哪里是什么孤独鹰。害得我也堕落成一只鸭，跳进火坑。我体会到哥哥的苦处，被人控制着，玩弄于股掌之间，还要装酷，扮演天才操盘手的角色。我终于明白了：操盘手哪有什么天才？无非买进卖出，完全受资本力量的控制！

稻草人。哥哥是由资本力量扎裹起来的稻草人。蔡经理掌握着大量资金，她需要孤独鹰这样一个角色，这样一面旗帜，去组织更多的资金。因而她精心包装哥哥，使之成为金融界偶像，壮大她自己的势力。这不仅是为情欲，更是出于金融帝国搏杀的需要。这个女人真厉害，犹如高手下棋，每一步都藏着深意。

另一方面，上市公司天堂岛也控制着哥哥。我猜想蔡经理还不知道这个秘密，哥哥为自己的生计巧妙地投靠另一股资本势力。要我，我也会这么做。既然混到这个地步，总不能在一棵树上吊死。不过，如此一来，又要受制于人，哥哥恐怕自己也不知道天堂岛主人的真正目的是什么。他甚至连双重间谍也不如，只是一名双重傀儡。

我想，随着时间的推移，我会发现更多的势力在左右着哥哥。孤独鹰是一个符号，是一个金融界的公众角色。资本势力需要他，他就应运而生。哥哥走了。他玩累了，玩够了，所以要上岸。他把孤独鹰的角色扔给了我，并相信我能把他演好。说到底，谁都可以成为孤独鹰，只要他彻底失去自己。

现在，我就面对这样的问题：我是谁？

为了给自己一个回答，我必须采取行动。这个行动要有强烈的破坏性，就像台风、地震一样。我要向某些人宣告：我就是我，我可以按自己的意志行事！但是，我采取什么行动呢？

砸盘！

经过与车光抢庄一战，我已经领略到砸盘的威力。所有的人都命令我向上推升股价，逆方向操作就给予我难以抵御的诱惑。现在，我要按照我的愿望把股价砸下去！我要证明自己的存在。

我打开电脑，坐在带滑轮的椅子上，缓缓滑行。我知道，各方面的势力都期待天堂岛股票上升，如果它突然暴跌，不少大人物都会惊得目瞪口呆！我带着报复的快感，开始卖出天堂岛。我的十指，弹钢琴般地在键盘上跳跃，一串串数码迅速输入电脑。

卖出！卖出！卖出！我在六台电脑之间穿梭，像一个篮球运动员，满场飞奔投篮。真痛快！我不问价格，几万股几万股地抛售天堂岛。脑海里又浮现投掷炸弹的幻觉，我仿佛正朝一个平静的城市，扔下大批炸弹。"轰轰轰"，炸弹连片爆响，炸得他们血肉横飞……

我欣赏着电脑荧屏上的天堂岛股票走势图，价格曲线陡然下跌，垂直坠落，用"跳水"这个词来形容最恰当不过。我是谁？看看这幅图以及图所引起的恐慌就知道了。我歪着脑袋，一味欣赏自己的杰作。

电话铃响起来。是场内红马甲打来的，她以为我的电脑出了故障。当我向她解释一切正常时，她奇怪地咕噜着什么，挂了电话。这女人倒挺关心我。

我把门锁上。我估计，蔡阿姨一会儿就会上楼来，朝我大叫大嚷。我绝不会给她开门，不理睬她。为了昨晚的羞辱，我决心报复她。我要把盆盆罐罐砸碎，才能和她重新谈判！

跌停板。天堂岛从30元跌到27元，我挂出二十万股卖单，将跌停板封得死死的。可以想象，这一番暴跌又使多少人惊得目瞪口呆！我长长地伸了一个懒腰，对自己的行为十分满意。

手机铃不停地响。我看看显示的号码：天堂岛证券部经理来电话了，田大勇肯定怒不可遏，不接。我们的合伙人、石化公司的何总来电话了，也不接。总公司周峻涛总经理来电话，他肯定为他那两亿元资金急疯了！我也不接……

还有许多电话，那号码我似曾相识又记不清，估计是跟庄的朋友们，我统统不接。我非常得意，颠覆这个世界的感觉真惬意！

忽然，我看见了哥哥的手机号码。这家伙，远在海岛也能知道盘面情况？我的一举一动他都盯着呢。

我接听电话，听见辛遥焦急的声音：你干什么？我从未指示你卖出，你怎么自己采取行动？

我懒洋洋地说：你指示我？谁指示你？今天我想自己做一回主，不行吗？

辛遥停顿一下，他立刻从我的话里听出某种意味。他有些艰难地说道：你什么都知道了？我告诉你别去那花园……不过，你不能这样任性，你会闯大祸的！

别吓唬我，谁能怎么着我？大不了让那臭娘儿们炒我的鱿鱼……

错了！哥哥的声音在颤抖，他是真急了，我告诉你，你现在坐的位子，集合了太多人的利益，搞不好，你会掉脑袋的！

我一惊，明白哥哥不是开玩笑。

辛遥叹息一声：如果你忍受不了那里的龌龊，就回来吧。明天，学校开学，我本来准备去讲课……

不！我不想回去！我几乎没有思考，尖声叫起来，我已经毁了，破罐子破摔，我也得捞够本！

哥哥冷冷地说：那么，你就要学会忍受一切。

我说：我能！但是，一股热泪忍不住涌出眼眶，满腹委屈也如决堤一般，从我口中滔滔涌出：怎么会是这样呢？哥哥，我真没想到，世上会有这么肮脏、这么恶心的事情。这个蔡经理不是人，活生生一个女妖！我真是……还算一个男人吗？还有什么脸活在世上？这日子，真苦啊！

哥哥一声叹息：现在你总算明白，我为什么情愿回到海岛上教书了。世上没有免费的午餐，凭咱们兄弟这点儿本事，老老实实地工作，怎么可能发达呢？

一切都是虚假的，我说，什么孤独鹰，什么灯红酒绿，什么潇洒挥霍，全他妈的是幻觉！而我付出的，却是最真实、最宝贵的东西……

哥哥静默一会儿，小心翼翼地问：弟弟，你是不是在心里恨我？虽说换位游戏是咱俩共同的选择，你如果后悔了，我还可以和你换回来。

我苦笑：一个良家女子失了身，怎么换得回来呢？不如干脆做鸡，大把捞钱，向整个世界索赔！对，我要索赔，狠狠地捞钱。哥，从今以后，你别再对我提换位的事情，这已经不是游戏了。开弓没有回头箭，这一辈子就这么的吧！

哥哥温和地说：既然这样，你就把跌停板打开。

他挂断了电话。我忽然明白，从这一刻起，我再也无法回到原来的位子。我是谁？我就是孤独鹰，真的孤独鹰！

"嘭嘭嘭"，房门被擂得山响。蔡经理来了，她在外面高声喊我的名字。我坐在椅子上不动，考虑着对策。

今后，我将单独面对这个世界。

二十二　新生

我第一次感到自己真的是一名语文教师。我站在讲台前，开始讲课。同学们的眼睛像一片星星，闪闪烁烁地盯着我，我的脸颊不禁微微泛红，激动的心情难以用语言描述。因为我清楚，从这一刻起，我开始了新生！

我讲的课文是《木兰诗》，浅显易懂，意境优美。我讲得很投入，诗歌像火焰一样在我的血管中燃烧。为了今天的讲课，我一遍遍分析解剖《木兰诗》，庖丁解牛似的把这篇古典诗歌准备得滚瓜烂熟。现在，我像一个优秀的演员登台演出，忘掉了自我，完全融入所扮演的角色。教室里鸦雀无声，同学们屏息静听我的讲课，深深被我的情绪感染。当我带领全体同学朗读诗歌时，有节奏的声浪把我的心灵拖到半空中，像一片树叶似的飘飘荡荡。

我的眼睛湿润了，这就是我想要的生活。

辛远不错，真的不错。校长笑眯眯地站在我的面前。下课铃响，我走出教室，恰巧遇见他在走廊徘徊。

我有些紧张，嗫嗫道：不错什么？还不和平常一样……

大不一样！你讲得认真，过去就缺少这种认真劲儿。宫校长一本正经地评论道。他两只眼睛睁得很圆，令我想起别人给他起的绰号"猫眼校长"。他对教师们讲课质量的要求很严格，经常在走廊里溜溜达达，竖着耳朵听老师讲课。老师们都有些怕他，就像老鼠怕猫。

我受宠若惊地说：领导表扬我呢，我可得好好努力。

宫校长拍拍我肩膀：有空来我办公室坐坐。最近你进步很大，我都看在眼里。有什么想法，到我办公室里来谈谈。

宫校长背起双手走了。我有一句话刚想脱口而出，就没来得及。我想说：我要申请入党。但是宫校长已经邀请我去他办公室坐坐，我又何必在走廊上谈这样重要的话题呢？于是我心安了，夹着课本回到语文组教师办公室。

这是一个好的开始。校长都表扬我了，辛远不错，真的不错。我有决心赶超弟弟，成为一名优秀的语文教师。现在，我已经心无旁骛，只想做好分内的工作。我说过这是我的新生，我特别珍惜这样的机会。

弟弟不会回来了，我们的换位是永久性的。昨天弟弟在电话里朝我喊叫时，我就明白他不会放弃已经获得的一切。金钱世界有着特殊的吸引力，你一旦陷进去，就很难拔足。尽管你说它卑鄙、龌龊，尽管你不情愿地为它付出了人格的代价，但你会更加贪婪地紧紧拥抱这个金钱世界。我不必再为弟弟担心，他既然洞悉一切罪恶，却依然不肯回来，那就是做出了最后的抉择。我相信，凭他的聪明才智，以及初生牛犊不怕虎的劲头，完全可以在我的旧世界立足。

而我，坦坦然然地享受新生活，再也不必回到昨日的噩梦。

关于过去，我只有两个字的总结：恶心。我希望时间的流水，可以冲洗记忆的残迹。我想，不必再多做解释，读者朋友们肯定明白了我要上岸的真正原因。

我坐在办公桌前批改作业。心口无端地一阵慌乱，右眼又突突直跳，这些坏兆头又使我想起弟弟。我只担心一件事情：弟弟是否明白，他的过激行为可能招致生命危险。我在电话里清楚地说过，有些事情搞不好是要掉脑袋的。这不是危言耸听，我真担心弟弟对潜在的危险性认识不足。金钱的势力无比巨大，利益集团之间的关系错综复杂，处处都是陷阱。一个操盘手，动辄涉及数亿元的资金，走错一步，丢掉卿卿性命，不过是小菜一碟。

我很想再打一个电话，着重提醒弟弟注意这个问题。又觉得说多了，他反而麻木，或者产生逆反心理。不如少说，让他自己慢慢悟。悟，是我采取的主要策略，在炒股方法上、人事关系上，我都让弟弟自己去悟。我们双胞胎兄弟悟性都很高，不必我啰啰唆唆。相信弟弟很快就会把那个世界悟透。既然如此，他也会发现致命的威胁可能来自何方，谁是最危险的敌人，他自有办法对付危机。

好吧，我就安心批改作业吧。我庆幸自己跳出是非漩涡，做出了明智选择。现在，我已得到丰厚的报酬：享受宁静生活。

邓铭深邓老师挨到我的身旁，在我耳畔低声说：你别装，我知道你的心思。

我吃惊地抬起头：什么？

邓老师两眼直直地望着我，高深莫测地冷笑。这人，弟弟专门提醒我要小心提防，我不免有点紧张。他是我们语文组年纪最大的教师，年底就要退休，很久不任课了。他长得很高很瘦，戴一副牛奶瓶底厚的深度近视眼镜，说话时躬着背往人脸上凑，令人恐惧。去年他妻子生癌症病故，他的神经就有些不对劲，时常蹦出一两句令人摸不着头脑的话。为此，校长不再让他任课，好言好语抚慰着，只等他退休。

办公室里就我们两人，邓铭深老师目光悠悠地瞅着我，令我毛骨悚然。别装蒜，你打什么算盘我知道，我告诉你，若要人不知，除非己不为。他阴险地笑笑，似乎掌握了我什么秘密。

我正色道：邓老师，我一向尊重你，把你看作老前辈。我有什么事情做得不对，或者哪里得罪了你，就请你直说。

钱！你的所作所为都围绕着一个字，钱钱钱……他一口气说了一大串"钱"字。

我突然想起，宫校长表扬我赞助失去双臂的天翔时，有一道阴毒的目光在我身上缠绕。当时我没在意，现在想起来了，那目光正是邓铭深透过厚厚的近视镜片向我射来的。我不知道弟弟过去是否得罪过他，但他妻子医治癌症时花了许多钱，让邓老师背了一身债务，最后撒手而去。我猜想，我慷慨捐钱的行为，一定深深刺激了他的神经。如果是这样，事情还好办。我的同情心油然而生，决心帮助邓铭深老师，与他妥善处理关系。

我温和地说：人活在世上都需要钱，邓老师，你家里有什么困难，只管对我说。我哥哥前几天刚给我寄来一笔钱，有三千块吧，我暂时用不着，你可以先拿去用着……

邓铭深朝我弯下腰，眼镜片直往我脸上贴，演电影似的念着台词：想收买我？堵我的嘴？没门儿！

我有些惊慌，朝门口看看，随时准备夺路而逃。这个人发疯了，跟他没法沟通。

三千，哼，就给我这么一点小钱！邓铭深背起双手在屋里转圈，你以为我不知道底细吗？你大大地有钱，大大地！

我故意引逗他：你看我有多少钱？

他伸出两根手指：两亿！

我惊得眼珠都快瞪出来了。他竟说出这样的天文数字，仿佛知道我坐庄炒股的历史。疯子有时候是先知，是预言家，我真的开始害怕他了。我脊背发冷，悄悄往门口移步。

等一等。他张开双臂拦住我，那么，你就把三千块钱借给我用用。每天晚上，都有人上我家讨债……

我松了一口气，关键时刻邓铭深老师终于露出俗人嘴脸。

在我视为新生的日子，遭遇到这样一段插曲，实在令人扫兴。下班后，我独自去飞来峰。那山上有一座镇海寺，香火挺盛，我要去烧一炷香，默默许一个愿，求菩萨保佑。

二十三　狂乱之夜

震仓，是庄家炒股的术语。你要把一只股票拉升到高价区，必然有大大小小的投资者跟风买进，你若不愿意学雷锋为他们抬轿子，就必须想办法把他们甩掉。震仓就是有效手段：在某一价位，你突然大手笔卖出股票，使股价产生暴跌的假象。散户们吓得魂飞魄散，纷纷出逃。你再把他们扔掉的筹码从容捡回，继续推动股价上升。

这就如同洗过一个大澡，你浑身轻松多了。震仓，敲山震虎之意，是一个准确的词儿。

我把这段说词，讲给蔡经理、何总、慕总等各方大佬听，为那天上午天堂岛股票突然跌停作解释。大家都是内行，对于我的兴风作浪，并无过多责备。我便蒙混过关，将一次叛乱的痕迹抹得干干净净。

我没有选择。除了服从后台老板们的旨意，不能有半点个人意志。我推动天堂岛股价向上、向上，就像推动一只巨大的圆球爬山坡。我不知道目标在哪里，顶峰在何方，只有使尽吃奶的力气推动那只巨球。稍一松懈，球体滚落下来，我将被碾为齑粉。这就是我今后的命运，我认了，服了。

哥哥说得对，天下没有免费的午餐。我在海岛当教师，哪里有这么高的收入？我尽情挥霍，身边美女成群，怎么可能不付出代价？现在，我格外清醒：必须去掉最后的良知，去掉残存的尊严，自觉主动地融入这个金钱世界。我必须把天堂岛股票做好，把它打造成一只明星股，自己也随之成为明星。我要利用一切条件增加自身资本，然后，正如我对哥哥所说，向整个世界索赔！

猴子又来找我。玩吧？他嬉皮笑脸地说，潇洒潇洒。

我一挥手：玩！

我钻进他的出租车，到处鬼混，玩得昏天黑地。一场暴风雨在我心灵中平息，我仿佛变了一个人，自己都认不出自己来。我接受了蔡阿姨主宰我命运的现实，认识了自己是各种资金势力傀儡的身份，忽然就放弃了对自己的任何要求，听任自己的精神如自由落体般地下坠。这很轻松，也很荒唐。人学坏，永远要比学好容易得多！

猴子又把我拉到 GOGO 夜总会，他如数家珍般地念叨着这家豪华娱乐场所的服务，抱怨我上次被陶薇一叫就走，没有仔细领略这家夜总会的大好风光。我说：少废话，又不是没玩过！就挺胸甩臂，大摇大摆踏上台阶。

猴子在我身后拨打手机，咪咪、瑶瑶、小美，呼喊着一连串小姐的名字。我心蠢蠢欲动，暗想：解放了，今晚玩他妈个痛快！

我直奔上回那个牛排馆，猴子拉住我：大佬，你讲点品位好不好？换个粤菜馆吧，广东汤滋补，也很顶事哟。

汤汤水水有什么用？还是吃牛排有战斗力！我一甩胳膊，一头扎进牛排馆。

吃饭。唱歌。蹦迪。懒得描述。我的注意力集中在那个叫小美的小姐身上。这丫头一看就是刚从农村出来，虽然漂亮却透出土气傻气。她笑起来格外响亮，声音发尖，我觉得她是故意掩饰心中的紧张。咪咪在我身边磨磨蹭蹭，咬着耳朵骂我薄情，我毫不动心。瞅空子我塞给她三百块钱，说：少废话，帮我把小美搞定。

我喝了许多酒。猴子抱着我脑袋摇晃，道：洗个桑拿，清醒清醒吧！我被他扶着，稀里糊涂地走进地下室桑拿中心。猴子真是好弟兄，扶我进浴池，给我喂水，又指挥搓澡师傅施展各种手段，弄得我舒服得直哼哼。

我却骂他：死猴子，把我弄来洗澡干吗？热死我了！然后又叫：小美，小美……

我牙根痒痒，拳头痒痒，真想与人打上一架！

很快，我实现了打架的愿望。我和猴子像大闹天宫似的，将GOGO 俱乐部的酒吧砸得稀巴烂！并且，还引出一连串无法预料的后果……

　　这真是一个狂乱之夜！

二十四　老晃指点迷津

　　小猫咪是战争的导火索。

　　我闹着要喝酒。猴子带着小猫咪、小美簇拥着我，摇摇晃晃冲进酒吧。小猫咪常在迪厅、卡拉 OK 包房混，与许多老客相熟。我刚在高脚凳上坐稳，就看见她朝一个角落抛出飞吻。我定睛一看，角落里坐着三个学生模样的小伙子，细皮嫩肉的，还没长成男人呢。我不知道他们怎么会坐在这种地方，也不知道他们在这儿干吗，但一股无名火就从心头蹿起，我决定给他们一个教训。

　　我记不清架是怎么打起来的，反正我的拳头捣了出去。我义愤填膺，怒不可遏，口口声声指责他们勾引我的马子。我一边打，一边腾云驾雾似的飘飘然起来：我总算当了一回黑老大！

　　三个小孩都哭了，他们如此不经打，也不还手，一边哭一边喊：老大饶命！

　　咦，今天这英雄怎么如此好当？

　　后来，一伙身穿保安制服的汉子冲进酒吧，扭着我胳膊往一间小黑屋里架。我顿时变成一只落入猛禽爪中的小鸡。

　　关键时刻，猴子出手了，他挡住保安的去路，耍起一套猴拳。这家伙身手敏捷，动作利索，看来是拜过师的。猴子望眼、猴子捉虱、猴子翻滚、猴子啃桃……他把猴子的动作表演得惟妙惟肖。

可惜，猴子的功夫中看不中用。等他表演够了，一个身材方阔、酷似棺材板的保安走上前，朝他右眼猛击一拳，使他整个人凌空飞了出去。待他好半天爬起来，右眼一片乌青，可怜兮兮活像一只乌眼猴！

我忍俊不禁，哈哈大笑。那棺材板转回身，在我左眼补了一拳。我顿觉天旋地转，满眼金星。得，我也变成乌眼猴了。

我和猴子被关进小黑屋。猴子埋怨我：你打那些小鸭子干吗？他们跟猫咪一样，都是暗中受保护的。我恍然大悟，难怪这架打得轻松，我的对手原是几只绣花枕头。

我问猴子：他们会把我们怎么样？

猴子忧忧愁愁地说：先关一夜，再整我们一顿，最后罚款，罚得我们只穿一条裤衩回家。除非你认得他们的老板，对了，没准你还真认识呢！

我问：那老板叫什么名字？

猴子说：大家在背后都叫他"晃爷"，听说早年也是炒股票起家的，我没见过他。

哈哈，老晃！我叫了起来。没想到这家伙有偌大的产业，也没想到今天我会犯在他的手里。

我猛擂小黑屋的门，呼唤保安带我见他们的老板。

当我站在老晃面前时，已是第二天上午十点钟。作为一名阶下囚，我哪有那么容易见到人家老板？幸亏我让保安把"孤独鹰"的名号报上去，才蒙老板上班后第一批召见。

我指指乌眼对老晃说：我这副尊容来拜访你，实在不雅。不过，这是你手下的保安，送给我的礼物……

与上次见面一样，老晃缓缓地摇晃着上身，令我头晕。他不笑，也不说话，显得很矜持。我有些心慌，拿不准他是否会惩罚我。我试探道：放我走吧，你也很忙，我就不打搅了。

哪能放你走？老晃开腔了，他从大班台后面站起来，背着手走到我面前，你这只孤独鹰飞得太高，从不来看望我。今天既来之则安之，怎么着也得和我共进午餐吧？

出乎我的意料，我们很谈得来。整整一天，我都没有离开老晃，并且和他成了好朋友。他原是我的先辈，属于新中国第一批股民，因买入大量股票认购证而暴富。他深知股市风险，发财后转向娱乐业，成了大气候。对于股市，他总是有些留恋，所以在非常保险的情况下，他拿出部分资金进行委托理财。蔡经理是他的长期合作伙伴。

我问：天堂岛股票一直做得很好，你为什么突然撤资？能告诉我真正的原因吗？

老晃左右晃动着，沉吟半天，最终摇摇头：不，这是秘密。

老晃是个很有修养的人。令我吃惊的是，他竟在认真研读毛批《资治通鉴》！那一张张书页上既有毛泽东的评语，也有他用签字笔写下的心得，填得密密麻麻。对于我的敬佩，老晃不以为然：你知道吗？我正在读国际金融博士学位，导师是一位国内知名的经济学家。

他说着，从抽屉里拿出最近的成绩单，认真地指给我看他优异的学习成绩。我真是目瞪口呆！

我忍不住提出埋在心底的疑问：听人说，你是我们这座城市的黑社会老大。我怎么看你不像？

老晃摇头笑道：胡扯！干我们这一行，需要特殊保护，所以我广交朋友，黑道白道都熟。碰到你这样的人在我夜总会打架，也好对付一下。

我被他说得面红耳赤，倒觉得自己像黑社会分子。

我在老晃的办公室发现一副云子围棋，不由技痒，提出与他对弈。我在大学读书时，可算一名围棋高手，曾在全校比赛中得过冠军。我想露两手，不料老晃是一位劲敌。我们厮杀一个下午，难分难解。关键处老晃巧妙弃子，又利用弃子围起一块大空，终于取得胜利。

我感叹道：你在任何方面都是一位高手！

哪里哪里，我不过善于审时度势而已。老晃摇头晃脑地说。

不知不觉中，我们的情谊渐渐加深，说话也随便起来。老晃指着棋盘上的几颗弃子，由围棋说到人世。他不说丢卒保车的大道理，倒讲出几句叫我心惊肉跳的话：做人，千万不能做成弃子。在一盘关系错综复杂的棋局中，被人出卖，被人抛弃，这是最可悲的结局！

我盯住棋盘看了半天，蓦地抬头问道：蔡经理这人怎么样？她会不会把我当成弃子？

老晃的脑袋又轻轻转起圈来。良久，他开口道：这个女人不简单。她掌握着许多棋子，你只是其中一颗。会不会把你弃掉，那得看棋局进行到何种地步。我看，难说。

我该怎么做？

广交朋友。你瞧，今天你我成了朋友，不就很好吗？哪天你真的成了弃子，对我说一声，我能袖手旁观吗？

我茅塞顿开，马上叫一声：大哥，真的走投无路，我可得来投奔你！

老晃停止晃动，正色道：既然你叫了"大哥"，我就认你这个兄弟。虽然我不是黑老大，但义气、能力我也足够，兄弟的事情我都能摆平。

我说：如果来你这里，我这个人能派上用场吗？

老晃眯缝着眼睛瞅我：你不清楚自己的价值吗？难道你还缺乏自信？

我老实地回答：是的，蔡经理说我是花瓶，是稻草人，还说我离开她就寸步难行……大哥别见笑，我把心里的隐痛告诉你了。

老晃又慢悠悠地晃动上身，似乎在思考我传递给他的信息。这样好，他低声说道，这个女人判断失误，对你很有利。她并不了解你。过去你在旭日投资公司，与我合作打了几场漂亮仗，看来她是一点儿也不知情。女人嘛，智力毕竟是有限。让她失误下去吧！

我仿佛被注入一针吗啡，精神顿时振奋起来。老晃对我的肯定太有价值了，我渴望多听几句，以抵消蔡经理在我心中留下的耻辱。

我说：谢谢大哥看得起我。真想今天就留下来，再也不离开你。不过我还想问，在大哥手下，我具体能干些什么？

老晃哈哈大笑。他拍拍我肩膀，坦诚地说道：我身边有孤独鹰这样一位弟兄，还用把资金送到别人那里搞委托理财吗？我太希望你留下来了！不过，现在还不是时候。你先把天堂岛炒起来，打赢这一仗对你的前途很重要！

明白了。我长长地舒了一口气，心里觉得无比踏实。

从老晃办公室出来，我觉得天高地阔，精气神全提了起来。只要懂了游戏规则，我肯定越玩越会玩！

二十五　天堂在哪里？

慕越峰来了。

蔡经理一脸严肃地告诉我：抓住这个机会！我们有两个目的：第一，要慕总推出优厚的分配方案，配合我们在二级市场对天堂岛的炒作。第二，他曾答应过我拿出两个亿搞委托理财，可是他光许诺，迟迟不兑现，炒他的股票，他还能不出点儿血？今晚在宴席上，咱们一定要拿下这两个战略目标。

我说：这是你经理的事，我只管装酷。

蔡经理倒一点儿也不客气，点头道：是的，你少说话。他要问起天堂岛股票的市场前景，你别理睬他。注意保持你一贯风格，超然，冷漠，回避一切有关股市的话题。

我悻悻地说：你真是一位幕后驯鹰手！

她就颇为谦虚地回道：我不过是个饲养员。

她领我到一家高级时装店，为我置办行头。每次参加重要宴会，她总要亲自挑选服装，从里到外把我打扮一新，才满意地送我出场。刚才说那番话，她摆出十足的领导架势，此刻她又变成俗女人，婆婆妈妈地纠缠每一个细节。我虎着脸，耍小性子。她百般迁就，好言好语哄我一次又一次地试装。我觉得自己变成一个小女人，一个被大款娇宠着的女人。又觉得自己像是她的儿子，任性耍赖的儿子。蔡经理也获得某种心理满足，一副其乐融融的模样。

我要掌握并利用好我们的暧昧关系，把她变为我手中的一颗棋子。

慕越峰住在希尔顿大酒店。我想，我应该去拜访一下这位秘密上司。

说来可笑，我天天炒作天堂岛股票，却从未见过这只股票的主人。不过，我对天堂岛整个公司做过深入研究，知道慕越峰出身低贱，早年在海边贩鱼卖虾。他和我身世相同，也是海岛渔民。并且只要坐一夜轮船，横渡海峡，我就可以从家乡的岛来到他们的岛上。有意思的是，慕越峰在岛上办了一个天堂海珍品公司，他们那个岛也就改名为"天堂岛"了。不少官员吃过他的海珍品，扯上了关系；他又善于聘请高人搞资本运作，越玩越大。终于有一天成功发行股票，光荣加入上市公司的行列。

慕越峰是大海的儿子，在我心目中，他是我的同类。我决定晚宴后进行秘密拜访，一定能受到他的热情接待。我希望给自己多留一条路子，没准哪天我还能进天堂呢！

晚宴丰盛自不必说。开始，我还没搞清楚谁请谁，及至蔡经理把我安排在主陪的位子上，我方明白是蓝天证券公司尽地主之谊，宴请天堂岛股份公司的董事长慕越峰同志。蔡经理总是把我推在前面，处处捧着我。我也乐得装模作样，瞅机会猛吃。

蔡经理与慕越峰唇枪舌剑，我也没在意听他们争讲些什么，却对一只长须尚在颤动的大龙虾兴致盎然，夹了鲜美的龙虾肉，尝了又尝。有时候，争论的交点集中到我身上，满桌人的目光盯着我。我故作深沉地点点头，说：是的，是的。或者把脸一扬，哈哈怪笑两声，说：龙虾肉真好吃！

众人以为我智慧超群，一举一动都有某种深刻含意，暗暗称奇：

天才与常人就是不一样。

我却在心中暗骂：一群蠢猪！

看透了一切，我的角色就更加好演，也更加索然无味了。

宴席达到高潮，慕越峰端起酒杯，宣布一条重大利好消息：今天没有外人，我向诸位透露一点点内幕，由于中外合资的海参肽项目赢利丰厚，本公司正在准备推出十送十的分红分配方案，以回报广大股民的支持。同时，也是对贵公司在二级市场行动的配合。蔡经理，你可以满意了吧？

两个战略目标达到一个，蔡经理显然很高兴。她让我站起来，共同敬慕总一杯酒。按照惯例，她又替我把酒喝了，说是要保护我天才的脑子。

慕总惊异地盯着我的头看，半天，用近乎恳求的口吻道：孤独鹰先生，你的额头鼓得那么高，很像列宁，弗拉基米尔·列宁。我有一个小小的请求——能不能容许我在你的头上摸一下，轻轻地摸一下？

我板起脸，斩钉截铁地说：不行！

蔡经理向我使个眼色：辛遥，客人远道而来，摸一下就摸一下吧……

我冷冷地道：我的脑袋，可不是随便让人摸的！你当我是猫吗？

慕越峰满脸尴尬，把擎起的手又缩回去。他喃喃道：别生气，我不是那意思……我太……太崇拜你的脑袋了！

把客人整得下不来台，我有些不好意思。其实，摸就摸一下，没什么了不起的。但是孤独鹰的形象不容轻慢，我捍卫的可是一只鹰头！

不料，我马上为此付出代价。宴会结束，我悄悄来到希尔顿酒店，探望慕越峰。这家伙和酒席上的表现判若两人，冷着脸子，也不给我让座，就像我是他手下一名犯了错误的员工。我这才知道，他对我的脑袋崇拜，也不过是在演戏。没准，他现在想把我的头当一只破球踢呢！

你这个人毛病不轻啊。慕总开口就训人，他的语音与我们家乡话接近，我听起来挺亲切。

对不起慕总，你要真想摸我的头，现在只管摸。我又略带夸张地补充道：摸不过瘾，你踢两脚也行！

他眯起眼睛：为什么？

因为你是我的老板。

他眼睛里射出锐利的光芒。看上去，这家伙倒更像一只鹰：嘿嘿，你还认我是老板啊？那还不错。不过，我说你有毛病，指的另一件事情。至于你那破头，没人稀罕！

很遗憾。我摸着脑袋，回忆什么地方得罪了他。良久，我恍然大悟。对了，准是为那三十万元，为我发牢骚，说了一些不恭之词，慕总记恨我呢。这个田大勇，回去就打了我的小报告。

我说：老板，你可能有误会……

慕越峰不想听我解释，只顾按自己的思绪训斥我。一边训，他一边在我身边踱来踱去，脸色阴沉可怕。

嗯？一次给你三十万还嫌少，什么意思？真想违约吗？我借个胆子给你，谅你也不敢。和我慕越峰玩这套把戏，你可是自找麻烦！

我比较乖巧，发现他是海盗一类的人物。跟他硬碰硬打交道，搞不好自己要吃亏。我就做出一副愁眉苦脸的样子，说：这是哪儿的话，田大勇副经理汇报不实，简直是瞎传嘴舌，我只不过，只不过……

慕越峰在我面前站住，脸上呈现明显的杀气。他一字一板地说：你给我听着，如果违约，我就拿出三十万买你的人头！懂不懂黑社会的行情？别看你把自己的头看得挺高贵，挺多也就值三十万元！

我相信。这个上市公司的老总，比晃爷更像黑社会老大。见鬼了。我真的连大气也不敢出，低着头挨训。

不敢，不敢。我声音颤抖地说。

慕越峰见我服了，才收起威风。他坐到沙发上，点燃一支香烟，语气缓和地说：既然拿了我的钱，就得把工作做好。我对你也实行目标管理制，你的任务是：第一，把天堂岛股票炒到 50 元以上，并维持住这个价格。第二，公司最近要增发新股，你要配合完成这项任务。如果顺利完成了增发，你我的合同自动解除，我还额外给你发八十万元奖金！怎么样？

没问题！我斗志昂扬地回答道。虽然增发新股是一项重大利空，但面对八十万元的重赏，我可不能眨一眨眼。

很好，到底是咱们海岛上的小子。慕越峰到这时候，才和我攀起小同乡，能干，胆大！就是有些难管……

这话说得亲切。我也松了一口气，今天终于过关了。

他瞅了我一眼，又说：我怎么觉得这次见你，你有点儿变样？

我暗暗吃惊，不知道哥哥给他留下什么印象。是吗？是不是变老了？我努力调侃道。

有点。你那个女朋友，啊，陶薇怎么样？你怎么还不结婚？他的兴趣转移到另一方面，你们两个想不想去天堂看看？

我假装糊涂：天堂在哪里？

慕越峰不接我的话茬，脸色又变得严峻起来：找个放长假的机会，嗯，国庆节吧，你带着陶薇，到天堂岛来玩玩。记住，这也是我给你安排的一项任务。她是证监会的人，对公司增发新股大有用处。

我点点头：明白了。

慕越峰是天堂里的恶魔。我离开酒店许久了，还摸着自己鼓凸的额头直出虚汗。他可真凶！

我想起哥哥在电话里的警告：搞不好，你会掉脑袋的！现在方明白他的焦虑。动辄几亿元资金的出入，我的生命怎能承受起这般重量？

二十六　情敌论剑

我正想找个理由与陶薇约会，她却先来了电话。

怎么老躲着我？她张口就责备我，别忘了你的承诺，星期天总要来看看我爸我妈吧？

我一迭声地赔不是。我说：最近忙昏了头，真是混蛋！只要你愿意，今儿晚上我就去拜见岳父母大人。

陶薇说：免了，另派你一项任务。现在有空吗？给你一项美差，请你去见见一位朋友。

我的耳朵像兔子似的抖了抖，机警地问：谁？那个作家？我当然有空，随时可以奉陪！

那么，你现在就来卧佛寺，我约了他一块儿喝茶。陶薇停了停，又道：你可得讲文明礼貌，我不是请你来决斗的。

这是星期六的早晨，我还赖在被窝里没起床。放下电话，我一下蹦起来，胡乱套上衣服，径直出门。

站在街口，我东张西望地找出租车，才后悔刚才忘记打电话把猴子招来。正想着，从一条胡同里钻出猴子那辆破出租车，在我跟前一个急刹车停下。猴子嬉皮笑脸地在车内向我招手。

我有些感动，在他身旁坐下，道：一大早就在这儿等着？够意思，可见你是一心一意侍候我。

他向我伸出肮脏的小手：哪里是为侍候你？我兜里一分钱也没有了，等着你老人家发救济呢！

我往他手里塞了几百块钱，没好气地说：开车，上卧佛寺！告诉你，今天我可能与人决斗，你可得瞪起眼珠。那套猴拳你就别耍了，哼，我花钱随便雇个保镖，都比你强……

猴子不服气地说：我还有绝招呢，是你没见过的！我的武装带太歹毒，不到关键时刻不能用。

卧佛寺在郊区龙山，是赏菊的好去处。正是初秋时节，田野里绿黄相间，色彩斑斓。进了龙山峡谷，早开的菊花在山崖上迎风怒放，令人耳目一新，神清气爽。卧佛寺周围开了许多茶室，供旅人饮茶赏菊，生意甚火。

我在"独一处"茶馆找到陶薇，就打发猴子四处玩耍，自己跟她走入一间窗明几净的茶室。早有一位身材矮壮、留小胡子、披长发的中年男子坐在席上，闷头喝茶。无须介绍，便可知他就是那位大名鼎鼎的作家。

对于他的尊容，我有些意外。他看上去挺时髦，但很怪，低眉垂眼，一副没睡醒的样子。当他忽然抬头，与我握手时，我又发现他力大无比，捏得我手生疼。相比之下，他是一介武夫，我倒成了文人。

和为贵，他说，和为贵。

我甩着被握疼的手，勉强笑道：久闻大名，见面才领教你的力量！

他说：我却是最近才听说你，仿佛背后被人捅了一刀。对我来说，你的存在，确确实实是一个埋伏。

我摇头：这与我的合法地位很不相称。我是陶薇名正言顺的未婚夫，因此，中埋伏的不是你，而是我。

作家冷笑：合法地位？在爱情面前，合法地位是什么？有意义吗？哼，你年纪轻轻，倒长了一个封建脑瓜。

陶薇一直低头饮茶，不理会我们的唇枪舌剑。这时她一甩短发，突然插言：今天请你们来，就是要解决我的合法地位问题。

我们静默下来，琢磨着她话里的意思。我敏感地觉出，他们之间产生了矛盾，似乎有一条深长的裂缝。陶薇的表态，使我不难想象原因何在。

作家勾起食指刮小胡子，以恳求的眼神望着陶薇。陶薇则两眼直视前方，像断案的法官一样，一身正气，大义凛然。

作家说：有些问题不必放到桌面上，尤其是在我没有心理准备的情况下。薇薇，我本打算与你单独喝茶赏菊，没想到……

陶薇打断他的话：不放到桌面上，合法地位问题永远没法解决。我是看清了这一点，今天才把辛遥请来，一同讨个说法。请你直截了当地回答我，你究竟何时才能办完离婚？究竟有没有诚意与我结婚呢？

这些问题，我有必要当着他的面回答吗？作家指指我，不屑地说道，我们的事与他没关系。

大有关系！如果你今天不给我一个明确的答复，我就要和辛遥结婚。别忘了，他是我的合法未婚夫！

我挺了挺胸脯，终于找到感觉。事情发展到这地步，我也有戏了！我以孤独鹰式的犀利目光盯住作家，喉音深沉地道：你说！

他摇晃着一头长发，笑道：俗气呀俗气，时代发展到今天，竟还有人这样对待爱情。爱情是什么？是雪花。雪花在空中飘着纯洁美丽，一旦落到地上，就化作水，融为泥浆。污水与烂泥又是什么？那就是所谓的合法婚姻！

我说：有道理。真有些让人着迷，作家确实能说会道。不过我要提醒一句，人们应该像警惕骗子一样警惕作家，因为作家最会骗取女人的感情！陶薇呀，你可要小心作家的花言巧语。一般的老板要甩出成千上万的钞票，才能达到使女人动心的效果，而作家只需动动嘴皮子就行了。他们玩弄爱情，讲究低成本。所以从某种意义上说，我认为老板比作家诚实。

作家脸都气紫了，一蹾茶杯说：你们这是干什么？逼婚吗？用污辱人格的方法来逼婚吗？

陶薇眼睛泛出泪花，缓缓说道：真没想到，你确实是一个小人，一个骗子！当初你怎么答应我的？你说你和妻子正在办离婚，半年之内一定能和我结婚。你曾把我们的婚姻描绘得那么美好，可不像今天，把它说成污水、泥浆！如果不能结婚，我怎么会和你在一起？……半年过去了，我一次次追问你，你用各种借口来搪塞。今天图穷匕见，你竟然说我逼婚！你……

请听我解释！作家把住陶薇举起茶杯的手，脸上满是哀求的神情，请你耐心听我解释，我妻子重病在身，我本以为她半年之内必死，没想到她一天天活了下来……我不忍心抛弃她，我们有一个儿子。我只想求你耐心等待，再给我半年时间好吗？我一定把离婚的事儿办成！

我不动声色地道：他老婆根本没病。他在家里是正人君子，是好丈夫、好父亲，挣的稿费全用在老婆孩子身上了……

作家吃惊地回过头：你怎么知道？……你胡说！

当然，你的精神总有些孤独，苦闷，需要新鲜爱情，哦，那种雪花似的爱情做补充。于是你爱上了陶薇，爱得死去活来。为爱情撒谎，上帝也会原谅他，不是吗？但是，你只把陶薇当作一枝野花，就像这长在山野里的菊花，从未想过把她带回家……

作家惊讶地睁圆眼睛：你的心理描写很准确，你也是搞创作的？

我差点脱口而出：我是一名优秀的语文教师！但我话一出口就改变了：未来，未来。当我的事业失败了，在投资领域无法生存了，我也去当一名作家！

陶薇挽住我的胳膊：咱们走吧。和这样的人多说一句话，都是没价值的！

我骄傲地昂起头，偕陶薇离开茶室。走到门口，我对双手抱头的作家说了一句：如果你实在愤恨难平，可以出来与我决斗——用拳头决斗。

我们沿着小径上山，在菊花丛中穿行。秋风阵阵，掀动满山遍野的花浪。

陶薇说：谢谢你，为我出了一口恶气！

我说：关键是你自己做出了正确的抉择。

陶薇将手从我臂弯中抽出，轻轻推开我：咱们之间的戏也该谢幕了。说实话，我常常感到内疚。为了等他离婚，在我父母面前有个交代，我把你当作幌子，拖了你半年……

我忙说：我愿意当这幌子。你对我说过实情，没有欺骗我。

陶薇摇头道：实际上，我们之间的关系已经结束了。现在，连幌子也不需要了，你我就此分手吧。

我说：我有个建议，我们继续把戏演下去。我们可能有两种结局，一是各自找到合适的人选，到那时再真正分手。二是我们寻到新的契机，重新开始我们的爱情！

陶薇神情黯然地说：我不想再受伤害。再说，作家在你我之间投下很重的阴影，回头路难走哇。

人生谁能不走弯路？你的这段情史，我不会对任何人提起，我自己也把它忘到九霄云外！我只求你肯原谅我的过去，宽恕我对你犯下的种种罪过。这样，我们不就可以重新开始了吗？

难。你从事的职业注定要过花天酒地的日子；而我的工作，又注定与你形成猫和老鼠的关系……她忽然抬起头，凝视着我的眼睛，有时候，我真希望你是一个普通人，比如，你只是一位中学教师，或者是一位医生……那样该多好呀，我一定会很爱很爱你！

我心头突突狂跳，感慨自己不能表明真实身份。当命运走到这种地步，你很难判断什么才是真正有价值的。

山谷里飘来阵阵白雾，菊花、草丛、树木都变得朦朦胧胧，周围呈现浓浓的意境。

我弯下腰，在陶薇额上亲吻了一下。

二十七　约法三章

空中客车在万米高空平稳飞行，我与陶薇进行了一场深入的谈话。

这次邀请她赴天堂岛度假，我本以为要费许多周折。不想她满口答应，一副欣欣然的样子。我想，我这人还是有些魅力的，陶薇愿意跟我独处，我们的关系有望恢复。临行时，市长岳父、医生岳母请我吃饭，千叮万嘱地把女儿交代给我，好像我们是去旅行结婚，或者到外地成家，一去不复返了。两位老人实心眼儿，至今被我们蒙在鼓里，不知道我们爱情的真相。

我倒愿意这样，模糊状态有利于我乱中取胜。但是，飞机刚刚飞稳，陶薇就在我耳畔低声细语地谈起约法三章。她声明：首先，我们的关系与过去有了质的不同，不再是恋人，只是普通朋友而已。因此，男女授受不亲，晚上睡觉要严格实行隔离措施。

我很扫兴，却点头道：那是，那是，我还不至于堕落成一条色狼！第二条是什么呢？

陶薇瞟了我一眼，笑道：这次去天堂岛，请客的不是你，而是慕越峰，对不对？项庄舞剑，意在沛公，他请的不是你，而是我。

我脸上有些挂不住：笑话，你以为我一点儿面子也没有？以为我没钱掏腰包请你旅游？

不是这意思。慕越峰请我来一定有目的，你不可做他帮手，害我跌入他的陷阱。陶薇伸出两根手指，说道：这是约法三章的第二条。

我有些遗憾。她什么都明白，我却像暴露在光天化日之下，毫无秘密可言。我点点头：本人还不至于为虎作伥。

陶薇说：这第三条嘛，就要凭你自觉性了。你也知道，我是证监局官员，有特殊使命在身，否则我也不会跟你跑到荒山野岛去旅游。在可能的情况下，你要积极配合我的工作。

我的鼻子差点儿气歪了。原来她是将计就计，微服私访，还企图让我当她的马仔呢！我说：好哇，柔情蜜意让你一扫而光，我陪你出差来了。干脆，证监局直接派我到天堂岛卧底得了！

她神情暧昧、目光柔润地瞅着我，说：咱们的关系正在重新磨合，并肩战斗往往是最好的黏合剂，你说呢？

哈，过去我向你打听点儿消息，你就说我玷污你的感情，如今你也学会这一招了。好吧，我就听你的。记下，这可是我为爱情做出的重大牺牲！我假装发牢骚，心中却感到一阵暖意。

慕越峰亲自驾游艇接我们进岛。这家伙更会演戏，只冲我说话，仿佛不知道陶薇是谁。我不得不把未婚妻介绍给他，他亲热地叫着"弟妹"，却并不把陶薇放在眼里，好像她只是普通家庭妇女，跟老公沾光出来旅游罢了。陶薇也显得分外活泼，在游艇前后跑动，处处好奇，惊讶万分。

慕越峰亲自把舵。他手下的副总来了一大帮，簇拥着陶薇，吹嘘他们老板当年如何驾驶着渔船，闯惊涛、冲骇浪，九死一生的种种经历。陶薇也向他们提出许多问题，了解情况。她又从包中掏出数码相机，跑到驾驶舱，从各个角度为慕越峰拍照。慕总挺着胸，好不威风凛凛。

天堂岛的养殖业确实迷人。我们坐着游艇先看海上万亩扇贝，排列成行的玻璃浮漂，将大海耕成条条田畴，玻璃漂下面挂着串串扇贝笼。有小船载着姑娘们劳作，将笼子从海里捞出，哗啦啦倒出许多肥硕扇贝。又有身穿潜水服的水鬼在波浪中出没，从海底抓出海参、鲍鱼，扔上小船。有喜欢作秀的水鬼，直接把大海参扔上游艇，惊得陶薇连连尖叫。

慕总告诉我们，这片海域搞立体养殖，海面是扇贝，中层养亚鲆、红鲷等珍贵鱼种，海底则爬满海参、海螺等软体动物；前边那片黑礁崖，水深流急，崖底养着许多珍贵的鲍鱼……

陶薇说：你这么说着，我都馋死了！

慕越峰拉一下汽笛，感慨地说：这片海，表面上看只是一湾蓝水，其中孕育的宝藏可是无法计数啊！

上得岸来，慕总又领我们参观千亩虾池。推土机隆隆作业，忙于修筑尚未完工的虾池。那些注满水、养上虾的池子，如镜子映出蓝天白云。有大虾时时跃起，打破平静的水面。慕总说这些养殖对虾直接出口北美，已经签过合同，拿了定金。

岛上还养了大量貂、狐狸、鸭子。望着水湾中大群浮游的鸭子，慕总特别指出：由于常年吃海鱼海虾，这里鸭子下的蛋个个流油，鲜美无比。鸭蛋产出后直接送北京，专供中央食堂。慕越峰还掰着手指头算账，得出的结论是：一只鸭子产生的年利润，超过两台大彩电！

陶薇睁大眼睛，深深抽一口气，显出做梦也没想到的样子。

最令慕越峰得意的，要数海参肽加工厂。他们掌握神秘配方，从海参萃取营养物质，制成壮阳口服液，具有神奇疗效。慕总眦着我坏笑：我送你一箱样品，你尝尝就知道了。这可是真正的中国伟哥！

厂房在海岛中部，蓝顶白底，十分漂亮。这工厂由澳大利亚某生物制药公司投资，与天堂岛共同开发海参肽产品。慕总说：仅此一个项目，就可拿到三亿元利润！陶薇嚷着进工厂看看，慕总半真半假地说：我们的技术高度保密，谁也不可以进去哟！

果然，立即就有几个保安牵着狼狗过来，客气地请我们离开百米警戒线。慕总耸耸肩膀，无奈地说：列宁没带通行证，都进不了克里姆林宫。这种精神是值得表扬的。

天堂岛的美好前景把我弄晕了。没想到我天天炒作的股票，竟然这样有价值！我对慕总刮目相看，不再把他看成海盗，而是一位怀着雄图大略的企业家！我甚至认为，炒股票这件工作也有非凡意义，关键要看你炒什么股票。跟着一位英雄打天下，谁不从心底里感到自豪呢？

世人为何到处寻找天堂？天堂就在这里，就在我们的脚下！我由衷地赞叹道。从目前股价来看，天堂岛的价值被低估了，还有很大上升潜力啊！

陶薇瞟我一眼，眼角挂着讥笑。

晚宴自然是一色海鲜，原汁原味，我家也在海岛，吃这些东西兴趣不大。陶薇却兴致勃勃，对每道菜赞不绝口。慕越峰还是冲我说话，把陶薇当作不懂事的小姑娘。他举起酒杯道：兄弟，天堂岛发展到今天，你也有一份功劳哇！今天能把你请来，我心里高兴激动就没法用语言表达了。来，干杯！

我不解地问：慕总过奖了，我何功之有？

你在二级市场积极投资天堂岛股票，使股价保持坚挺，有力地维护了公司形象。不瞒你说，作为上市公司老总，我特别在意天堂岛股票在股市的表现。那是我的脸面，也是公司全体员工的脸面啊！人活一张脸，树活一张皮，这道理不是明摆着吗？

我感动地说：广大股民整天骂庄家，只有上市公司老总给我们一个正确评价啊！

旁边一个颇有风度的女副总纠正道：不是庄家，而是投资家。中国股市缺少的就是投资家！

陶薇一边啃着蟹脚，没心没肺地笑，一边用胳膊肘碰碰我：还不快谢谢？

我说：其实，庄家就是投资家。我看好天堂岛股票的前景，多买一些，长期持有，这不是与美国股神巴菲特的投资行为一样吗？中国人喜欢使用模糊概念，至今，证监会也没为投资家与庄家划出一道明确的界限来。陶薇同志，我说的是不是事实？今天，我在这里表个态，只要不触犯现行的法律法规，我将继续买进天堂岛股票！

证券部副经理田大勇拿起一瓶白酒，激动地道：你的话太使我感动了，我，我把这瓶白酒一口干了！

等一等。慕越峰站起来，说：现在我要宣布一项决定，为了表示我们的感谢，天堂岛公司决定赠予辛遥同志一幢海滨别墅，并且，马上着手办理房产证！

那位女副总双手捧着一把金钥匙，递到我面前。

我激动地站起来，连连摆手：别别，贵公司的厚爱，叫我怎能承受得起？

慕越峰拍拍我肩膀，又转头对陶薇微微一笑，诚恳地道：别说

"贵公司"，你持有我们的股票，就是公司股东。下次董事会改选，我还准备提名让你出任董事呢。赠送别墅还有一层意思，辛遥、弟妹，欢迎你们常来岛上住住。今后我们一起努力，把这个海岛真正建设成人间天堂！

满桌人一起鼓掌，热烈的掌声久久持续着……

二十八　夜行记

我毫不夸张地说，慕越峰赠送的这幢别墅，简直就是一座水晶宫。我伫立于客厅中央，四周全是落地玻璃。海水从天边涌来，浪花四溅，水珠如雨，喷在玻璃上。我觉得自己成了龙王，似乎是大海的主宰。如果能娶一位皇后进入水晶宫，事情就十全十美了……

我正想入非非，陶薇在我脑门上弹了一个很响的呱，使我猛醒。

想什么呢？叫你也听不见。她问。

我色眯眯地望着她，试探道：有了这么好的房子，我就想结婚，想要一个像你一样的老婆……你看有没有可能？

她冷笑：你以为，这幢别墅是送给你的吗？错，这是人家送给我的礼物！

我摇摇头：不可能，慕越峰当着众人说得明明白白，这是公司赠给我的奖品。因为我使股价保持坚挺，有力地维护了公司形象！你还想和我抢功？

陶薇一脸料事如神的神情，说：明天你去拿房产证，就会发现上面写着两个人的名字——辛遥、陶薇。我的名字虽然排在你后面，但分量却比你重得多。顺便告诉你，只要有我的名字，这房产证你绝对不能接收。原因很简单，作为一名政府官员，我拒绝一切变相贿赂！

我答不上话，渐渐变得脸红脖子粗。她说得没错，慕越峰和我订的秘密合同，可不包括这样一幢高级别墅。人家利用我的手，企图将一名证监办官员拖下水。如此雕虫小技，当然被陶薇一眼看穿了！只是，我算扮演的什么角色？这使我脸上有些挂不住。

陶薇打破冷场。她靠到我身边，温柔地说：出去走走吧，月色多美！

我连忙点头，贴在她耳畔道：对，说不定这房里有窃听器。

我们走出别墅。圆月当空，海面万顷银光跳跃，岛上一切变得格外皎洁。陶薇挽着我的胳膊，倚着我的肩膀，像真的恋人一样，使我心中感到阵阵甜蜜。我无端地长舒一口气，发出一声叹息。

陶薇抬眼看看我，仿佛明白我的心思。但她不说话，默默引导我前行。

我有些怨恨哥哥。他把与陶薇的关系搞得这样糟糕，使我难以与她亲近。说心里话，我认为陶薇是一名优秀的女性，是值得投入全部爱情、与之相伴终生的女人。可是，我有什么资格做她的恋人呢？蔡经理、疯女若云、小猫咪、小美……我劣迹斑斑，站在她面前自惭形秽，根本不配提到一个"爱"字！我强烈地意识到，在这个飞速旋转的世界中，我已经失去了太多太多……

陶薇忽然说：我能感觉到，你对自己似乎没有信心？

我黯然地道：有什么办法呢？人有时很难主宰自己的命运。特别当你卷入一个巨大的漩涡，凭自己的力量又难以挣脱，你会对一切事情都感到无能为力。就说爱情吧……

我们先不谈爱情！陶薇打断我的话，站住脚，脸上表情十分严肃，你我的关系不一般，磕磕碰碰地交朋友，也有很长一段时间了。就冲这一点，今天我要给你提个醒，辛遥，你必须尽快跳出面前的大漩涡！

我一怔：你是指……

陶薇一字一顿地说：天堂岛。

我沉默了。我预感到她要触及一个严肃话题。但我不想谈这些事情，此类话题在我们之间是无法深谈的。再说，老把工作与感情纠缠在一起，是我们爱情历史上的一块硬伤。我曾因刺探消息遭到她的指责，现在，她要教训我这样那样，就不怕惹我恼火？

陶薇不顾我的心情，沿着她的思路说下去：我可以向你透露一点消息，天堂岛股份公司的财务报表，存在着严重的造假问题。我们接到许多举报信，其中有一位专家指出，要取得慕越峰宣称的巨额利润，海面上的虾头必须一个挤一个才成。这样大的密度，连对虾呼吸用的氧气都不够，让它们怎样成活？业内人士都把慕越峰的谎言当作笑柄。我这次来，可不是陪你旅游的。我是来实地考察，亲眼看看这个虚构的天堂究竟是啥模样。

我谨慎地问：你对我说这些，是什么意思？

陶薇瞟我一眼：你是天堂岛的庄家，不对吗？

我坚定地摇头：不。我只是代客户们理财，从没做过什么庄家！

陶薇讥诮地说：你刚才还宣称自己维护天堂岛的股价，因而得到一座别墅的奖赏，怎么转眼就不承认了？

我皱皱眉头，有些恼火：根据我们分析，天堂岛是一家优秀的上市公司，我们采取积极的投资策略，多买了一些天堂岛股票。这和庄家完全是两个概念。再说，你能明确区分坐庄与代客理财的界限吗？据我所知，中国股市目前无法解决这个问题。

陶薇正色道：辛遥同志，请你不要低估我们的监控手段。哪里有庄家，谁是庄家，监管部门心中有数。只是，在一般情况下为了活跃市场，我们容忍一些投机活动。如果出现大问题，庄家的手法过于恶劣，严重破坏股市秩序，那我们就必须严惩不贷！

我歪着头看她，笑问：谁是庄家？我像吗？

陶薇气得直咬嘴唇，一甩头发，独自朝前走去。我紧赶几步，搂住她腰，试图宽慰她。

陶薇眼珠亮晶晶地瞪着我，说：有时候，我觉得你有很大改变，简直变成另外一个人了。你知道吗？对于这个新人，我是有些动心的。可是谈到重要问题，过去那个辛遥就回来了，你我的心根本贴不到一块儿去！

我无奈地说：这是因为，我们的关系本质上是猫和老鼠的关系。猫捉老鼠，老鼠能不跑吗？真叫人悲哀呀！

陶薇眼睛有些湿润：你就从未想过重新选择一个职业吗？我为你担心，真的，怕你在人生路上跌倒。这种担心很深很久了。我常常幻想……

我紧接着说：我是一名中学教师，普普通通，平凡而安全，是吗？可惜，命运倒错，这样的机会不会再有了。

我这么说着，心里很难受。陶薇对我的感情深沉而复杂，我体会到这份感情的重量。我甚至想象着，如果我告诉她，站在她面前的男人不是辛遥而是辛远，恰恰是一所海岛中学的普通教师，她会多么惊愕，多么惊奇啊！但这绝不可能，我已经无法走回头路了。

我们沉默着，缓缓漫步。一阵白雾从海上飘来，周围变得一片朦胧。

陶薇忽然捅捅我：这里，就是神秘的海参肽加工厂了，你肯帮我个忙吗？

我表示同意：当然。你想干什么？

她说出了自己的计划。她想我们设法混进工厂，看看慕越峰声称从国外进口的先进设备。她说：我在厂门口吸引保安和那两条大狼狗；你出奇兵，绕到后面翻越铁丝网，潜入车间。有没有这胆量？

我说：浑身是胆雄赳赳！

于是我们击掌，分手。来那么一段历险记，还真够刺激！

但我很快就后悔了。我深一脚浅一脚穿过沙滩，面对一道铁丝网发愣。怎么才能越过这道该死的障碍？万一铁丝网通电，我的小命岂不呜呼？

工厂前门隐约传来狼狗的咆哮，我又不禁为陶薇担心：要是不小心让那凶猛家伙咬上一口，她细皮嫩肉的如何受得了？我想打退堂鼓，回去找陶薇随便扯个谎，也好把差事蒙混过去。

我扭身走两步，又站住脚。望着那黑幽幽的厂房，我的好奇心也浓厚起来。这里安静得像太平间似的，哪有轰轰烈烈、热火朝天的生产景象？慕越峰搞的什么鬼花样？我这么想着，脚下一绊，咦，一块木板差点儿将我绊倒。这就是天意了，我得进去看个究竟。

我把木板拖到铁丝网前，搭一座便桥。在海雾的掩护下，我纵身一跃，轻轻落在院子里。身轻如燕，我这样评价自己没错。

其结果既出乎意料，又在意料之中：这工厂真是唱的空城计！车间内哪有什么进口设备？空空荡荡，活像一个篮球场。我惊愕地睁圆眼睛，独自在车间内站了许久……

二人见面，我把这情报向陶薇报告。我还让她看被铁丝网刺破的中指，那上面还渗出一滴血珠呢。陶薇显然心疼我，用手绢将血珠擦去。她又做了一个令我震撼的动作：把挂彩的手指放在唇边吻了一下！这是对一个勇敢的侦察员的最高奖赏，我激动而又骄傲地挺直胸膛。

现在你明白了吧？陶薇说道，我让你进工厂侦察，就是要你用自己的眼睛看一看，慕越峰所说的究竟是真是假。

闹了半天，你是为了教育我！我有些不满，甩着手指说道，这也太费尽心机了吧？其实，慕越峰的把戏瞒不过我，我也是在海岛长大的人。他说海底养了多少海参鲍鱼，谁能数得清楚？给你说个笑话，某中央领导到我们岛钓鱼，一甩下钩子，就钓上一条活蹦乱跳的大黑鱼。领导乐不可支，夸这片海域物产丰富。他哪里知道，海底潜伏着两个水鬼，也就是潜水员，见鱼钩甩下来，飞快地将预先准备好的黑鱼挂到钩子上……

陶薇笑弯了腰。

我们往回走。月亮西斜，海雾散去，海岛又变成银色世界。小路两旁的草叶上，挂着颗颗露珠，月光一晃，钻石般地璀璨。我们相互依偎着，心里都有了某种情意，很浓。

我捧住陶薇的脸颊，吻她，渐渐吻入深处。她身体变软，紧紧贴着我。我把她搂得很紧。

但是，我最终没能得到她。因为她要我说一句真话，我却不肯说。我的职业的警惕性，就是在爱情最令人痴迷的时刻也不肯放松。

有什么办法呢？我正在变成，或者已经是孤独鹰了。

她问：你能不能对我说一句真话？你是不是天堂岛股票的庄家？

我说：我不是任何股票的庄家，也从来不坐庄。

她甩开我，独自走进别墅。

二十九　寻觅逃命舢板

我有一种预感：必须抓紧时间，寻觅逃命的舢板。

陶薇的话，给我敲响了警钟。虽然我不能肯定她掌握了多少实情，但她说的每一句话都是真实的，对我有益的。我知道，她心底藏着一份复杂感情，所以急于将我从漩涡中拔出。这证明，我确实面临着巨大威胁。我自认为没干过什么坏事，然而谁能为自己定罪呢？《证券法》是我必修之课目，其中那条"操纵证券价格罪"，时时令我心头忐忑。

真会有问题吗？一旦出事怎么办？

离开天堂岛前夕，慕越峰背地里把我狠训一顿。起因还是那栋别墅的房产证。果然不出陶薇所料，房产证上写着我和她两人的名字，我只得把陶薇坚决加以拒绝的态度告诉慕总。他一下子把脸拉得老长。

我试图开个玩笑，觍着脸说：要不，你就写我一个人的名字得了。

慕越峰一瞪眼，差点儿用房产证扇我的嘴巴：你脑子有病？这么点小事也搞不定，还想要别墅！我告诉你，陶薇这个人，你要给我包下来。增发股票的关键时刻，一定要她发挥作用！

我惺惺地说：别做梦了，人家正在查你呢！再说，我只管操盘，没有责任帮你拖人下水……

正在这时，陶薇过来找我。她一蹦一跳的，像个天真无邪的少女。慕越峰只得打住话头，与陶薇寒暄。间隙，他回头狠狠瞪我一眼，凶焰逼人。

像这样的盟友，你甭想依靠他，他不会成为你逃命的舢板。危险来临，他反倒可能一桨把你拍入海中。慕越峰身上有一种海盗作风，表面直爽粗犷，肚里净是坑人的弯弯绕。与他同坐一条贼船，我实在是提心吊胆。

当我们在海边挥手告别时，我暗自打定主意：从此不登上天堂岛一步。若能及早结束这场不愉快的合作，我此生不愿再看慕越峰这个老海匪一眼！

谁能帮助我呢？万一有事，蔡经理是不是我的依靠？

假期结束我一上班，蔡经理就来到鹰巢。我把证监局盯上天堂岛的消息告诉她，并为自己的处境担忧。她讥笑地说：小儿科！中国股市那么多问题，证监会天天查，你看见哪个人吃了官司？了不起一纸通报批评，无庄不成市，庄家满天飞，你见过有谁动庄家一根汗毛？没有！

她停了一停，嗔怪地瞪我一眼：那个陶薇，还挺关心你呢。她一吓唬，你就往她身上靠。

我急忙辩解：没那事。不过，一旦出了问题，蔡经理你可得为我撑腰。我提前向你讨一把保护伞。

这要看你怎么表现了。蔡阿姨色眯眯地瞅着我，捏捏我的胳膊，瘦了，软了。怎么？在岛上和她玩两天，把子弹都打完了？

我深感厌恶。且不说蔡经理能不能成为我的逃命舢板，真落在她手里，我的小命只怕提早玩儿完，恶心都恶心死了。可我还得强装笑脸，不敢得罪她。她要坏我，到时候把我当成弃子，往我腰眼端一脚，我准一跟头栽入陷阱。那才叫跳进黄河也洗不清呢！

我终日忧心忡忡，天堂岛股票却蓬蓬勃勃往上涨。不用我动手买进，散户们的跟风盘就推着股价上了一个台阶又一个台阶。证券报刊净登载天堂岛的好消息：海参肽，大对虾、扇贝丰收，十送十红股……股评家们争相吹捧，概念如何独特，产业如何朝阳，简直成了世界第一！

我把一沓报纸扔到地上，仰天大笑。笑够了，低头看看股价，天堂岛已经突破 40 元大关！

我又与狼见面。他在一条胡同口堵住我，直截了当地问：天堂岛还能买吗？你也甭回答，能，就点个头，不能，就摇摇头。

我不忍心拒绝他，便默默地点头。

狼双手抱拳，说一声"谢了"，就在小胡同的拐弯处消失。

回家路上，我仍在绞尽脑汁地想，谁能当我的救星？蓦地，脑海跳出一个人来：哥哥。对！真正的孤独鹰肯定早就准备好了逃生的舢板。

我匆匆赶回公寓。我要静下心来，与哥哥认真地谈一次话。我们心有灵犀，知道对方都在努力适应新生活，所以很少打电话，以免互相干扰。现在，我们又到了深入谈心的时候。

真的很灵！我刚进入公寓电梯，手机铃就响了起来。我掏出手机，一看来电显示，竟是哥哥的电话号码！他怎么就知道我想找他呢？我兴冲冲地接通手机，刚叫一声"哥"，就听见手机里传来一个姑娘的声音：哥！

这两个"哥"字，仿佛两块石头撞击在一起，又同时传入对方耳朵，以至于谁都听不清楚。那女声问：你是辛遥吗？这时我已经明白了，是小鸥在打电话。

我赶忙说：对对，你是弟妹？心里却紧张得一阵狂跳。

小鸥欢快的声音传入我的鼓膜：哥，告诉你一件喜事，我和辛远就要结婚了。我们请你回来喝喜酒！

我觉得有一个焦雷在脑袋中炸响，轰一声，人都几乎站立不住。呵，什么时候？我结结巴巴地问。

争取元旦吧，最晚拖不过春节。哥，你一定要回来！啊？

幸亏哥哥及时抢过电话，他的声音使我稍稍镇定下来。别听她的，小鸥就是性急。哥哥说，今天打电话，就是和你商量一下，这事情什么时间办合适？我要听了你的意见才能定。

这么说，你们真的要结婚了……我心中充满酸与涩。

这是必然的。哥哥仿佛在安慰我，他明白我的心情，你知道，生活总要结出它自己的果实。

那好吧，我祝贺你们！我咬咬牙说道，刚才我正要给你打电话，不过，我想谈的是一件并不令人愉快的事情……你把小鸥支开，待会儿我打电话给你，我们俩单独谈谈。

我离开电梯，走向自己的屋子。忽然，走廊转弯处闪出两个女孩，挡住我的去路。小猫咪和小美，真见鬼，她们在这里干吗？

我挥挥手，赶她们走，又掏出钥匙开门。

小美拽住我的衣角，哭了起来。小猫咪压低嗓子，在我耳边急切地道：救救小美，我们有紧急情况！……

这个时候看见她们两个，格外令我心烦。我甩开她们，推门进屋。我隔着门缝说：对不起，你们的事情再紧急，也得等我打完电话再说。我毫不留情地关上安全门。

辛遥在电话那一端催促我：你怎么还不说话？出了什么事呀？

我站在窗前，把陶薇的警告告诉他。哥哥可能深感意外，或者，他的脑子已经和这个世界接不上茬了，许久没有说话。

我特别强调：陶薇说了，一般的庄家，他们可能不管；但对于造成重大恶果、破坏股市秩序的恶庄，证监局要立案侦查，追究刑事责任……

哥哥打断我的话，语调沉重地问：他们有没有对天堂岛立案侦查？可能会采取哪些措施？

我说：不知道。陶薇没有把话说明，只是劝我尽早脱离这个是非漩涡。

哥哥有些急躁：你和她待了两天，就摸了这么点儿情况？关键是证监局采取了什么措施，现在走到了哪一步？……

我火了：你还不知道陶薇吗？你又从她那里摸到过什么情况？

对不起。哥哥连连道歉，对不起，我太焦急了。

她劝我跳出苦海，可我现在怎么跳？给你打这个电话，就是向你讨一条逃命的舢板。你要结婚，我要逃命，咱们的处境可大不一样啊！

哥哥似乎神不守舍：听到这消息，我心里很乱。我预感这次坐庄炒天堂岛股票，可能要失败。我不希望看到你的失败……

我说：我绝不会轻言失败，我会尽力赢得成功！不过，我得留下一条退路，为自己，也为你。你肯定早就考虑过我的退路问题，现在请你告诉我，万一出了大事，谁能保护我？

哥哥沉吟了一会儿，低声地，一字一句地说：老晃，晃爷。他是你最后的逃命舢板。

我挂了电话，伸展四肢躺倒在大床上。哥哥的答案与我心底的感觉完全吻合，我浑身顿时松弛下来。

门铃叮叮咚咚响个不停，我这才想起门外那两个姑娘。

我打开安全门上的小窗，不耐烦地问：你们怎么还没走？到底有什么事？

小美眼睛红肿，泪汪汪地哀求我：有人要杀我，求你救我一命……

我一怔，立刻打开安全门。

三十　回头是岸

结束与弟弟的通话，我的心情十分沉重。

危机一步一步逼近，连辛远也产生了寻找舢板逃生的念头，我怎能不为弟弟担忧呢？虽然我把老晃这条底线指点给他，但他是否能恰当利用，火候是否拿捏得准，还是一个问题。我身经百战，经历过无数风浪，基本上没有闯不过的火焰山。然而辛远初出茅庐，毕竟不是真正的孤独鹰。一旦陷于困境，他是否能够灵巧脱身呢？

我心底涌出一阵恐惧：这次换位游戏，会不会害了弟弟？

我在房间里困兽似的打转，砰砰的敲门声终于将我唤醒。我开门，小鸥满脸不高兴地进屋。

搞什么鬼？为什么赶我出屋？你们兄弟俩有什么秘密瞒着我？小鸥连珠炮般地责问道。

我躺倒在大床上，双手枕头，望着天花板发怔。我说：哥哥的生意不太顺手，我替他担心。

小鸥挨在我身边躺下，扳着我的脑袋说：看着我的眼睛。你哥哥不太赞成我们结婚，是不是？

我说：没有。他只是忙，可能脱不出身参加我们的婚礼。他一向很喜欢你，你还不知道吗？

小鸥这才舒了一口气。最近她老是疑神疑鬼，觉得我们家里人都反对这门婚事。她推推我，又说：我敢肯定，你妈不愿意我嫁给你。每次我来找你，她都阴沉着脸。别看她眼瞎，表情丰富着呢！奇怪，过去她可不是这样……

我的心病被触动，赶忙打岔：哥哥要是回不来，咱俩旅行结婚。去北京，捎着看看他。

小鸥仍执着于自己的思路，喃喃道：我觉得一切都在变，连你，也像变成另一个人了……

我伸手捂住她嘴：别胡说，我能变成谁？什么地方变了？

至少，咱们两个人关系变了。过去，你求我，生怕我跑了；现在好像……好像我求你，生怕你不要我……我也搞不懂怎么会变成这样。她忧郁地说。

我吻她一下：爱我爱深了，我从奴隶熬成了将军。

小鸥很敏感，我一吻她就产生反应。她闭着眼睛，搂住我脖子，久久不肯松开。我忽然想到弟弟，心一沉，兴味索然。

我要和小鸥结婚，对辛远打击肯定很大。而弟弟正处于危机时刻，我真不忍心伤害他。若非小鸥逼迫，我是不会打这个电话的。甚至连结婚的日期，在我心中也未确定。元旦、春节，都是小鸥自己选择的，我只是含糊答应着。心里存在障碍，我始终未能与她融为一体。这似乎不太正常，小鸥也清楚这一点。所以，她说我像变了一个人。

小鸥是个好姑娘，清纯、活泼。她的爱情火一样炽烈，不带丝毫虚假。她紧紧贴着我，一对丰乳挤压着我的胸脯，像是强迫我整个儿接纳她。她的皮肤非常白皙，皮下蓝色的血管微微跳动，使我感觉到那里面奔涌的激情。现在，我只要褪去她的衣裤，就可以完全占有她。她也会欣然接受我。可我就是迈不出这一步。犯罪感压抑着我，使我无法亢奋。

过去的噩梦纠缠着我，什么时候才能了却以往的一切呢？我已经上岸了，但我的精神，甚至肉体，都与昨日那个世界藕断丝连。

弟弟肯定想象不到，我根本没有动他的奶酪。面对纯洁的小鸥，哪怕动她一指头，我都觉得自己是在犯罪。更深层次的原因，是我不能不想到弟弟。他们原是一对恋人，应该成为夫妻，是我打乱了弟弟的生活轨道，我不能不对他深怀内疚。并且，结局尚不可知，万一辛远回来了呢？这不是完全没有可能。我可不能对弟弟犯罪！

妈妈敲门。小鸥一骨碌爬起来，慌乱地系上上衣纽扣。

我开门，妈妈并不进屋，只是瞪着两只失明的眼睛朝前观望。辛远，辛远。她轻轻地叫着。我赶忙答应，母亲却不搭理我。

辛远！她又叫了一声，转身下楼。

我心里针扎一般疼痛。也许，这才是我不能与小鸥过分亲热的真正原因。瞎眼的母亲，瞪着一双明灯似的眼睛瞅着我呢！

小鸥愤愤地说：你妈是什么意思？小两口刚要亲热，她就来捣乱，有这样当老人的吗？

我赶忙安慰她：等结了婚吧。结婚后，她就是敲门，我也不给开……

我到码头上转悠。末班船已经开走，今天出不了岛了。

我买了一张明天早上的船票，并向学校请了假。我要出岛。与弟弟通完电话，我就产生一种行动的渴望，必须行动！

我在海边走来走去，老觉得有一桩事情要做。蓦地，我明白自己该做什么了。我掏出手机，拨打一个电话号码。忙音。我一遍一遍按那个号码，对方总是没有应答。我只得悻悻地收起手机。

那是老晃的电话。

我心里很烦，弟弟传来的信息严重干扰我的心境。莫名的焦虑压迫着我，煎熬着我，使我像热锅上的蚂蚁不停地乱转。老晃怎么不接电话？他在干吗？……

我沿着海边走了一阵，又向镇海寺奔去。

镇海寺有一位高僧，精通佛法，为人和善，脸上总是笑容粲然。岛上人都叫他"笑和尚"。我常去镇海寺捐钱，与笑和尚很谈得来。这样的时候，笑和尚定能安稳我的心神。沿着小路上山，进得镇海寺，我径直去了后殿找到笑和尚。

我开口说的第一句话，连自己也大吃一惊：师父，我想出家！

笑和尚刚穿上一身新袈裟，抖抖衣襟，笑道：施主莫不是看中贫僧这身行头了吧？

我也放松下来，顺着他话头说：照师父看，我不配穿这身行头？

佛门大开，迎天下有缘人。笑和尚仔细看我一眼，说道，只是施主俗事未了，六根难净啊。

我往募捐箱里放了两张百元钞票，又在如来佛塑像前燃上一炷香，诚心诚意跪拜一番。

笑和尚看透我的心思，再把话题引向深入：辛老师，我们熟了，有话可以直说。我看你广行善事，一心要补赎什么罪过，对不对？

我说：正是。我自觉罪孽深重，总想把身心洗净了，也好有缘进入佛门。

笑和尚摇头：罪孽，靠洗是洗不净的。老僧有一法，可以为施主消灾。

我急切地道：望师父指点迷津。

笑和尚直视我的眼睛：有一句话你肯定听得耳熟——苦海无边，回头是岸。最要紧的两个字，是"回头"！只需回头，什么罪孽也都消了！

我正在琢磨笑和尚的话，手机铃响起来。我低头一看，正是刚才拨打的那个号码。我说：师父稍候，我去去就来。

老晃终于回电话了。我沿着寺院夹道行走，低声与他通话。

老晃问：刚才是你找我？有什么事？

我迟疑一会儿，道：晃爷，咱俩合作好几年了吧，我做事怎么样？有没有对不起你的地方？

老晃诧异地道：这是哪儿的话？你我铁杆兄弟，谁也对得起谁。前两天你到我这里玩儿，不是把什么都说透了吗？有事你直说吧！

我把陶薇调查天堂岛的情况说了一遍，又模仿弟弟的口气道：我需要一条逃命的舢板，你能为我准备好吗？

老晃没有马上回答，他在思考。我几乎能看见他上身慢悠悠地晃动。许久，他才缓缓说道：你该行动了。就怕夜长梦多啊……

他的话接不上茬，我坚持问道：你究竟怎样为我准备？

一笔现金，两三个国家的护照，真货。老晃顿了一顿。再有，我在泰国开了一家投资公司，万不得已，你可以去那里当经理。你放心了吧？

我松了一口气：行，你可得说到做到。

挂上电话时，我确信弟弟的安全没有问题了。我亲自为他落实好那艘舢板，一旦出事，他可以驾着舢板逃到天涯海角。我对得起他了。

我沉浸在自己的思绪里，不知不觉走出镇海寺山门。

背后传来笑和尚的声音：施主走好，别忘记——回头是岸！

笑和尚站在山门前，双手合十，正与我送别。他的话使我的心咯噔一跳，好像被击中某处要害。

回头，是的，当我了结所有的事情，我肯定要回头。但是，我还要在苦海中游多久呢？

C　崩盘

三十一　飞来的板砖

一早，我领小美进入鹰巢。

小美被人追杀，这听上去有些不可思议！起因就更荒唐了，竟是为了一盒巧克力。麻五，一个流氓，命令小美将一盒巧克力送到复兴公园，与一中年男子接头，并把巧克力交到他手中。这有点像老电影里的地下工作者。

接下来发生的事情，就更加戏剧化了。他们并肩坐在一条小船上，在茂密的荷叶掩护下完成了任务。那中年男子竟对小美动手动脚，争斗推搡之间，那盒包装精美的巧克力飞落湖中！男人大惊失色，跃入水中奋不顾身地抢救。待他把巧克力纸盒打捞上来，里面那些宝贝早就泡烂了……

就为这事他们要杀你？我斜着眼睛问。

小美点点头，一边抹泪一边继续说：麻五领人去我的宿舍，手里都拿着刀。幸亏我不在，小猫咪把这事告诉了我。……那个男人一口咬定，我没有带什么巧克力给他。他们就说我把货独吞了，非得要我的命不可。大哥你是好心人，我知道只有你能救我……

什么巧克力，这样值钱？

毒品。他们说巧克力里面藏着海洛因。

老实说，我不太相信小美的话。这个故事听起来太像时下流行的电视剧，巧合，惊险，有点儿不真实。一个人被追杀，四处躲避，惶惶如丧家之犬，我生平还是头一次听到这种事情。小美以泪洗面，惊恐万状，倒像真正的受害者。我和她有过肌肤之亲，此时不伸出援手，将她拒之门外，万一真的被害，我的良心也担当不起。再说，我有一份好奇心，对事态的发展饶有兴趣。

于是，我决定把小美藏起来，现成的藏匿地点当然是鹰巢。

谁也无权进入鹰巢。我哥哥的神秘作风，加上蔡经理的刻意包装，已经使这座灰色的简易楼成为禁地。不过，蔡经理是例外，她时常爬到三层楼上，以各种话题与我纠缠不休。要藏匿小美，得动动脑筋。

我很快想出办法：二楼堆放着许多办公桌，桌洞相连，构成一条地道。虽说脏点儿、闷点儿，铺上两条毯子，小美躺在里面倒也安全。只要蔡经理不发现，任你什么流氓歹徒，也休想进来。我倒要看看，在我孤独鹰的眼前，这出追杀戏怎么往下演！

小美对我的工作充满敬意与惊讶。看我坐着轮椅在六台电脑之间穿梭，十指噼里啪啦、熟练地打下串串数码，她张大嘴巴像条上了岸的鱼一样，半天喘不上气来。

这就是炒股，她反复地说道，炒股真神！

平时我很寂寞，现在有个女孩在旁边喝彩，我便豪气冲天，干劲十足。我甚至把股票投资的基本原理讲给小美听。她听得很专注，并显示出一定的灵气。我相信，如果小美坚强地活下来，而不像电视剧里出现的可怕结局——一把尖刀插入女人胸膛，那么，小美很可能成为一名业余投资高手！我喜欢做这样的联想，生活因此而充满戏剧性。

不过，我还得时时注意窗外。南窗正对着营业部后门，蔡阿姨胖胖的身影一出现，我就对小美喊：快，下地道！于是小美迅疾奔下楼梯，钻入长长的桌洞。这又使我想起躲避日本鬼子的抗战军民……

确实有意思。卷入某个事件，会使生活变得多姿多彩。

但是，一块飞来的板砖砸中我的脑袋。当然，这是我夸张的形容。我指的是天堂岛股票忽然出现异常波动！

当时，股市正呈现一派牛市的繁荣，几乎所有股票都在大涨。表示上升的红色日K线根根耸立，仿佛点起千万根红蜡烛。就在这样的大好局面下，我的天堂岛股票猛然下跌，拉出一根长长的大阴棒！这些日子我驶惯了顺风船，遇到呈现阻力的关口只需轻轻一推，那股价就在散户的追逐下呼呼上涨。所以，当天堂岛独自逆市下跌，我几乎不相信自己的眼睛。谁？谁在抛售股票？这神经病想干什么？

我在第一时间还没来得及做出反应，天堂岛便伴随着巨大的成交量，直奔跌停板。我来一句国骂：他妈的，老子闲得手痒痒，想打仗吗？来吧！

我在六台电脑上"大打出手"，几十个账户轮番上阵，几千股、几万股大规模地买进。天堂岛股价由绿翻红，节节上升，我取得了这一回合战斗的胜利。

连惊带累，我出了一身汗。小美用手绢仔细擦拭我的额头，她对我的崇拜渗透在每一个动作里。味道好极了，我把小美抱在膝盖上，打算亲热一番，以放松神经。

但是，我那宝贝股票又跌了。一眨眼工夫，我挂的十万股买单都被别人打掉了。这分明是往我脑袋上砸砖！我必须应战，十指猛敲键盘，几百万、上千万的资金就像成吨的弹药，被我猛烈扫射出去。抛盘十分沉重，我无法托住股价。电脑屏幕上的价格曲线，又像懒蛇似的耷拉下脑袋……

偷袭者搞得我筋疲力尽，我连蔡经理上楼的脚步声也没听见。如果被她发现鹰巢里的猫腻，后果不堪设想。幸亏小美机灵，不知何时离开我身边，悄悄钻到她的地道里去了。

蔡经理一进门就嚷嚷：怎么回事？你又在玩砸盘震仓的游戏？

我苦笑：哪里啊，我还有心情玩游戏！不知何方神圣，真的来砸盘了，我拼了老命总算撑住。你看，那么大的成交量，才收了一个十字星。

十字星是指股票开盘价与收盘价一样，其技术意义是今后发展方向不明。

蔡经理盯住电脑上的十字星看，看一会儿说：没问题，有你孤独鹰操盘，什么样的情况都能对付！她在我肩膀上按了按，又道：只是你别耍什么把戏，搞得人心惶惶。

股市收盘了，我收拾东西准备下班。蔡阿姨说：你有日子没去我家里坐坐了，若云想你了。走吧，今儿晚上……

我急忙打断她：今晚上陶市长，就是陶薇她老爸，要亲切会见我，听我汇报证券公司的经营风险管理问题。我不能不去！

蔡阿姨整整我衣领，把我脸上什么东西抹掉，说：小兔崽子，只管耍花枪……她忽然把鼻子伸到我胸前，闻闻，嗯？怎么有一股女人味？她又翕动鼻翼，在屋子的各个角落嗅着，好像一条猎犬。不对，这屋里有女人来过！

我有些紧张，故意调笑：当然有女人来过，你不是女人吗？

她一个劲儿摇头：不，这是另一种牌子的香水……这个不是我的味道。

我火了。这时候不来点厉害的，恐怕要出问题。我把包往桌上一摔，嚷道：我把陶薇藏在鹰巢里，行了吧？我没心思听你胡搅，告诉你，今天下午出现的抛盘，来者不善。我感觉有人暗算我们，一场危机迫在眉睫！你懂吗？

蔡经理马上赔笑脸：我不懂，我走。好，我走！

我忧心忡忡地在电脑跟前坐下，久久瞅着 K 线图上那个十字星。我对蔡经理说的是真话，好日子过去了，一场考验放在面前，它将验证我究竟是不是孤独鹰，我不知道这次是否能应付过去……

三十二　危机

一连几天，猴子满世界找我。当他在一条胡同口，用那辆破出租车将我挡住时，都快急疯了！

他喊：快上车，撤退！

我刚坐稳，他就将车开得飞快。车身麻花似的扭动着，在小街人群中钻来钻去，一溜烟奔向北郊。

我知道猴子行为乖张，喜欢故弄玄虚，就故意紧闭嘴巴，不问他出了什么事情。车子在一片小树林停下。猴子熄了火，拍打着方向盘说：闯祸了，哥哥，你救了一个不该救的人！

我充愣：我救谁？救我自己？

猴子说：得了，麻五领人揍小猫咪，她受不了打，已经把什么都招了。麻五逮住我，要我捎话给你，不把小美交出来，你这条小命可就悬了！

我推开车门，径直往树林外公路走去。

猴子一路追来，拽着我问：哥你别跑啊，事情不能这样算完。你不出头说句话，他们要剁了我两只手去……

我瞪眼道：少扯淡！这两天我看电视剧都看腻歪了。什么一盒巧克力，什么追杀令，骗孩子玩去吧！小美无非是想讹我两个钱，我烦，就撺给她两千块钱，打发她回家了。我不知道她老家在哪里，也不想见她……

真的？那就好办，我有话去回麻五了。猴子松了一口气的样子。

少来这一套！我继续发作，什么麻五麻五的，我不认识他，也不怕他！我只当这是一出电视剧。那个麻五真敢碰我一根毫毛，我立刻向公安局报警。我就不相信，共产党的天下，还真会有什么黑社会！

猴子摇头苦笑：哥，你真是不食人间烟火。罢了，这事我帮你说清楚。你是贵人，他们不敢随便碰你……

我问：我就奇怪，你怎么什么人都认识？

猴子装出一副可怜相：没办法，我得混饭吃。我在GOGO俱乐部趴活儿，这些人常用我的车，都是老主顾嘛……

我知道猴子把话题转到钱上，马上就会向我伸出猴爪子。我干脆先下手为强，从屁股口袋里摸出几百块钱，塞在他的掌中。

猴子的手一接到钱，人马上变得豪气十足，慷慨激昂道：走，去GOGO俱乐部潇洒一下，我请客！

我挥挥手：得得，要去你自己去，我可不想去那地方惹麻烦。

猴子拉我上车：今晚你还非去不可，你一露脸，他们就相信你说的是真话。否则，麻五怎么会相信小美已经走了呢？

我竭力推托：真不能去。这两天，我做的股票有些麻烦，今儿晚上我得认真研究研究。

猴子两眼咕噜噜转，凑到我耳边说：哥，你是不是要出货？你千万得给我一句实话，我可把所有的钱都买了天堂岛！

我说：那你更得放我走。该出货时，我第一个告诉你。

说到股票，猴子总是充满神圣、敬畏的感情。他不再纠缠我，开车送我回家。

分手时，我拽拽猴子的衣领，抑制不住好奇心，问道：那么，小美说的都是实话？为了一盒巧克力，真的有人追杀她？

猴子跺跺脚：谁敢开这种玩笑？那盒巧克力你知道值多少钱？小美两条命都抵不上啊！

我耸耸肩：幸亏我没留她，要不真麻烦了。

猴子在我公寓里拿了几包烟，离去。我打开电脑，望着天堂岛的走势图沉思。这一夜，我又无法入眠……

对我而言，小美的事情可进可退；而真正棘手的难题，却是摊在我面前的天堂岛股票。神秘的抛盘源源不绝，搞得我难以招架。天堂岛股票陷于42元至46元的价格沼泽区，寸步难进。我掌握的资金飞快地消耗殆尽，总公司拨来的两个亿，到今天只剩下一千万元了。如果没有新的弹药补充，我守不住42元大关，天堂岛股票就会破位下行，变得不可收拾……

老实说，我早就想出货了。我一直怀疑，在那么高的价位，买了那么多的股票，将来卖给谁？出货，肯定是最大的难题。谁都没有教给我如何出货，连哥哥也没有。我真搞不懂，将来哪个傻瓜肯把我掌握的成吨成吨的股票买去呢？但是，似乎没有人关心我内心的疑虑。并且，我的任务也很明确，就是不断买入天堂岛，向50元价格巅峰挺进！所以，容不得我左思右想，我只需奋力向前，跳出面前这片沼泽。

明天，必须与蔡经理碰头。遇到资金问题，我不得不求救于她。她说得没错，我只是个木偶，她才是幕后牵线人。以我的估计，没有两个亿，我甭想冲上50元高峰。

我看看表，时间已是半夜十二点。为了达到某种效果，我决定此时给蔡经理打电话。

那女人睡得迷迷糊糊，听到我的声音有些惊喜：哦，是你，怎么这么晚才想起我来了？

我告诉她资金吃紧的情况。她似乎愣了一下，声音很快变得冷静：这事我得和各方面协调一下。你怎么又突破计划了？老这样可不行。

我向她描述这一波抛盘如何汹涌，意想不到的消耗如何层出不穷。我哼哼呀呀地诉着苦，好像自己牙疼得不行。

最后，我向她摊了底牌：如果顶不住空方的攻击，我们就会功亏一篑，股价跌破42元大关，这次坐庄肯定就要失败。我看重孤独鹰的声誉，而且相信你也看重。所以，我们必须竭尽全力避免这次失败！

蔡阿姨嗓子里发出咕噜一声冷笑：你的声誉，就是你的生命，我会尽力挽救的。但你也得认真考虑一下，你应该付出什么代价。

这一夜我睡得很痛苦。梦中老有一个恶魔追着我，他用砖头砸我的头，我无论如何逃避不过。他是谁？为什么和我过不去？

上班去的路上，我蓦然醒悟：梦中那个魔鬼，就是卖出天堂岛股票的人。一切麻烦都由他引起。他怎么会掌握那么多天堂岛？为什么选择这个时机大举出货？他还有多少股票可抛售？

我疑惑，我苦恼，但我也终于明白：又有一个潜在的对手向我挑战，而我必须战胜他！

爬上灰色小楼，小美已经站在楼梯口等我。她几乎成了这座楼里的白毛女，动作轻捷，忽隐忽现，谁也摸不着她的踪迹。我想起昨天猴子说的话，晓得事情的严重性，决定让她走。

我说：如果离开这座城市，你有落脚的地方吗？

她摇摇头。但过一会儿，她又开口道：在云南，我有一个姐姐嫁在木通镇……可我不知道木通镇在什么地方。

我握着她的手说：听着，这个地方你待不下去了，他们不会算你完。昨天，我也受到威胁……

小美的眼睛慢慢涌出泪花，泪水沿着她丰润的脸颊滚落下来。那一刻，她的真情很动人。回想起我曾粗暴地对她，心中充满内疚。我从抽屉里翻出三千块钱，塞进她手中。

我说：晚上走吧。我陪你吃过晚饭，送你上火车。

这时，我的手机响了。是老晃打来的电话，我欣喜道：晃爷，我正想找你。

老晃说：你不是找过我了吗？我已经为你预备好舢板。你来，带几张护照上用的照片。你得尽快！

打完电话，我发现小美惊愕地望着我。我问：你怎么了？

你和晃爷是朋友？

是啊，你也认识他？

不不，我不认识……千万别向他提起我，千万……

股市开盘，天堂岛沉沉下跌，对手又向我施加压力，我已经没有反击的雄心。我只得将资金分布在 42 元一带打埋伏，等待敌人步步进逼。

我嘴巴苦涩，嗓子发干，似乎冒出一缕缕白烟……

三十三　笑里藏刀

老晃见到我很高兴，一副思念已久的样子。他不和我谈正事，倒拿出围棋让我先和他下棋。我满心焦虑，着法凶狠，试图寻机拼命。

老晃摇摇头，嘴里嘀咕：嗯？火气好旺啊……

他处处退让，结果出人意料，反让我赢了这一局。

我往盒里收拾棋子，说：不来了。我有许多事情想请教你。

老晃向我伸出手：照片拿来。

我把刚照好的照片递给他。本人的形象颇像一位囚徒。我问：恕我冒昧，能不能把你对我的安置，详细说明一下？

老晃坐到大班台后面的椅子上，威严而诚恳地说：可以。几天以后，你将收到一封特快专递，里面有你两份护照，一份是缅甸的，另一份是泰国的。我在泰国注册了一家投资公司，因无人经营，目前尚未开张。如果因为某种原因，你要离开中国，就可以经缅甸直奔泰国。你到达之日，就是我的投资公司开张之时。顺便告诉你，这家投资公司的名称叫"天皇巨星"，十分响亮吧？

我认为这名字太俗。但我满怀感激之心，当然不会把自己的意见说出来。我说：我有预感，早晚要走上流浪之路，说不定就去了泰国。晃爷，我该怎样感谢你呢？你为什么对我这么好呢？

老晃不苟言笑地说：人才，我千方百计地网罗人才。你知道吗？我正在组建一个无形的帝国。我今天所做的一切，正是希望你有朝一日成为我麾下的大将。这个问题我们已经谈过了。

我有点纳闷。上次交谈之后，我并未和老晃联系，他怎么忽然向我要照片，要为我办外国护照呢？

老晃继续说：你给我打来电话，说要准备逃生的舢板，我就认真准备这件事情。过去我们有过多次合作，你很够意思，现在你既然张口，我就要尽力把事情办好。我们是弟兄，你也不必过意不去。

我恍然大悟：肯定是哥哥打了电话，向他紧急求救。我在心底暗暗感激哥哥，我有危险他比谁都着急。同时，我又为自己的惊慌失措感到羞愧，毕竟什么事都没有发生，却把老晃这样的人物也惊动了。

老晃以他惯有的姿态，缓缓地摇动着上身。他不说话，仔细地观察我的面部表情。我觉得肚子里那一点心思，都被他读透了。

请问，是什么事情让你产生严重的危机感？老晃开腔问道。

我努力描述自己的感觉：很难说清楚。我手上摆弄的钱太多，几亿几亿的，总有泰山压顶的感觉。人事关系太复杂，投资方、监管部门、公司大小领导，那么多眼睛盯着我，稍一不慎就会失足……最近，我内心的恐惧感越来越深，总预感要出事。你不会笑话我吧？

老晃缓缓摇头：这不像孤独鹰说的话，你好像变了一个人……

我心里发慌，生怕他看出我的真实身份。我干脆把真话全倒给他：天堂岛这只股票，妖气得很，我越做它，心里越没有底。公司作假，证监局盯着它，这且不说，最近几天又冒出许多抛盘，搞得我焦头烂额……

老晃插话：不是你在出货？哦，我从盘面上看，还以为你自己在放烟幕，耍花招呢！

我说：哪里，是别人在出货，我顶也顶不住。我仔细计算过，除了我控制的股票，剩下的一些筹码都在散户手里，怎么会有这么密集的抛盘呢？难道有哪个主力机构预先囤积了一批低价天堂岛股票，这时候杀我个措手不及？总之，我觉得有一股神秘的力量在和我作对。我在明处，他在暗处，我防不胜防呀！

老晃站起来，独步到窗前。他的办公室摆满各种花卉植物，老晃一会儿用手抚摸龟背竹肥厚的叶片，一会儿弯腰嗅杜鹃花的芬芳。

我来到他身后，兀然地问：晃爷，你提前退出天堂岛的炒作，是不是早就闻到不吉祥的味道了？

老晃瞅我一眼，慢吞吞地说：我的商业决策，不想与别人多说。不过，我给你一个忠告，你脑子里想的事情太多，太复杂，以至于简单的逻辑也变得含混不清。过去，你从来不是这个样子。我甚至怀疑，孤独鹰消失了，换来一只飞不动的母鸡。

我的脸潮红起来，我争辩道：简单的逻辑？事情一团糟，你说说，我面前还有什么简单的逻辑？

老晃在沙发上坐下，用一块丝绒慢条斯理地擦眼镜片：我问你，你用谁的钱炒天堂岛？是你自己的吗？

当然不是。是别人的，大多是公家的。我的资金来源你还不清楚？

老晃笑了：既然这样，你还管它什么神秘力量？弄钱，买进——这就是最简单的逻辑。你把股价托得高高，你孤独鹰也就飞得高高，因为各方面都喜欢看一只大牛股！这本是一件皆大欢喜的事情，你却疑神疑鬼，想东想西，这哪是你一贯的作风？

我一下子被击中要害，眼前一亮，有一种茅塞顿开的感觉。我喃喃道：我老担心怎么出货，其实真没必要……

老晃跷起一根食指，像他人一样在我眼前慢慢晃动：你几乎毫无风险。炒得过高的股票，股市中比比皆是，谁为出货担心？就算出不了货，股价一路暴跌，又有哪个庄家受到惩罚？退一万步说，有人要查你，你站不住了，我又为你预备好逃命的舢板。你说，你还有什么理由愁眉苦脸，忧心忡忡呢？

我真的羞愧了，连连点头：晃爷你说得是，我最近老犯糊涂。

老晃站起身，看看手表道：我马上要召集企业负责人开一个会，就不留你了。还有什么事想不通，你改日来找我，咱们接着谈。

我起身告辞。此刻，我对老晃岂止是感激、敬佩，简直快到顶礼膜拜的地步了。我觉得他是智慧大师一样的人物，任何问题都能轻而易举地解决。

于是，鬼使神差一般，我都一只脚迈出他的办公室了，又回过头问了一句话：麻五这个人，你认不认识？

老晃一怔：也算认识吧。一个小混混，你问他干吗？

我把那只脚从门外收回来，说：我有一个朋友，遭到麻五的追杀，我觉得很可怜。可她被追杀得紧，有生命危险！没有办法，我只好把她藏在鹰巢，我的办公室里。

老晃面无表情地看着我：你的朋友叫什么名字？

我说：叫小美，一个女孩，和我有点特殊关系。她也是在你的GOGO俱乐部里做事，我想，有你这样一位大人物发一句话，麻五他们就不敢为非作歹了。

老晃眼睛直视着我，目光有点儿冷淡：这点小事，好说。

我赶忙与他握手：谢谢大哥，又帮了我一个忙。

我在马路上连蹦带跳往回走，连打出租车也不愿意。与老晃一番交谈，我的心窍被打通了，透明透亮，浑身舒坦。那个石头一般压在我心上的对手，消失得无影无踪。

是啊，我管它什么抛盘，统统吃进就是。蔡经理能搞钱，公家的、私人的，让她使劲儿搞。资金充足，我就能把天堂岛炒到100元！我要让股市里的人都扬起头来，看看我孤独鹰飞得多高！陶薇的话也不必放在心里，她与她的领导有本事治理股市，股市还会是今天这副模样吗？庄家遍地都是，谁不过得有滋有味？天高地阔，管他娘的！

我回到鹰巢，想把晃爷答应帮忙的好消息告诉小美。这样，她就不必逃往云南那个什么木通镇去了。我有些得意，有了老晃这样的朋友做靠山，世上什么事情都用不着担心。可是，我在简易楼里上上下下找了个遍，也没看见小美的身影。我觉得奇怪，小美哪里去了？我甚至钻进办公桌构成的地道内，亲自爬了几趟，以证实那里面是空的。

她独自走了？她为什么不等我回来，也不打一声招呼，就匆匆离去了呢？我脑海里留下一串疑问。

以后的几天，我们湖南路证券营业部门口，总有几个形迹可疑的人游荡。有一次，我下班时与一个高个壮汉打个照面——棺材板！那天猴子在保安们面前耍猴拳，就是他一拳把猴子打飞了……听猴子说，这个棺材板还是GOGO俱乐部的保安队长。他来这里干什么？难道那些面目凶险的家伙都与GOGO俱乐部有关？

接着又发生一件事：鹰巢，我办公的那座简易楼，有天晚上门被撬开了。电脑等办公用品一无所失，这次行动的目的显然不是盗窃。蔡经理向公安局报案，查不出结果，只好不了了之。从此，门口游荡的闲汉再未出现。他们得到了想要的结果。

我这时才惊出一身冷汗：追杀，这可不是开玩笑的！而幕后主使者，正是从我口中得知小美下落的那个人。

老晃的特快专递寄到。我从信封里拿出两本护照，在桌上摊开，瞅着我那囚徒似的照片发怔。我内心的忧郁、恐惧再次升腾起来。

我已经知道老晃是什么角色，这护照还敢用吗？

三十四　交易秘密与花朵

慕越峰这种人也能当上市公司老总，可算中国股市一大奇观。他连起码的修养也没有，简直和我们海岛上最粗犷的渔民一模一样。当然，只有在他手下做工的人才能体会到这一点。特别是我，经常遭受他野蛮的折磨。这几天天堂岛股票遭遇狙击，股价徘徊不前，慕越峰几乎每天都要打电话来，严厉训斥我一通。他通常半夜三更打电话，吵得我睡意全无，只能痛苦地看着窗外天空渐渐发白……

我从他手中拿过三十万元现金，哥哥拿过多少钱？我不清楚，估计不会少了。在慕越峰看来，既然花了那么多钱，我就应当做他的奴隶。干不好活挨他一顿臭骂，是天经地义的事情。我呢，拿人手短吃人嘴软，似乎也默认了这种主仆关系。更令我心惊的是，慕越峰话语中有某种暗示：我拿他大笔的钱，其实是落在他手中的把柄，如果我不听使唤，就会有可怕的后果！

慕越峰原话是这样说的：你以为只有当官的贪污受贿？错了。只要利用职权之便，获取不法收入，且数额巨大，就足以触犯刑律！哼哼，一个操盘手，他的屁股也不一定干净……

我忙道：慕总，你怎么这样说话？咱们都是海边上的人，论起来我还得叫你叔叔呢……

少拉近乎，我可不吃这一套！慕越峰在电话里威胁道，你不赶快把天堂岛推向50元大关，影响我增发新股募集资金，就算你违约。既然违约，你必定要付出代价！

我对着话筒信誓旦旦：慕总你看着，下周，天堂岛一定冲破50元！我是你的兵，你怎么说，咱怎么干，绝无二话！

放下话筒我就傻了。过去慕越峰论到违约，威胁要我的胳膊要我的脑袋，我并不真正害怕，只当他是随口说粗话。但是，现在的危险却是具体而又真实的——他只要让手下人，比如那个证券部副经理田大勇，向有关部门做出举报，我的麻烦可就大了！

我从壁橱里拿出那只小黑箱，放在茶几上打开，对着一沓沓百元大钞发怔。这些钱我既没有存入银行，也没有花，似乎本能地感到烫手。老晃寄给我的两份护照，也放在这箱子里，它们是同类性质的东西。我有一种预感：哪天我提起这只小黑箱出门，那就是奔向逃亡之路了……

不行，绝不容许这样的事情发生。我对自己说道，无论如何，天堂岛股票的炒作，只许成功不许失败！

夜色朦胧之时，我按响蔡经理家绿色铁门旁的电铃。自从我半夜打电话向她求援，她口头应承我，却总不见有资金划入我所掌握的账户。这位无所不能神通广大的资金女王，在关键时刻卡住我的弹药，使我发挥不出应有的火力。我知道，她在等待，等我开出令她满意的条件。

我们之间也要做一笔秘密交易，虽然我尽量拖延，到这时候也不得不摊牌了。并且，还是我主动上门摊牌。

大铁门上的小门开了。驼背管家朝我点点头，无声地引我进入那幢法式别墅。花园里飘来夹竹桃的芬芳，这气味给我留下很深的印象，以至于闻到它，我的心就紧张而慌乱。穿过长长的走廊，我来到那间富丽堂皇的客厅。我一抬头，天花板那么高，仿佛苍穹垂落。

沙发上坐着一个穿睡衣的女人，正专心致志地剥一根香蕉。听到我的脚步声，她扬起脸嫣然一笑。是若云，蔡经理的疯女儿。她笑意暧昧，慢慢地，将长长的香蕉塞入口中。她的妍媚，她的病态，令我怦然心动。我们在沙发上拥抱，蜷作一团热吻……

蔡经理无声无息地走进客厅。当我发现她时，她已经站在沙发跟前。我慌张地欲摆脱若云，那疯女却用双臂紧紧搂住我的脖颈，如痴如醉地狂吻我。蔡经理穿着一套浅色西装，好像一位职业女性在办公室上班。她环抱双臂，目光冷静地注视着我们这对欲火纵烧的狗男女。

我好容易摆脱若云，对她说：我和你妈妈有事要谈，你先去花园玩一会儿，好吗？

疯女并不看她母亲一眼，哧哧地朝我笑，倒退着从侧门去了阳台。蔡经理咳嗽一声，我急忙回过头来。

有点意思，你还懂得怜香惜玉。蔡阿姨慢悠悠地说，你还挺喜欢她，对吗？

我不愿谈这话题，开门见山道：蔡经理，我是来向你求援的。明天，请你务必拨给我一笔资金，我已经坚持不住了，天堂岛随时可能崩盘。

我知道。这两天我一直在四处奔忙，也签了几份委托投资合同，但资金一时到不了位，眼下实在没办法……

我恳求道：办法总会有的。蔡经理，我就靠你了，这几年你从没让我失望过。你也知道，坐庄天堂岛，我们已经填入许多资金。方方面面都看着我，这跟头我实在栽不起呀！

我停顿一下，望着她说：只要打赢这一仗，我也不会使你失望的。

蔡阿姨从茶几上拿起一支细长的香烟，点着，慢慢地吸着。办法是有的，只是太冒险。她往空中吐着青烟，说道，我想过许久，就是不敢做。

我急切地问：什么？

蔡经理思忖着说：我手中有一批国库券，是客户存放在营业部的，总数有一亿两千万。如果我们挪用这些国库券，放到回购市场，能够融来一个亿的资金。但是，这种做法严重违规，搞不好要出大问题！你也知道，上边清理国债回购市场，查得正紧……

为什么不可以冒一下险，这种事情很难查得清！我怂恿道。

你很自私啊。她目光注视着我，不无嘲讽地说，出了事你不用担责任，当然认为可以冒险。我是营业部经理，出了事总公司拿我是问，丢了官帽，还要受处分。你说，我这样做图什么？

我知道必须出卖自己，便往她身旁挤了挤，有点厚颜无耻地说：为我，为我们的特殊关系！我们早就不分彼此了……

蔡阿姨今天穿着这套西装，仿佛穿了一身盔甲，有些刀枪不入。她坐到我对面的沙发，摆出正经谈判的架势：你最好说得明确一些，我为你冒险挪用客户国库券，你能给我什么回报。

我装傻：你要钱吗？

笑话！她瞪我一眼，我要人！

我装着满不在乎：行，要钱要人我都给。只要你明天能把一亿元资金划入我的账户……

然而，蔡阿姨所谓的"要人"，和我理解的完全不一样。她提出的要求，是我完全没想到的。她说：我要你和若云结婚，马上！

我吃惊地倒吸一口冷气：结婚干吗？现在这样……不是挺好吗？

我要一个确定的结果。否则，你这只鹰说飞就飞走了。蔡经理颇有心计地说。

我努力寻找理由：可是，我们的特殊关系怎么办？这恐怕不太合适吧？

你以为我真那么贱？真喜欢你所谓的特殊关系？告诉你，我所做的一切都是为了若云。我希望女儿嫁个好丈夫，可她目前这种情况，以正常途径很难达到目的。我承认，我在你身上费尽心机，任何手段能使都使，目的只有一个，让你走进我家，成为若云的丈夫。

我真的晕了。这些卑鄙无耻的事情，要只是玩玩怎么都行。但是牵扯到婚姻，我实在无法接受。在我心中婚姻总还有些神圣，结婚的对象也是陶薇这样的姑娘。叫我娶一个疯女人，怎么可能？

蔡阿姨站起来，走到我的面前。她十分激动，眼里闪动着泪光：你不要嫌若云神智不健全，你可以把我和她当作一个女人。你来，这家里的一切都是你的。这房子、这花园价值上千万。不瞒你说，我的个人存款也有上千万。将来所有这些都是你和若云的。你答应我，和若云结婚，现在就答应。我希望你理解我做母亲的一片心！

我被她话中某种力量撼动了，下意识地点点头，又摇摇头。

别摇头。如果你拒绝我的要求，今后，我将拒绝你的一切要求！开弓没有回头箭，既然摊牌了，总要有个结局。要么你成为我的女婿，我们永不分离；要么你从我的视野里消失。你也知道，世上本没有什么孤独鹰。离开我，你就会从天上掉下来。你选择吧！

我额上沁出汗珠。好吧，我艰难地说道，我答应你。

蔡阿姨笑了，她似乎预料到这样的结局。她长长地舒了一口气，身体松弛地仰靠在沙发上。她也耗尽真气。

若云从阳台上进来，她换了一身婚纱，头上还戴着一顶花冠，纯洁得像一位天使！她缓缓向我伸出一只手，我惶恐地站起来，吻吻她的手背。她却抱住我，将温柔的嘴唇贴到我的唇上……

蔡阿姨双手捂着脸，竟失声哭了起来……

三十五　影子对手

　　我走出蔡阿姨家的绿色铁门，已经是半夜时分。沮丧、疲惫掏空我的身心，我拖着绵软的双腿，醉汉似的沿着寂静街道踉跄前行。刚刚签了卖身协定，我把自己卖了。一亿两千万，卖了个好价钱！我的灵魂已经麻木，没有悲哀、没有痛苦，只想赶快睡觉。

　　我急急赶回公寓。穿过一条冷僻的小街，又觉得有人在跟踪我。我得承认，自己有些神经过敏。刚来接替哥哥头几天，这种被跟踪的感觉特别强烈。不过，过敏总有道理，不久就发生了枪筒顶我脑门事件。这证明我的感觉相当敏锐。这个案子至今未破，虽说是玩具手枪，我也不能将它视为一个玩笑！今晚，莫非又要上演一出恐怖剧？

　　先锋公寓灯光璀璨，离我只有几十米远。我加快脚步，几乎跑步前进。这一下，使跟踪者彻底暴露出来。他沉不住气，竟也奔跑起来，两只皮鞋哪哪哪响，越追越近。正当我心惊胆战，不知所措之际，一个熟悉的声音在我身后呼喊。我不由站住脚，回头观望——竟然是狼！

　　他一边咳嗽一边朝我挥手：老弟，等我一等，咳咳……

　　我有点儿恼羞成怒：你干吗？鬼魂似的跟在我后面，吓死人了！

　　对不起……狼连连赔不是。他渐渐平定喘息，握着我的手不让我进公寓，你听我说，从下午四点开始，我一直在这附近转悠。我等你，一直在等你……

我问：等我干吗？又要问股票？

狼摇摇头，目光炯炯，说道：不，我要请你客。今天我卖掉了天堂岛股票，获利不菲，准备好好庆祝一下。你是指路人，我想请你吃一顿晚饭。

我啼笑皆非：就为请我吃晚饭，你等到现在？你也太认真了……

我们找了一家小店，随便吃点夜宵。老狼盛情难却，我不能不给面子。他还要了一瓶酒，我不肯喝，他独斟独饮，喝得红光满面。他说：好久没在股市上赢钱了，这一把赚得真过瘾。他还说：那天你点点头，点一下就值万金啊！

他把脸凑到我面前，自作聪明而又自鸣得意地说：我从盘面上看出来了，这几天你正在出货。按照这一行的规矩，出货不能说，对再好的朋友也不能说。所以，我不等你开口，就把股票全卖了……

我瞪他一眼：谁说我在出货？

他一愣：她……她们都说，主力正在派发筹码……难道你还没走？

我苦笑：连你都晓得抢先出货，我往哪里走？

狼一拍脑门，满脸悔恨的表情：糟，我走得太早了！明天一开盘，我把天堂岛全买回来，赔点儿倒差价，也要全部买回……

我说：别，我可没叫你买天堂岛啊，我什么也没说！

狼摆摆手：你啥都甭说。还是老办法，我说，你点头或者摇头。他的脸贴得更近，黑框眼镜几乎抵到我的鼻尖上，嗓音低哑地问：天堂岛这只股票，还要涨，还要涨很久，是吗？

我迟疑着。我真不想也不应该和他玩这套把戏，可我又有些怜悯他。不知出于何种原因，我对这个号称"狼"的老家伙，有着一种亲近感。僵持一会儿，我终于点点头。

狼松了一口气，咕咚咕咚把瓶里的酒都喝光了。他指指桌上的几碟小菜，说：这个不算，回头我请你吃鱼翅宴！

分手时，我把一个放在心里很久的问题，当面提了出来：他们叫你"狼"，为什么？你做事很狠、很毒吗？

狼的目光十分怪异，道：你干吗问这个？

我追问：他们都说，你蹲过大牢，甚至还杀过人……真的吗？

他用手指梳理一下锃亮的头发，眼睛上翻，目光越过黑框眼镜的上梁，瞅着我。这使他显得高深莫测。狼说：过去的事情，让它过去吧？何必再提？我已经把所有的往事，统统忘记了……

这个老家伙，古怪，好玩。我真有点喜欢上他了。

白天，股市一开盘，我就守在鹰巢里，愁眉苦脸地望着电脑屏幕。42元的防线岌岌可危，这个关键价位一旦被击穿，天堂岛股价肯定会一泻千里。我以残存的资金，小心翼翼地防守着，等待援兵到来……

我那个冤家对头，似乎看透了我的艰难处境，并不急于给我致命一击。抛盘又小又轻，一会儿挂出五百手，一会儿挂出一千手，逼着我一口一口吃进。他好像在喂小孩子吃饭，一小勺又一小勺地往我口中递。我还不敢不接着，如果坐视不管，五百手股票就能把42元关键位打穿。

从图表上看，这个关键位一旦失守，整个大趋势就会发生逆转。多少手持天堂岛的投资者，一旦得到反转信号，就会一窝蜂地抛售手中的股票。这将是非常可怕的情景。我和对手心中都明白这一点，形势很微妙。

他似乎笑着说：乖乖地，把嘴巴张开。这样，我们的游戏还能多玩一会儿……

我喃喃道：这是猫玩老鼠哩，我可真被你玩死了……

这样，一天居然熬过去了。

收盘后，我给蔡经理打电话，急急地问：那批国债搞得怎么样？明天资金再不到位，我可没法玩了！

蔡经理的声音很冷静：我正在办。你别急，不会有问题的。明天我先挪用一些客户保证金，打入你掌控的账户。你再坚持一下！

我心稍稍安定，这仗还能打下去。回家路上，我反复琢磨一个问题：那个隐藏的对手究竟是谁？他怎么对我的状况了如指掌？如果他不是预先囤积了一批天堂岛股票，现在怎么会源源不断地出货？他是在什么时候、用什么方法囤积了那么多天堂岛股票？……

不行，必须把影子对手揪出来！

我躺在床上，玩弄那把玩具手枪。我把枪口对准太阳穴，口里发出响亮的砰砰声。如果这是一把真枪，我真希望来点儿痛快的，一了百了！当然，我能查出影子对手，朝他太阳穴开一枪，那就更加大快人心了！我想，会有这一天的，我早晚能找到他……

就这样，我对着自己的脑袋砰砰开枪。这时，一道灵光闪过，我蓦地想起一个人来：瘦子车光！

我一下跳起，大声叫道：就是他！我怎么把他给漏了？

我迅速拿起电话，拨通车光的号码。我说：你在哪里？我有急事，必须马上见到你！

车光这家伙，正在闹市区一家著名的洗浴城里蒸桑拿。他倒挺会享福！我穿戴整齐，前去找他。出门前，我又看了看那把玩具手枪，最后把它扔在床角落里——如果是一把真枪，我肯定得带上它！

我坐上一部出租车，很快找到大龙洗浴城。与车光见面的情景，既不雅观又不严肃，因为我们在桑拿房里碰头，两人都精赤条条的，本相毕露。

我也不掩饰，愤怒地吼道：车光，你干的好事！今天你不说实话，我就在这小木屋掐死你！

车光猝不及防，吓得牙齿嘚嘚打架：我干什么了？你……你先别忙，把话说清楚了再动手……

我说：你欺骗我。你和我抢庄，藏下一大批天堂岛股票。你假意说，在18元价位抛出全部筹码，其实根本没有！你把天堂岛隐藏到现在，突然杀了出来，杀得我措手不及。你好阴、好狠啊！

车光听我说完，就把脖子抻得老长，那模样像鹅、像鳖。他说：掐吧，你这就掐死我吧。

我有些意外：怎么，你还不承认？

车光站起来，正气凛然地说：车某在这一行干了十年整，从来没玩过你所说的鬼把戏。我们这个行当，讲究一诺千金，否则许多交易无法进行。对谁有利呢？信誉一旦破坏对谁也不利。辛遥，你也是行家，这点道理还不懂？你怀疑我，实在是找错人了！怎么样，要不要我对天发一个毒誓？

我气馁了，但嘴上还硬：发誓有什么用？这年头谁还相信誓言？

车光说：那么，这样行不行？明天一上班，我领你去见丘老爷子。你可以把旭日投资公司的总账调出来，一笔一笔地查，看看我车某是不是在18元卖掉了全部的天堂岛股票。你可以再看一看，最近这一段日子，本公司有没有沾过天堂岛的边？……

我羞愧了，打开门准备离开小木屋。我说：行了，我相信你的话。今晚上我买单，就算请你洗桑拿玩儿来了。

车光说：别介，谁请客无所谓。我只求你放宽心胸，今后我们还要合作。这是丘老爷子特别交代的。

我说：好吧，你看咱俩的光辉形象，今天也算坦诚相见了。今后我们重新开始，建立真正的友谊！

我离开洗浴城，脑子里一片空白。真见鬼，我怎么找不着北了？口袋里手机在响，我懒得接，让它响了许久……

是陶薇的电话。真希望她能帮我一把。

三十六　永不相见

陶薇约我见面，地点是卧佛寺。老地方，上次与那个作家较劲的茶室。

我有些奇怪，天寒地冻，大雪封山，菊花早已凋零，这个季节谁会去卧佛寺？莫非作家先生又来纠缠陶薇？她要我助阵打鬼？无论如何，与陶薇见面，是我暗中盼望已久的事情。我总也无法抹去对她的一片思念。

我叫上猴子，坐上那辆破出租车，一溜烟驶向北山。前两天下过一场雪，沟沟壑壑里就一片洁白，衬托着苍松翠柏，风景别致。猴子可不让我观雪冥想，老打听天堂岛。

那股票能炒到什么价位？他煞有介事地说，我所有的朋友，以及朋友们的七大姑八大姨，都买入了天堂岛股票，眼巴巴地等着它涨呢！我们就像穿成一大串的蚂蚱，绳头就揪在你的手里。哥，你可得让我在朋友们跟前露脸，什么时候该出货，千万给我透个底！

我悒怏怏地道：谁让你到处乱说？那么多人坐轿子，我抬得动吗？出货，那是商业机密，别指望我给你透底。你的狐朋狗友、七大姑八大姨撒丫子跑了，我把股票卖给谁去？

猴子连忙说：那好，我不管他们，我总得先逃吧？给你开车那么久，连这么点儿秘密都套不出来，我还算什么好司机？

你那张破嘴，告诉你不就等于告诉全世界了吗？我把头扭向一边，等着吧，你们这一大串蚂蚱，谁也跑不了。

庄家真黑，猴子摇头叹息，我就像你亲兄弟一样，你照样在我背上踩上一脚，把我碾死。庄家绝对残酷！

我竖起一根手指，在他面前晃晃：别提"庄家"二字，我可不是什么庄家，也从不认识庄家。你再说我是庄家，我真跟你急！

快到卧佛寺的一段路面，积雪冻成冰壳，坡度又陡峭，猴子的破车不敢往上开了，我只得步行上山。山风钻入骨缝，冻得我直打哆嗦。我一路猛跑，终于来到会友的茶室。

陶薇早到了，正独自饮茶沉思。我在她对面坐下，用力搓手道：就请我一个？那还有必要跑到这深山老林来吗？嚯嚯，冻坏我了！

陶薇斟满一杯茶，递到我手中。我心头刚一暖，就听她悠悠地说：我喜欢这地方。与恋人分手，这里的景致、气氛正合适。

我一怔，听出她话里的意思。上回是与作家分手，今天要和我快刀斩乱麻了。我说：你莫乱来，我可是你家的法定女婿，咱俩藕断丝连，千丝万缕的关系你一刀两刀是砍不断的。我看，咱俩喝一会儿茶，还是回家看看爸爸妈妈吧，我真有点儿想他们呢！

陶薇摇摇头：不必了，昨晚我已经告诉他们了，你我之间的关系结束了，彻底结束了。他们还真喜欢你，感到很意外，追问我为什么。我说结束就是结束，你们不必再问了。

我结结巴巴地说：你可以……可以告诉我原因吗？究竟是为什么？

陶薇望着窗外，沉默不语。北风刮得紧，吹出的碎叶、雪片团团打转。我干笑一声：其实我也知道，我们的感情早已结束了，我不过在当一个幌子，为你遮掩与那个作家的一段私情……

我已经为此感谢过你，现在再一次感谢你。但是，我希望你别再提这件事了，行吗？她停顿一下，又把目光转向窗外，缓缓地说道：其实，我对你的感情十分复杂，一直复杂到现在……

我换上诚恳的语调，问：告诉我，是什么原因使你做出最后决断的？

陶薇转过脸，直视我的眼睛：从天堂岛回来，我一直在思考，认真观察你。我很失望，你丝毫没有转变的意思。把话说重一些，你丝毫没有悬崖勒马、回头是岸的迹象。我隐约看见了未来，我们之间可能产生超出私人性质的冲突，很严重，甚至很残酷……

我明白她的意思。但我耸耸肩膀，做出不以为然的姿态：危言耸听了吧？我，只是一个普通的人……

猴子的脸映在玻璃窗上。他可能冻坏了，挤眉弄眼向我暗示，他必须进茶室暖和暖和。我微微点头，猴子青白的小脸一晃消失了。

陶薇继续说：你不会说实话，我心里很清楚。这也是我们之间的裂痕无法弥补的原因。但是，你别忘了那句老话，若要人不知，除非己不为。何况，我们就是吃这碗饭的！

我的火气渐渐升腾起来：照你说，我还真成了一个罪犯？你干吗不把我抓起来？……请你告诉我，我究竟干什么了？

猴子悄悄溜进茶室，找一个角落坐下。我们这边火气渐旺，声音也大，惊得他瞪起一双猴眼，不知所措。服务员送上一壶茶，他低着头哈气饮茶，两只耳朵却支棱着，听我们这边的动静。

陶薇当然不会具体说出什么，干她们那行有她们的规矩。但她点我要害似的说了一席话，却使我更加莫名其妙。她说：我有强烈的直觉，你在搞阴谋，一个大阴谋！你的行为已经超出了普通庄家的范围，正在向犯罪深渊滑落……谜底很快会揭开，你若不收手，必然被捉。

什么阴谋？什么犯罪？你越说我越糊涂，能不能把问题给我点明了，也好让我心服口服？

陶薇以为我还在装蒜，气得满脸通红。她说：好吧，我就给你点明！这些日子，天堂岛股票走势异常。我个人怀疑，有人与你里应外合，对敲出货。你无须抵赖，这种把戏你过去也玩过，车光就曾为此举报过你。

无稽之谈！我鼻子差点儿气歪了：车光举报，你们为何不立案调查，怎么不把我抓起来？

证据不足。车光怕他的公司涉足过深，暴露更多的内幕，就打了退堂鼓。但我对这种作案手法，就在心里挂上了号。我担心你故技重演，所以一直关注着天堂岛盘面变化。我再次重申，这是我个人观点，我本人对天堂岛股票的出货现象存有怀疑。

好嘛陶薇，弄了半天别人没怀疑，你倒先盯上我了！我真不明白，你这是为什么，为什么？！

陶薇缓缓地道：为了挽救你。辛遥，我告诉你，如果你仅仅是一名操盘手，问题还不是很大；但你如果真的勾结外人、玩对敲出货这类把戏，干扰股市秩序，套取国家资金，那可就触犯了刑律，你就会堕落成一名真正的罪犯！我不希望看到这一点，所以才再三劝阻你。你不听，我也不得不在国家法律面前，与你划清界限。你自己认真想一想吧！

我对陶薇的话一时无法理解，坐着直发愣。

她不愿和我多说，收拾起手袋准备走：好了，该说的话我都说完了，我们就此分手。我不想说"再见"，因为再见的时候就不会有好结局。让我们永不相见。这是我对你最后的祝福，永不相见！

我心里像被烧红的铁钳烙了一下，烫得一哆嗦。想到从此就要失去她，我不顾一切地喊起来：这不公平！难道因为你是警察我是小偷，你是猫我是老鼠，你就可以这样对待我的爱情吗？

陶薇站住脚，又回到我的面前。她眼里噙着泪花，一字一句地说：爱情，你还有权利说出"爱情"这两个字吗？你身边从没断过女人，一次次伤害我的心。像其他事情一样，你不会承认这一点。你不承认，我也能看清事实。不用见面，我就能闻到那些女人的味道。告诉你，这也是我和你分手的原因！我再问你一句，除了欲望，你还有能力去爱吗？

我木然。我顿时想起蔡阿姨、若云，想起我昨晚上刚刚做出的许诺。陶薇走了，头也不回地走出茶室。她是对的，她以女人的直觉洞察了一切。

猴子窜到我身旁，抓住我的胳膊用力摇晃。醒醒，他说，要不要我去把她追回来？

我推开他：你去，送她下山，让我一个人待一会儿。

猴子走了，我下意识地摸出手机。很快，我听见了哥哥的声音：是你吗？有急事？

我还没张口，眼泪就哗地流下来……

我不知道为什么要给哥哥打电话，只是想倾诉，想说出一句最重要的话。可是说什么呢？这瞬间我忘记了所有的词汇……

你在哭，出了什么事情？你慢慢地说。哥哥的语调中透露出焦急。

我拿着手机走出茶室。天下起雪来，雪花飘飘扬扬，模糊了我的视线。山林扭曲变形，滑坡似的坍塌下来。我想，这是人生中难忘的一刻，从此我将变为他人。

弟弟，我知道你的感受。要不要我立刻乘飞机过来？辛遥的话语里透露出一种冷静，似乎决心亲自出马处理一场危机。

没什么。昨天我和蔡阿姨做了一笔交易，获得一亿元资金。我说，我也变得冷静下来。多愁善感毫无意义。

哦。哥哥沉吟道，条件是什么？

我把自己卖了。我要与若云结婚。从此不再有爱情……

你把自己卖给了魔鬼，这就是你必须付出的代价。哥哥的声音越来越冷静，我渴望听他以这种语调说下去，但是有了一亿元资金，值。我知道你的困境，你必须把天堂岛炒上去。坚强一些，你的世界只有输赢，没有爱情。

那么，我真的要和一个疯女结婚？

未必。你过的日子无法确定，每一天都在旋转。连陶薇都把握不住你，还有哪个女人能吃定你呢？

哥哥的话由冷静变到冷酷，我看见他心中的魔鬼。这魔鬼立即跳到我的心中，将我残存的儿女情长一扫而空。我也变得像石头一样冷硬。

明白了。我说，一旦达到目的，我拍拍屁股就走人。

男子汉大丈夫能伸能屈。腿长在你身上，谁能挡得住你？哥哥笑道。

我还想问一句：既然你的道行这么深，为什么还要选择上岸呢？

这回轮到哥哥无语了。许久，手机里传来他的一声长长的、深深的叹息。

我独自向山下走去。我走入被风雪搅得越发模糊不清的天地。

三十七　庄家心声

我伏在笔记本电脑前，盯着天堂岛股票的盘面变化。

一根长阳拔地而起，直接冲上 50 元大关！我知道，弟弟的援兵到了，他从蔡经理手中得到宝贵的巨额资金，终于摆脱 45 元一带的盘整区域，发动新的攻势。他陷在这片沼泽地里已有一段时日，空头的火力压得他抬不起头来，肯定憋了一肚子火。现在他以凌厉的攻势对空头进行报复，强悍的操盘风格与我越来越相似。

涨停板！对，就这样干，要以压倒一切的气势向上拓展空间，你肯定会赢！

我关上电脑，匆匆往学校赶。我是利用课间操的时间，奔回家看盘。即使在学校里，我也利用一切空隙，用手机查询股市交易情况。我的心一直悬挂在天堂岛股票上，准确地说，是悬挂在弟弟身上。上岸难，难就难在回头，我何时才能真正从股海回头呢？我的同胞兄弟尚在惊涛骇浪中搏斗，我又怎能不看不顾、撇下他不管呢？好在辛远素质与我相近，水性渐强，最终可成为一名弄潮高手，我心稍安。弟弟的所作所为，越来越像真正的庄家了。

关于庄家，我想多说几句。人们称我孤独鹰为"悍庄"，在那个世界里，我赢得名声、地位与金钱，可以算一名成功的庄家。不过我要告诉你，所谓"庄家"只是一种假象，你很难指定一个人，说他就是庄家。因为他背后往往隐藏着一批人，甚至一个利益集团。

我乐意接受"操盘手"的称号，那比较真实。因为我在第一线作战，操控被选中的股票。神秘的资金从四面八方汇聚到我手里，诸如蔡阿姨、老晃之类的能人，才是资金的组织者。我从不知道他们如何搞来那么多的灰色钞票，我只是炮手，他们运来弹药，我只管放炮。但是话又说回来，目标毕竟是我击中的，利润要经过我的手实现，直接在股市兴风作浪的是我，股价涨跌由我说了算，所以我又是真正的主角。

人们说我是庄家，也有其道理。这就像电影里的人物形象与演员的关系一样。一般股民对于庄家既爱又恨，使之妖魔化、神仙化，其实并不公平。殊不知庄家有庄家的难处，也有他难言的苦处，否则我为何要上岸呢？

我心里最大的不平衡，是财富分配的不公。眼看着我身后的各色人物，以千奇百怪的方式瓜分丰厚的利润，心里真不是滋味！

蔡经理与那些提供资金者，有着各种秘密协议。他们多是国企领导，却在暗中吃回扣、拿好处。举个例子：与我合作炒作天堂岛股票的何炳华，他是一个厅局级干部，一家伙拿出两个亿来，以委托理财的名义让我炒股。他能得到什么好处呢？我们为他开了老鼠仓！

具体步骤是这样：他以女儿的名义在我们证券部开了股票账户，存入二十五万元现金，就由我来操作。我在 8 元一股的最低价格，先为他买入一百万股天堂岛。且慢，他那点儿钱，怎能买一百万股天堂岛呢？奥妙正在于此：经蔡经理特批，他女儿的账户可以透支。也就是营业部为他垫钱，使他获益。无论股市涨跌如何，何总的账户永远不会出现亏损。原因很简单，天堂岛由我控盘，我会在最高价位，比方说 50 元，提前卖出他那一百万股天堂岛股票。

好了，现在我们可以算一笔账：8 元买进，50 元卖出，每股净赚四十二元，一百万股就是四千二百万元啊！何炳华何总，手指头都不用动一动，就笑眯眯地将如此巨大的利润装入了自己的腰包。这就是所谓的"老鼠仓"。

我敢说，中国股市有无数个老鼠仓，大大小小的硕鼠是真正的获益者。何总总是主张向上拉股价，怎么出货他从不关心。因为他那一百万股股票总是最先跑掉，只要老鼠仓收益丰厚，国家的两亿元资金即使深套也没关系。这就不难解释，为什么股市里充斥着那么多毫无道理的高价股了。老鼠仓，这是我们证券界公开的秘密，也是永远研究不完的课题。

我这个庄家，又能得到什么呢？工资、奖金、这样那样的好处，甚至加上我充当双重间谍暗中为老慕服务所得的报酬，总共也不过百八十万元。当然，这样的收入在一般青年人眼中，已属不菲。可是比起何总的老鼠仓，我连个零头也够不着。身处漩涡中心，我承受巨大的精神压力，各种势力左右着我，人格代价更难以计算。怎么计算，我所得的与我所付出的也实在不成正比！

我半夜醒来，瞪着眼睛看天花板，心中就像有千百只虫子在咬。老鼠仓，真他妈是好东西，如果我也拥有一个巨大的、属于整个中国股市的老鼠仓，那才叫过瘾呢！

我急流勇退，是觉得自己的所作所为不值得。我不再为他人作嫁衣裳，我要活出自己的价值。弟弟的价值观尚未确立，或者说，他的价值观与我不同，所以才表现出那样一种生猛的劲头。这很好，就让他代替我做庄家，去经历我所经历过的一切吧！

可我心里老放不下弟弟，也放不下天堂岛股票。刚刚上完一节课，我就拿出手机，拨通证券公司电话，查询交易情况。我做这一切，有些鬼鬼祟祟，因为我不说话，只是在手机上按着一连串的数字，股东账号、密码、股票代码……手机里传来电脑控制的女声，告诉我我想知道的一切。

邓铭深老是神经质地盯着我看，似乎在刺探我的秘密。

我不喜欢他的目光，所以尽量避免在办公室打电话。我找到一个隐蔽场所，那是学校厨房后边的一个柴草垛。我在操场绕两个圈，溜溜达达就来到草垛旁。没想到，邓铭深像一条猎狗，闻着我的脚迹跟踪而至。我感到身后有异动，蓦地回头，邓老师一副厚厚的眼镜片就触在我的面前。

我惊问：你干吗？

邓铭深冷笑地反问：你干吗？

邓老师已经病入膏肓。一般人看不出来，他的疯狂在精神深处烈火一般燃烧，举止行为却没有明显的表现。我能感觉到他的病态，因为他像真正的疯子一样纠缠着我。天知道他为什么把我选作目标，以宣泄他的疯狂。上次我已经给他三千块钱，慰问他不幸的遭遇。

然而他毫不感恩，老来找我麻烦。我真不知拿他如何是好。

你在干大事，一件大事！邓铭深指着我的手机，煞有介事地说。

我尽力掩饰心中的恼怒，平静地说：没什么，哥哥为我买了一些股票，我想查查价格。

别瞒我，我知道你是什么人！他往四下看看，又神秘地凑到我耳旁，我和你一样，也想干一件大事。

我顺着疯子的思路走：那么，咱们可以合伙干吗？

太好了！邓铭深紧紧握着我双手，欢迎你，辛远同志！

我逗引他：说说你的计划吧。

他眼睛里迸出火星：我要，我要放一把火，就在这里，把这草垛烧掉。你知道为什么吗？我要让全世界看见我心中的火光！

我拍拍他的肩膀：我们两人的秘密，对谁也别说。

他有些得意洋洋：那当然。一个人心里想什么，谁能看得透呢？我比你伪装得更好……

三十八　订婚晚宴

蔡经理那座花园洋房高朋满座，灯火辉煌。她为女儿若云举行订婚晚宴。我，自然也是主角。未来的新娘打扮得宛如天仙，一出场就博得阵阵喝彩。遗憾的是，若云没能坚持多久，就露出病态，瞅着我一个劲儿哧哧地傻笑。做母亲的以女儿头疼为由，匆匆将她领走，让她回楼上卧室睡觉去了。

这是预料之中的事情。我若无其事地应酬宾客，笑容可掬，自满踌躇，一派春风得意的新郎风范。

来宾皆是商界成功人士。有我熟悉的，如我们公司的董事长、总经理，长期的合作伙伴老晁、老总何炳华等。也有我不熟悉的，主要是老一辈工商界领袖人物，皆为蔡经理过世公公的朋友……

瘦子车光也来了，作为本市最大的私募基金经理，他显得格外牛气。别看私募基金像地下钱庄似的，如今可是股市的主力，小瞧不得。不过，他的牛气主要表现在礼物上，他竟送给我一只价值二十万元的瑞士名表！我明白，车光是以此表达冰释前嫌、重建友谊的心意。我也对他格外热情，上前为他斟酒、握手寒暄。

我的心情很好。蔡经理从国债回购市场搞来一亿两千万元资金，我的处境立刻好转。我展开报复性反攻，横扫一切抛盘。天堂岛股票连拉涨停板，强势突破整理平台，达到并超越了50元大关！奇怪的是，影子对手忽然失去踪影，再也不见他出来打压股价。我估计，他被我的气势吓倒了，手里的货也出得差不多了。这个小人，不敢和我较量，躲到阴暗角落里去了。不管他是谁，我不必再怕他了！这就像去了一块心病，我感到说不出的轻松。

蔡经理从某大宾馆请来法国厨师，办了一个漂亮的西餐宴会。这排场、这气氛倒与这栋老洋房很匹配。人们说了许多恭维、祝福的话，蔡阿姨两眼放光，双颊喷红，极为兴奋。她把我拉在旁边，真把我当成了宝贝女婿。客人们啧啧赞叹，这样的家庭组合将来必成大事业！我却为这老房子里的阴暗秘密偷偷害臊。

气氛热烈，客人们喝了不少酒。大家端着酒杯在宽阔的客厅里走来走去，宴会变成了鸡尾酒会，更无拘束，更为自由。

瘦子车光向我走来。他对我做了个手势，表示有事情要商量。

我向他微笑点头，尚未开口，却被蔡经理拉到窗前。她要我向何总敬酒。

何炳华已经喝高了，脸上一片火烧云，凡有敬酒来者不拒，仰脖一口干。我就势连敬三杯酒，他也竟连喝三杯，直喝得两眼发直。

天才！我就相信你是天才……他搂住我的肩膀，在我耳旁唠唠叨叨地说。

蔡阿姨眉飞色舞道：告诉你个好消息，何总决定追加五千万元投资，明天就来营业部签委托理财协议。

真的？我见钱眼开，目光如炬。

何总点点我的胸脯：这，也算我送给你的订婚礼物。你可要把天堂岛打造成沪深股市的大明星！

放心吧，我拍拍胸脯，天堂岛股票正向 60 元进发，我的目标，是让它成为中国股市的第一只百元大股！

蔡经理压低嗓音，意味深长地说：真到了 100 元，你可得把梅花账户的股票先平仓噢。何总也不能白忙活一场，总要让胜利果实落袋为安嘛。

我手里有一把神秘账户，蔡经理都为它们起了代号，什么红星、飞天、云霞等等。她亲自指挥这些账户的股票买卖，也不对我细说它们主人的身份，估计都是重要关系户。我看着何总两眼眯成一条缝，就猜到所谓"梅花账户"，肯定是他的私房钱。难怪他劲头十足，不断追加资金。

我心里有数。何总，我一定干一手漂亮活让您看看！

我与何总干杯。何总拍拍我肩膀，肥厚的手掌按住我，久久不放，仿佛将一副重担搁在了我的肩上。

老晃摇摇晃晃地走来，自嘲道：目前我加入这个圈子，有些不合时宜吧？

蔡经理笑笑：我们的圈子永远对朋友敞开。晃爷，你什么时候来都合时宜。

何总趁着酒兴奚落他：老弟，你听见风就是雨，早早退出。现在你看，天堂岛涨到哪里去了？你可是吃大亏喽！

有钱难买后悔药。不过，也许吃亏是福……老晃端着酒杯慢慢摇晃，暗红色的葡萄酒汁沿杯口均匀旋转，很艺术，无论如何，我得敬你们一杯酒。我衷心祝愿诸位马到成功，顺利踏入天堂！

碰杯时，老晃着重与我的酒杯碰撞一下，似乎在暗示什么。我猜不透他此刻的心情，也许有几分嫉妒，也许不以为然。他的退出始终是难解的谜。

老晃摇摇晃晃离去。那边，瘦子车光一个劲儿朝我挤眉弄眼，示意他等急了。我告别了何总，朝这位大名鼎鼎的私募基金经理走去。

与车光的会晤总被截断，仿佛有一只无形的手阻挡我向他靠拢。局级老干部、我们的董事长秦伯山，海归派总经理周峻涛，双双擎着酒杯站在我面前。他们一脸严肃，不像来贺喜，倒像来讨债。一张口，果然如我所料，他们想讨回总公司拨来的两亿元资金。

天堂岛涨得这么高，该收获了吧？辛遥，总公司可是在关键时刻强有力地支持了你一把，想必你也领情。现在，你应该归还那笔借款了吧？周峻涛总经理以他惯有的直率风格把话题挑明。

秦伯山董事长要委婉一些。他用长者般的口吻道：小辛呀，这一仗打得真漂亮，你又建下了奇功。不过，俗话说见好就收，还是有些道理的吧？你看，总公司的资金也很紧张，各部门都争着分一杯羹。你那笔钱迟迟不归还，许多人都有意见。他们说我偏心眼，向着你呢！

我斜着脑袋撒娇：你就是向着我。公开的秘密嘛，你对我的关心爱护、培养扶持，也不是一天两天了……

秦老乐得合不拢嘴，慈父一般摸摸我的头。

周峻涛可没那么好说话，脸子越拉越长，挥手道：得了，你就说句明确的话，什么时候出货？什么时候还款？

我一下子窘住了，场面有些僵。蔡阿姨端着酒杯，不知从哪里冒了出来，她在我面前一挡，朝着两位领导挺起高耸的胸脯，气势逼人。

哎哟，今天是我家大喜的日子，谁也不准难为我家姑爷啊！我敬二位领导一杯酒，辛遥那杯酒我也替了，咱们来个双响！蔡阿姨拿过我的酒杯，乒乒连碰两下，咯咯笑着仰脖把酒喝下。

周总把酒喝了，仍抓住主题不放。他说：你来得正好，你是营业部经理，咱们共同制订一个还款计划……

蔡阿姨面露不悦，冲着秦伯山说话：秦老，在这里谈公事不太合适吧？咱们不是洋人，总还要讲些中国人的礼节。我和辛遥成了一家人，我们全家为蓝天证券公司效力，贡献不算小吧？我们满门忠良啊！就说经营业绩，湖南路营业部以一当十，说是总公司的顶梁柱一点也不过分呀！

两位老总忙说：那是那是！你们丈母娘女婿的功劳，谁也不能抹杀……

蔡阿姨说：天堂岛这只股票还要往上做。我们家辛遥雄心壮志，要在中国股市放一颗耀眼的卫星呢！至于公司的资金，我负责安排，近期就归还。呵，明天先划给你们三千万，行不行？

周峻涛眉开眼笑：一言为定。我打搅了你家的喜庆气氛，自罚三杯酒，怎么样？

蔡阿姨也高兴了，拿着酒瓶为周总斟酒，嘻嘻哈哈地一杯接一杯灌他。

我悄然离去。说实话，整个夜晚，整个订婚喜宴，在我看来都是一出荒诞剧。这里只有利益关系，没有亲情，更没有爱！

我的婚姻就此决定了？笑话！我只是勉从虎穴暂栖身。等到翅膀长硬了，我肯定打破樊笼，一飞冲天！

我不知不觉来到厕所，解开裤子撒尿。忽然有人拍我肩膀，惊得我一激灵。回头一看，原来是瘦子车光。他终于和我对上话了。还幸亏他一路尾随到厕所，觅得这宝贵机会。

他握住我的手直摇：新郎官，恭喜恭喜。

我的尿已经射出，被他摇得时断时续，只得咬紧牙关完成任务。我一边提裤子一边说：别，客套话甭在这地方说。你找我有什么事，抓紧时间讲吧。

车光关上厕所门，两眼烁烁放光看着我，样子神秘而又吓人。他道：有一笔好买卖，丘老爷子指定要我和你合作。你有没有兴趣？

赚钱的兴趣当然有，可我不知道是什么样的买卖。

不瞒你说，你走后，我一直坐庄炒 ST 春光。这只股票虽然不如天堂岛有名气，兄弟我也算大获成功。现在只剩下一千万股存货没出尽，你可以接它三五百万股过去……

我差点儿笑出声：这只垃圾股是你坐的庄？从 5 块涨到 15 块，已经涨了三倍。你让我来接货，是想坑死我呢，还是以为我精神有毛病?

车光瘦脸严峻,摇摇头,一字一板地说:这可是一笔好交易,你接我的货,每一股,我给你一块钱回扣。现金,给你私人。

我倒抽一口冷气,你的意思是……用公家的钱接货,让我个人捞好处?

你是行家。证券市场里那些门道,你什么没见过?来,我们击掌成交!

我瞅着他伸到面前的巴掌,缓缓摇头:不,我不会轻易被人收买……

车光吃惊地睁大眼睛:你怎么……怎么变得这样革命?告诉你,那只瑞士表,可是丘老爷子专门嘱咐我给你买的。

我说:表,我可以还给你,这笔生意我没法做。坦白地说,我没那胆,不想让人逮去坐大牢。

他无奈地说:再考虑考虑,想通了给我打个电话。

车光把一张名片递到我手里,悻悻地走出厕所。

我走到客厅门口,忽然止住脚步。那里边乱糟糟的,客人们借着酒意进行各种私下交易,我进去干什么?我把目光移向楼梯,若云的房间就在楼上,不知道她现在怎样了?

我一步三阶地跨上楼梯,一股莫名的欲火从丹田处蹿起……

三十九　挡不住的诱惑

凡事有得就有失。我既然付出了宝贵代价,总会得到相应的回

190

报。我的事业峰回路转，充满光明。蔡经理源源不断提供子弹，让我放胆拼搏，天堂岛股票突破盘局，一升再升，已经登上了80元高峰。百元大关遥遥在望啦！

所有认为我要出货的人都大跌眼镜。我想，这也应当包括陶薇在内。他们错了，出货的不是我，而是那位影子对手。现在，就是影子对手也后悔莫及，早知道天堂岛会涨得这样高，他拼命卖股票干吗？燕雀安知鸿鹄之志，他们都没想到，我有这样大的决心和能力！

惊叹、赞誉包围着我，同行们在各种场合遇见我，都要跷跷大拇指。与艺术家们一样，庄家操盘的股票，就是他的作品。作品响了，庄家也就走红了。虽然庄家对自己掌控的股票讳莫如深，但内行人心明眼亮，大体上心中有数。天堂岛股票越涨越凶，我孤独鹰也越飞越高。

我坐在鹰巢靠窗的办公桌旁，翻阅一堆证券报刊。一边看，我一边咪咪笑。没办法，每当我读到股评家们愚蠢的文字，就会忍俊不禁。有一篇文章用波浪理论来分析天堂岛股票的未来走势，大胆预言百元关口必被突破，并将在六月二十二日达到158元的顶峰！瞧瞧，连日子都给定下了，可我连想都没敢想要把天堂岛炒到那么高！那位股评家大言不惭地说：波浪理论是科学规律，它甚至不以庄家的意志为转移。

我笑骂道：妈的，要是老子今天就砸盘，看你这乌鸦嘴再说什么！

另一篇文章分析天堂岛发展前景。后者显得道貌岸然，以冷静客观的口吻将天堂岛吹得天花乱坠。什么海洋资源新概念，什么旅游养殖大思路，几乎成了未来学的典范。特别是那尚未面市的海参肽口服液，被作者吹成仙丹妙药，并着重渲染其强力壮阳功能，似乎八十岁老汉喝一口，也会长出叫驴一般的力气。我想起那夜与陶薇探险，亲眼所见那空荡荡的车间，更认定作者是慕越峰的托儿。

我拍着报纸哈哈大笑：你老兄要是没拿慕总的钞票，我把眼珠抠出来让你踩！

形势大好，不是小好，而且越来越好。我踌躇满志地在房间里走来走去，有一种腾云驾雾、扶摇直上的感觉。谁也挡不住我了，我正迈向成功。我从哥哥手中接过衣钵，由一个门外汉变为真正的孤独鹰。我已经能够驾驭股海风浪，在这个神秘世界里自由翱翔。我想，现在即便是哥哥回来，也不一定像我一样得心应手，他一定会为我的变化吃惊！

只是，我心里总有一点缺憾，又说不清是什么。

也许是感觉自己付出太多了？我开始觉得有些吃亏，因我个人所得甚少。坦白地说，瘦子车光的那个提议，老在我心头萦绕不散。真妙，我只要在这鹰巢里吃进一批垃圾股，有人就会把上百万元的现金送到我手里。这样赚钱真过瘾，简直是把钞票直接往家里搬！况且，神不知鬼不觉，用的都是投资人的资金。孤独鹰有权决定买哪些股票。我有一万条理由，可以为自己的交易行为辩解。为什么拒绝这笔交易？我是不是有点傻？

挡不住的诱惑。但我心里明白，这事不能做。万一东窗事发，我可要坐牢的。与操盘坐庄不同，大把地往家搬钱，可是实实在在的犯罪！虽然我不肯接受陶薇的劝告，至少，我至今还没有滑入犯罪的泥坑。对此我甚感骄傲。明白归明白，心里还是痒痒。所谓诱惑，就是这样一种心理效应吧？

我在六台电脑间滑来滑去，强忍烟瘾一般，抵抗着诱惑。

忽然，我发现天堂岛股票在大幅跳水！又来了，谁在捣乱？莫非我那老对手从阴暗处跳出来，杀我一个回马枪？

我急急敲打键盘，查看交易情况。渐渐地，我的头涨得笆斗大，仿佛有人不断往里打气，很快就要爆裂了！是他，从操盘手法、卖单量之大来看，必是影子对手无疑。这是怎么回事？他销声匿迹一段日子，怎么又回来了？我真晕了，这家伙如疽附骨，跟我没完没了！

我感到对方神秘力量的压迫。但是没办法，我只能挺身迎战。

影子对手仿佛知道我的一举一动，有计划有步骤地打乱我的坐庄部署。他在 50 元下方抛售一批股票，悄然撤离；现在天堂岛涨到 80 元，他又回来了！他神出鬼没，进退自如；而我却处处被动，防不胜防。更要命的是，我不知道他手中还有多少天堂岛股票。价位越高，危险越大，他掌握的股票对我来说，可都是定时炸弹呀！

我不停地买入天堂岛，试图把股价推向 80 元上方。那家伙突然出手，成千上万手股票同时抛出，像一根孙悟空的金箍棒，打得我头晕目眩。他的操盘风格只有一个字：狠。要么不动手，一动就是大单子，把我挂出的买盘统统砸光。股价曲线掉头向下，像鼻涕一样软软地挂了下来……

我非常恼火。我以同样凶悍的手法，不问价格，见抛单就扫。在我的驱使下，股价曲线掉头向上，硬挺挺雄起！

我们在进行一场格斗。较量的回合越多，对手在我心目中的形象越具体。我仿佛在电脑屏幕里看见了他：他朝我冷笑，毒蛇般地冷笑，手指麻利地敲打键盘，仿佛扣动机枪扳机，朝我哒哒哒地射来一串子弹。我当然予以还击，我的十指同样灵活，敲打键盘的速度不比他慢，我的机枪以更猛烈的火力向他猛扫……

你到底想干什么？我问。

他的回答极简短：出货。

你出货妨碍了我的坐庄计划。你是我的敌人！

股市不分敌我，只有输家赢家。

我把嗓门提得高高：我已经把天堂岛炒到 80 元了，我就是赢家。

他冷笑：就算你炒到 100 元，你能得到什么？

我无言以对，屏幕里那人又变成车光模样，朝我鬼笑：还是炒 ST 春光吧，一股给你一块钱，炒得越高，我给得越多……

我的胳膊变得软弱无力。真他妈见鬼，如果是车光出货我来接，我们之间又有那么点猫腻，我的心情一定很愉快。

电脑交易，有语言也有情绪，就看你的对手是谁，与你有何利益关系。现在，我在进行一场毫无意义的战争。我十分沮丧，仰靠在椅背上，任凭股价沉沉下跌……

股市收盘时，蔡经理推门进来。她关切地问：怎么了？你想现在出货？

我不耐烦地说：哪里，是别人出货，还轮不到我呢！

噢？那家伙又冒出来了？他有多少天堂岛股票，怎么总也出不完？蔡经理望望我沮丧的表情，转而又宽慰我：不要紧，他总有把股票卖完那一天，你的障碍一定会消除。

蔡阿姨以她的热情爽朗为我打气，挥挥香气四溢的手帕仿佛赶走一只苍蝇。她又用手帕将我额角的汗珠擦去，动作轻柔，关爱备至。自从我和她女儿明确了关系，她对我真的增加了一份母爱，让我不得不领受下来。我也在无形中获得一份权利，可以理直气壮地支配她，并常常使性子发脾气，让她哄着我捧着我。这种感觉也不好，总有些不自然。但是比起过去我所扮演的角色，还真有一种解脱感。

我皱着眉头道：关键还是资金。我的持仓成本大大增加，万一资金顶不住，盘子走坏了，崩溃了，我的货出给谁去？真想收手不干了，我和那家伙抢着出货，看谁跑得快！

千万不能这么做。蔡阿姨正色道，你知道天堂岛这只股票里有多少人的利益？一大串呢！大家都巴望这只股票往上涨，最好涨到天堂上去，你怎么能收手不干呢？我告诉你，天堂岛股票炒作成功，你的地位将提高一大步，将来会有更多的人关照你。

怎么叫成功呢？我把股票炒到100元，出不了货又有什么用呢？我把久埋心中的问题端了出来，脸上满是疑惑。这么贵的股票，最后卖给谁呢？

蔡阿姨盯着我，微微摇头：你真的变了，不是过去那个辛遥了。出不了货就不出，股市里死扛着的高价股还少吗？时间长了，总有办法解决。你不是担心资金不足吗？我刚才和一个关系户银行谈妥，我们把天堂岛做抵押，可以贷款五千万元。说白了，银行、大机构，最后总有人替我们买单！

我两眼发直：那银行行长准是疯子，这样的高价股，他也敢收去做抵押……

蔡阿姨笑道：你手里不是有一个菊花账户吗？那行长就是它的主人。

我敲敲脑袋：我真笨，近来脑子不太好使，大概被若云传染了……

别胡说。蔡阿姨为我整整衣领，道，我们是一家人了，我会在后面为你撑腰。资金没问题，你只管用。要多少有多少，我都能搞来，要不圈子里的人怎么叫我"资金王"呢……

我想起她挪用国债搞来的那笔资金，关切地问：客户们的国债应该还上了吧？这事情最好早早了结，别搞得夜长梦多。

蔡经理笑：没事。别说国债，客户的保证金我们也常常挪用。这不，今天你动用资金过量，我来不及调头寸，就把客户的钱划到你的账上……这种事情，哪家营业部不做啊？

我真的太幼稚了，证券界的黑幕总是令我诧异。但我不能在蔡阿姨面前流露过多的真实想法，否则她要怀疑我是不是真的孤独鹰了。

我伸个懒腰，道：得了，别给我上课了，我先回家看看若云……

走出鹰巢，我心里那念头又蠢蠢欲动。既然都这么黑，我为什么不接受车光的建议呢？我有使不完的资金，不正可以为自己铺一条黄金路吗？

诱惑，时时啃噬着我的心。

四十　对手藏在云雾中

我回到家里，接到猴子打来的电话。这小子咽巴着口水说，他为我找来了两个美女，绝色！

我说：我又不是小孩子。我有事，没空跟你玩。

猴子急了：我教你开车怎么样？咱俩多长时间没见面了，哥，我真的想死你了……

猴子的真情打动了我，但我手头确实有事。我说：学开车好，我正想考个驾驶执照呢。不过，你得耐心等着，我恐怕要忙到下半夜呢。

猴子悻悻地说：等到下半夜也没问题，我是夜猫子。那时公路上没车，由你横冲直撞！

挂了电话，我专心地伏在电脑跟前工作。

我在搜寻天堂岛股票的交易资料。证券交易所每天公布成交额最大的营业部排名，我想从中找到线索，查出我那躲在暗中放冷箭的对手。像天堂岛这样的热门股，经常出现在排行榜上，从中发现一些蛛丝马迹，不是没有可能。我耐心地搜寻，把近两个月的交易资料来来回回地翻腾，仿佛把自己变成一只猎犬，抽搐着鼻子在案发现场东嗅西嗅。

搜寻的结果非常令我吃惊：恒泰证券公司碧海营业部的身影，频频出现在出售天堂岛股票的排行榜榜首。碧海市，那不是我的家乡吗？我们的海岛正隶属于碧海市！

真是想不到，我们的老乡中竟然隐藏着一位高人，并且偏偏与我作对。如果我能找到他，与他面对面地谈谈，也许问题容易解决一些。

我走到阳台，仰望夜空。大城市灿烂的灯光，使得天上的星星黯然失色。说不清是烟尘还是云雾，把我的视线搅得模模糊糊。我的对手就藏在云雾中。他到底还有多少天堂岛股票？他是在什么价位买进并囤积这些股票的？他是否早就知道我们的坐庄计划？他究竟是谁？……

我突发奇想：如果打个电话给哥哥，请他帮忙查一下，说不定能把那人找出来。哥哥在证券界混得久、人头熟，碧海市有什么高草他不可能不知道。但我很快打消了这念头。哥哥准会嘲笑我：干吗？找到人家，人家就不抛股票了吗？记住，股市不相信眼泪，你得把世俗人情统统收起来！

　　我冲天上星星做个鬼脸，笑道：知道了。

　　手机在写字台上奏响欢快的曲调。我奔入里屋，接听电话。我暗自期盼是哥哥的来电，然而我听到的却是车光的声音。

　　怎么样，我谈的那笔买卖，这两天你考虑好了吧？听他的口气，似乎对我答应他的条件蛮有把握。

　　我说：我还有点不明白，最好我们当面再谈一次……

　　你们公寓楼下有一家怡红茶艺馆，我要了一个单间，泡好一壶铁观音，正等着你呢。这瘦子鬼精，认定我心痒难熬。

　　好吧，我马上就下楼。

　　我就像偷赴约会，要去干什么见不得人的事情，怀揣兔子似的心怦怦直跳。我披上一件风衣，走出门去。等电梯时，我想：人堕落，就是这样开始的。跨出第一步，就沉沉坠入罪恶深渊……

　　电梯门开，有人伸臂挡住我，定睛一看，竟是慕越峰慕总。

　　上哪儿去？我来看你，你还往外走？他说着，在我脊背拍了一掌。这家伙力大无比，我就像挨了黑瞎子的巴掌，跟跟跄跄来到自己家门前。

　　别那么使劲儿，我真受不了……我一边嘀咕一边开门。

　　陪慕总来的是证券部经理田大勇，上回他提着一箱钞票来我家，对这里的一切都很熟。他朝我笑笑，做了一个含糊不清的手势。我直觉慕越峰火气很大，可能要来收拾我。进屋后我拿出两听饮料，放在他们面前。

把这玩意拿开。我是来喝你喜酒的，给我来一瓶干红！慕越峰话里有刺，一边点烟，一边斜着眼睛看我。

我又从冰箱里拿出一瓶红酒，为他倒酒。

别笑话我，还没正式结婚哩，喝什么喜酒啊？我顿了一顿，说：慕总消息灵通，什么事情都放在心上啊……

我今天专门为你的婚事来这里，明白吗？他一伸手，手指点到我鼻尖上，你，马上和蔡经理她女儿吹了，跟陶薇恢复关系！

他的霸道实在可笑，我都无法跟他生气。我偏着脑袋，笑道：就不，我就喜欢蔡家闺女，陶薇让我烦。

慕越峰气得手指颤动：你你，你太糊涂……一个疯女人你怎么能讨来当老婆？生下孩子也是白痴怎么办？你就不为子孙后代想想？

嘿，听他这话好像是我爸说的。我微笑着继续逗他：你急什么？又不是你儿子娶媳妇，管得着吗？

慕越峰被我噎得回不上话来。他一转身，从田大勇手里拿过公文包，取出一沓材料，啪地甩在我面前。

看看吧，我们申请增发股票的材料被证监会打回来了！公司白忙活一年，全盘计划都泡汤了。你作为公司的大将，怎能无动于衷？

我马上严肃起来：这么严重？哪里出了问题？

陶薇。如果你能与她结为夫妻，使她变成咱们的人，她就不会往证监会打黑报告，也不会从各方面搜集材料，证明天堂岛是一个造假公司……辛遥啊，你这桩婚姻对于我们公司来说，比蒋介石与宋美龄的婚事影响更大！你要讲政治，懂吗？

我啼笑皆非：实话对你说，是陶薇把我甩了。她看出我不走正道，和你是一丘之貉，屡次劝告我都当耳旁风，她就来个大义灭亲……瞧，我自己一肚子苦水都无处倒呢！

慕总神情紧张地说：糟糕，没准她把你也整进去了！

情况很紧急，是吗？能不能把你掌握的消息，多给我透露一些？

慕越峰长叹一声，仰靠在沙发上。他道：消息不一定准，但是都来自内线朋友。证监会有可能把咱们的事情办成一桩大案……

我掩饰住内心的慌乱，摇摇头：不会吧？我们没做什么事情啊？天堂岛是中国股市的一颗明星，这是谁也不能否认的事实！

我的手机响了，车光等急了，来催我。我这才想起与他的约会，请他再等一会儿。

慕越峰和田大勇起身告辞，他们无心久留。事到如今，也没有什么话好说了。

田经理与我握手，提示道：你最好与陶薇见上一面。只要有挽回的希望，公司将不惜一切代价……

我苦笑：没用的，她是什么人我最知道。

慕越峰到了走廊又折回来，关上门，把田大个子关在门外。我有些诧异，不知他想做什么。

慕越峰一把抱住我，搂得我喘不过气来。

这一次分手，咱们恐怕很难见面了。别看我对你凶，我心里一直把你当作兄弟。因为，咱们都是海岛上的人……

他在我耳旁喃喃地说着，把我感动得差点儿流下眼泪。贴得近了，我从他的头发里、肌肤上闻到一股浓浓的大海气息。

当我坐到车光面前时，对他提议的那笔交易已经没了兴趣。慕越峰的话使我越想越害怕，我已经预感到一场风暴即将来临。

车光一个劲儿劝说我，每股的好处费从一块涨到一块二，又涨到一块五。他以圈内人的信誉做保证，每个星期与我结一次账，全部付现金，不用收条。

他还强调：我们是私募基金，你吃公家饭的，只有与我们联手，个人才能有收获。这一点你可得想明白了！

我诚实地说：我这个人，贼心倒是有，可惜没贼胆呀……

谦虚了吧？车光意味深长地朝着我笑，你是高手，老手，做事不露痕迹。但是，我们也不是傻瓜，你孤独鹰在天堂岛股票上做的手脚，我们也能看出一些痕迹来……

什么？我瞪大眼睛，我在天堂岛做手脚？车兄这话是什么意思？

车光摸摸消瘦的脸颊，道：真要把话说白了吗？你把天堂岛拉那么高，不就是为了接别人的货吗？一边拉一边出，干得真漂亮！

我变得口吃起来：请你、请你把话说得再清楚一些……一定要……要说清楚！

车光的瘦脸变得冷峻：好吧，既然你逼我，我就把话说透。当年你在我们公司，就和老晃联手玩过这套把戏。你在35元的高位大量吃进美拉电子，这些股票都是老晃在另一个营业部抛出来的！他给你多少回扣我不清楚，但这件事情却是铁板钉钉，我亲自做过深入调查。不瞒你说，我向陶薇举报的就是美拉电子事件……

他喝了一口茶，继续说道：现在，你又在搞对敲出货。你当我们是白痴，看不出来吗？早就有人，呵，你的搭档，在低价位吃足了天堂岛股票，等你把股价拉升到高位，再从从容容地派发给你。你用公家的钱接货，自己背地里捞好处！你敢否认吗？不敢吧。

真如惊雷在耳畔炸响，我整个人都傻了。原来，人们是这样看待我操盘天堂岛股票的！倾长江黄河之水，也洗不清我的不白之冤啊！

车光以为击中了我的要害，目光炯炯如一条瘦狼：既然你和别人做这种事情，为什么不肯和我们联手呢？丘老爷子让我告诉你，一碗水端平，在这个行当才能干得长久。兄弟，你就开个价——只要把ST春光炒作成天堂岛，你再接过去，一股你要多少钱，我们都肯出！

天方夜谭！我的脸涨红起来，你所讲的一切，在我看来就是天方夜谭！

装得真像。好，你功夫老到，本人佩服。车光站起身，最后一次问道：那么，你是不肯与我们合作了？

我无力地摆摆手，车光愤然离去。

走到茶室门口，他回头狠狠地说：你也不要过分玩弄我们的智力，说不定哪天，你会求到我的门上呢！

我却呆若木鸡。

四十一　一箭封喉

我知道即将大难临头，但我怎么也没想到，灾难会来得这么快！

早晨，我在若云的卧室里睡得正香，蔡阿姨砰砰砰敲响了房门。她拿着一份最具权威的报纸走到我面前，神情紧张地说：快起来，出大事了！

报纸在醒目的位置刊登一则消息：中国证监会通报批评天堂岛股份公司，该公司多年做假账，虚报利润，且有巨额资金去向不明等诸多问题。公司董事长慕越峰已被有关部门实行双规，调查其经济问题……

一座漂亮的大厦就这么呼啦啦倒下了！我两眼发直，一句话也说不出来。

你快起来，马上去营业部。股市一开盘，不问价格，全力卖出天堂岛！蔡阿姨此刻十分果断。

我说：筹码掌握在我的手里，总不能自己砸自己的盘子吧？现在出货，出给谁？谁肯接手这只烫山芋？

蔡经理点燃一支香烟，皱着眉头深深吸一口。她冷静地说：我说出货，是指那些特殊账户。辛遥我告诉你，这些人是我们的靠山，是我们的衣食父母，他们的利益绝对不能有丝毫的损失。没人接盘，咱们自己接。你不是有许多账户吗？卖出他们的天堂岛股票，咱们再买进来，左手卖给右手！只要他们满意了，天塌下来也不怕。事情就这样办，要快！

知道了。我一边说一边往门外跑。

当我步入鹰巢那灰色的小楼，在电脑跟前坐下时，一种不祥的预感强烈地涌上心头。它似乎超越已经发生的事件本身，直接影响、改变甚至扭曲了我个人的命运。我感到恶心，透不过气来。

我启动电脑，同时鼓励自己振作起来：没事的，我只是一个操盘手，一个小人物，这些事情说到底与我关系不大，我只要做好本分工作就行……

可是没用，致命威胁如一支利箭，直封我咽喉。恐惧紧紧攫住我的灵魂，几乎使我窒息。

我尖声叫喊：我怎么了？我没拿到什么好处，我什么事情也没敢做……我冤枉！眼泪就涌了出来，我竟哭了。哭了好一阵子，心头的压迫感才减轻一些。我终于能够投入工作。

更糟糕的情况接踵而来。股市一开盘，天堂岛就被一股巨大的抛盘直接封死在跌停板上。这是那位影子对手干的绝活，一箭封喉！我手中的股票，今天就甭想卖了！

我不知道该用怎样的语言来诅咒他。为了获利，他竟把我的生路死死堵住，这也太狠、太毒了吧？今天，我总算体验到被股市大鳄紧紧咬住、生不如死的滋味了！

没办法，我只有在跌停板上排队割肉。

蔡经理一天几趟往我楼上跑，呓语一般反复念叨：卖出了多少股票？能不能快一点……他们都给我打电话，看到跌停板都急疯了……怎么办？怎么办？

跌停板买进容易，卖出难，所以谁也没办法逃跑。越恐慌，排队割肉的人越多，跌停板便从早封到晚，纹丝不动。

多米诺骨牌效应，或者干脆叫雪崩，就这样开始了。第二天集合竞价，我抢个先着，干脆自己把卖单直接封在跌停板上！谁想割肉，都排到我后边去吧。

以后的日子里，跌停板一个接一个。天堂岛股票直线下跌，坠入到地狱。整个股市由这匹害群之马带头，开始一轮大熊市。各个证券公司营业厅一片惨象，散户们呼天喊地，咬牙切齿咒骂天堂岛……

这段日子不堪回首。说实话，我倒有心护盘，在关键点位做几波反弹。我毕竟是庄家，筹码集中在我的手里，我有责任维护秩序。这一点很重要。秩序一乱，谁都跑不出去，这就像电影院着火一样。然而，第一个跌停板出现后，所有潜在的矛盾集中爆发，我根本无法左右局势。

蔡经理坚持要我抛售特殊账户的股票。好容易清理完这些老鼠仓，周峻涛总经理又来营业部亲自坐镇，逼我不计价格杀跌，先还了总公司的借款再说。银行、委托理财合作伙伴、形形色色的债权人轮番上阵，天天堵住蔡经理的办公室。拿不到钱，蔡经理休想脱身……

我别无选择，只能头不抬眼不睁地抛售股票。于是天堂岛股票又创一项奇迹：连续跌了十八个跌停板，堪称沪深股市之最。股价由85元跌到9.5元，真是惨不忍睹。

那段日子，我天天跟猴子学开车。深更半夜，我们来到郊区公路，正如猴子所说，我简直不要命，驾驶着破车横冲直撞。

我学得很用心，进步神速。但是猴子说我开车太危险，好像电影里亡命的劫匪。而我觉得只有当驾车飞驰的时刻，我紧绷的神经才会松弛下来，心底才会有安全感。于是，我不顾猴子的劝告，疯狂开飞车！

这手艺用得着，没准哪天我真的亡命天涯。我说。

猴子了解我的处境，一本正经劝慰我：别悲观，车到山前必有路。你在一个高级的圈子里混，有许多大人物会保护你。只要不杀人，出啥事也不怕！

我感叹道：高级圈子，嘿，现在我真羡慕你这个半拉子出租车司机……

有一天，狼来找我。他像上次请客一样，在公寓门口等我。一直等到半夜，终于拦住了我。

他用哀求的目光望着我，问：能不能上你屋里坐坐？我有一肚子话，想跟你说……

我能推托吗？狼在我点头示意下，追买了天堂岛股票，此刻肯定严重亏损。怎么着，我也得说几句话安慰安慰人家吧？我对值班保安打过招呼，领着狼乘电梯上楼。

我们进屋坐下。狼看见放在我床头的仿真手枪，就像小孩发现玩具一样两眼放光，抓到手里，反复把玩。

我提醒他：天堂岛股票没跑掉吧？你想消气就骂我几句，使劲儿骂。再不抓紧时间骂，天就要亮了。

狼把枪放在桌旁，笑道：我怎么能骂你？老规矩，出货不打招呼。我眼力不济，怨不得你。我来，是向你告别的，我要回兰州老家去了……

我问：你打算金盆洗手，不再炒股票了？

狼苦笑：今天刚把天堂岛砍光，只剩下几万块钱，还炒什么股票？

我默然。想起上次他已经出货，喜滋滋来请我吃晚饭，心里就很不是滋味。我叹道：那天，我干吗要点头？真后悔呀……

狼说：别提"后悔"二字，世上没有后悔药。我带来一百万，输得只剩五万块钱，后悔又有什么用？停了一会儿，他又说：最让我痛心的是，这一百万元是我儿子用生命换来的，白白让我糟蹋了……

我十分惊讶，听狼继续讲述他的故事。他儿子在国外打工，出车祸身亡。国内公司给了一笔赔偿费；他儿子又在国外买过保险，也获得赔偿。几笔钱加起来，才构成百万元巨资。伤心的狼，为冲淡记忆，就带着钱离开故乡，到股市搏杀。他想寻求刺激，当然，也想发财。结果，却是赔得几乎血本无归……

我恨庄家，庄家把我害苦了！狼眼睛里射出凶光，咄咄逼人，可是，我是个没用的人，只是脸相凶狠。我当了一辈子小学教师，说实话，连只鸡我也不敢杀。不过，我喜欢别人叫我"狼"，让人误以为我是一个杀手。我幻想有朝一日，我能亲手杀死一个庄家！

狼的话，使我脊梁杆凉飕飕。他拿起仿真手枪，对准我的额头，吓得我急忙闭上眼睛。

他又说：要走了，我得揭开一桩秘密。你知道这把枪的主人是谁吗？那天夜里谁打劫了你？告诉你吧——我，这事是我干的！

我睁大眼睛，不敢相信他所说的是事实。

狼的脸贴近我，道：说起来我也真没出息，这事情还是黑牡丹逼我干的。她为我买了这把枪，让我从你口中套出坐庄的秘密。那时我和她相好，我不敢做，她就要把我踢下床去。女人总能使男人变得胆大妄为，我就干了，这是我一生中唯一一次配得上"狼"这个绰号的壮举！

狼笑着，站起来，把枪包在一只塑料袋里。他说：我要走了，这把枪我收回，给自己留个纪念。

他梳理一下头发，扶扶黑框眼镜，从容地走向房门。

我没去送狼。我坐在床沿上，双腿发软，站不起来。我心里非常难受，真的，从来没有什么事情让我这样难受过……

四十二　东窗事发

冯男男也走了。她是跳槽走的，一家新成立的证券公司聘用了她。

临走，冯男男特意向我告别。她仍恪守不准随便进入鹰巢的禁令，在营业部后院守候大半下午，才把我截住。我心绪不佳，一副蔫头蔫脑的样子，令冯男男十分同情。

听到她工作变动的消息，我略感意外：哦，你也会跳槽？为什么？

冯男男用手指抠一块树皮。犹豫一会儿，她压低声音对我说：我们的大厦快要倒了！我听说，蓝天证券公司负债累累，问题很严重，证监会可能已经派出工作组，进驻总公司……你说，咱们能不考虑一下自己的出路吗？

我点点头：应该。祝你好运！你是个好姑娘，在一家新的公司，肯定能比这里混得强。

谢谢你的吉言。冯男男忽闪着天真的大眼睛，又问：我有一个疑问，临走时不解开，心里憋得难受。他们都传说，你是天堂岛的庄家，这事是真的吗？

你好奇心太重了，真的假的与你有什么相干？

贝副经理在背后说你许多坏话。为了这事，我和他争辩好几回。希望你小心一点儿，别让人抓住把柄……

我笑了：难得你一片好心，谢谢。那么，我也把实话告诉你，天堂岛是我炒起来的，我是操盘手。

冯男男用惊异、羡慕的眼光打量我。然后她说：我算看见活的庄家了。怪不得，你能用鼻子闻出行情走势！

这话引得我大笑。

冯男男的提醒没错，贝宁又在蠢蠢欲动。天堂岛股票崩盘了，他肯定要大做文章。我现在是死猪不怕开水烫，等着，看他们能拿我怎么样。

蔡经理天天去总公司开会，营业部放羊一般，乱糟糟的没有人管。莫小华放出风来：营业部陷入财务危机，亏损好几个亿！专业人才都像冯男男一样，托人找门路，纷纷改换门庭。一些老职工则终日惶惶不安，都说：完了，下岗的日子不远了！他们投向我的目光，也渐渐恶毒起来。

整个营业部，最得意的人要数贝宁副经理了。他红光满面，挺着正在隆起的小腹，在营业部走廊里踱来踱去。他大声咳嗽，中气十足，逢人就宣告：不破不立，一个新时代即将开始了！

我没想到，贝宁会直接来找我。并且，他打破蔡经理的禁令，踱着四方步径直走入我的鹰巢。我惊愕地从办公桌后面站起来，一时不知如何是好。

贝宁兴致盎然地打量着房间的每一个角落，频频点头道：不错，不错，鹰巢不错！

我说：贝副经理，你有事？我可以去你办公室谈。

贝宁挥挥手：不用了，我们就在这里谈。今天我深入虎穴，啊不，深入鹰巢，是想劝你弃暗投明，反戈一击！

我不动声色：这话，是什么意思？

贝宁在我对面坐下，右手举到空中，画了一个大大的弧圈：整个形势，你还不太清楚吧？蔡经理，我们的蔡阿姨，已经穷途末路啦！你呢，虽说是她的红人，毕竟只是一名操盘手，一个小卒，出了天大的事情，你的责任也很轻。所以，我劝你别有顾虑，只要与她划清界限，及时揭发她的问题，就能安全脱身。

我说：明白了，你是来劝降的，劝我当叛徒。

贝宁不满意地摇头：别把话说得那么难听。你如果一意孤行，跟着蔡经理一条道走到黑，那么，你也完了，彻底完蛋！你知道整个事件，嗯，现在可以说整个案件，有多么严重吗？说出来，你能吓一跳！

你倒吓吓看？虚张声势，我可不吃那一套。

好吧，我就对你说点儿实的。我一直怀疑蔡经理有不法行为，经过周密调查，终于揪住了她的狐狸尾巴！你知道她做了一件什么事情？她竟把客户存在我们营业部的国债挪用了，放到回购市场套取资金，用于炒股。这是什么性质的问题？违法，严重的违法行为呀！

我纠正他的话：违规，这种事情多的是，只能算违规。

贝宁冷笑：那要看最终的结局怎样。如果这笔钱投入天堂岛，让你输了个干净，咱们就等着看法官怎样判决吧。顺便告诉你，那几位大客户得到风声，到营业部追讨国债不成，已经把蔡经理告上了法庭！无论如何，蔡阿姨的政治前途肯定完了，她的经理宝座总算坐到头了……

我讥讽道：她腾出经理的宝座，好让你坐坐？你早就瞄上这宝座了吧？

贝宁严肃地说：不是没有这种可能。我和你的谈话，是周峻涛总经理亲自布置的。他希望你站在正确的立场上，积极配合我的工作，彻底揭开湖南路营业部的黑幕！你应该明白，周总实际上已经授权给我，让我暗中主持工作……只要你听话，将来我也会重用你的。孤独鹰嘛，谁当经理都要让他高高飞起来！

我再也按捺不住，一拍桌子骂道：贝宁，别在这里污辱我！你真叫我恶心，没点儿真本事，整天钻营想当官。我不会被你利用的，天塌下来，我也不会跟你这样的小人走到一块！滚蛋！

贝宁灰溜溜地走下楼梯。

我立即给蔡经理打电话。到了这份儿上，我和蔡经理可真是拴在一条绳上的两只蚂蚱了！

蔡经理约我到国际大厦见面，共进晚餐。将近七点钟，她进入餐厅。她戴着一副墨镜，似乎怕别人认出来，搞得我们像特务接头似的，气氛特紧张。

她在我对面坐下，叹息一声道：我刚从法院回来。贝宁说得没错，那帮兔崽子把我告了！不过，这事在我预料之中。本来，我就打算做出一点儿牺牲……

蔡经理说这话时，脸上的神情给我一种暗示：这可是我为你做的牺牲！但她没有把话题停留在这个层面，而是综合叙述她所面临的危机。由于天堂岛的崩盘，营业部账面亏损达十个亿，所欠各方面的资金累计十六亿八千万元——当然，这是多年积累下来的债务，不光是用于炒作天堂岛股票。

我倒抽一口冷气：这，这不是……咱们的营业部破产了吗？

蔡经理以优雅的姿势点燃一支香烟，她那不以为然的神情给我留下了深刻印象。

岂止营业部？蓝天证券总公司恐怕也难逃这一劫。与股票崩盘一样，这笔债务会产生连锁效应，最终导致总公司陷入财务危机……我给你透露个数字：咱们蓝天证券公司的资金黑洞，至少达五十个亿！

我不能一惊一乍，但我确实无法想象豪华游轮般的蓝天证券，竟暗藏着如此巨大的窟窿！怪不得周总火急火燎到处讨债。

蔡经理吐出长长一缕青烟，道：好戏刚开场。证监会委托本市证监局，派工作组进驻咱们总公司，全面清理整顿，解决债务危机。这一下，秦老、周总都完了，搞不好我也完了……

我呢？我紧张地问，我有多大问题？

蔡阿姨瞅我一眼，缓缓地道：你的问题说大就大，说小就小。今儿晚上我来，就是要和你商量，怎样保你安全过关。当然，这得有一个前提，你和若云必须马上结婚！

蔡阿姨审视我脸上的表情。

这种时候我顾不得想东想西，连忙点头：可以，我听你的。

那就好，咱们家的希望都在你身上。我来个丢卒保车，揽下一切事情，你一个操盘手自然没有多少责任。

我问：那你怎么办？

蔡经理显示出一个女人的不凡之处，镇定自信地说：百足大虫，死而不僵，谅他们奈何不得我。告诉你，全国证券公司像咱们差不多情况的，至少有十来家。你看把哪个老总处置了？从来没有，这就是现状。

我可没她那么大气，试探地问：你冒了这样大的风险，自己得到了什么？

蔡经理有些意外，瞟我一眼，半开玩笑地说：得到一个宝贝女婿，还不行吗？

我意味深长地说：恐怕不止我这么一个女婿吧？我猜想，那些特殊账户里，肯定也有你的一个……

蔡经理板起脸：你在刺探我的秘密？怎么，想拿我去邀功？

我急忙说：哪儿的话，咱们是一家人嘛！我只是好奇，也不希望听见你说，你所做的一切事情，仅仅是为了我……

行了，你少动小心眼，多想想大事！下一步，你马上要动起来，不能等着工作组来处置咱。

那，我该怎么做？

蔡阿姨夹烟卷的手指微微一跷，做了个漂亮手势：我已经安排好一条锦囊妙计，明天咱们这样做……

四十三 我离幸福有多远？

清晨，客轮码头熙熙攘攘。头班船即将开航，急于出岛的人们匆匆踏上舷梯。我随人流拥入前甲板，在靠近船头的位置伫立。太阳尚未升起，朝霞将海面染成胭脂红色。我贪婪地呼吸着咸湿、新鲜的空气，浑身无比惬意。周围人与我一样，面色潮红，闪现出莫名的兴奋。这也许是岛民共有的特点：向大陆航行永远是一件激动人心的事情。

汽笛长鸣，水手准备收起舷梯，小鸥朝轮船飞奔而来。她与熟悉的水手们说笑着，燕子一样飞入船舱。解缆、起锚，客轮缓缓驶出海湾。小鸥也很快找到我，我们在船头相依相偎，凝视太阳跃出海面一瞬间的灿烂景象。

你去市里，怎么不叫着我？不是说好咱俩一起去看家具吗？她娇嗔地责问。

我努力辩解：时间太早，怕你起不来。我自己先去看看，心中有数再回来和你商量。再说，我还有其他事情要办。

小鸥瞪着眼睛审视我：什么事情？

别管那么严，给我留点儿自由空间好不好？

她噘起小嘴说：那不行，我们已经登记了，我是你法定老婆，对任何重大事情都有知情权……

我们拌着嘴，身体贴得更紧，真的是亲密无间。

我们决定五一结婚，还剩一个多月时间。我觉得，我离幸福只有一步之遥。我的正确选择，逐渐显出长远的优势：海岛宁静的生活，已经使我完全松弛下来。小鸥纯真的爱情如溪水洗涤着我心灵的伤口，与孩子们朝夕相处使我体会到为人师表的责任与尊严……这一切都是无价的，我的生命因此而渐渐恢复元气。我已经越来越像真正的岛民，融入这片既属于我又不属于我的故土。

唯一使我不安的是弟弟辛远。我占据了这份原本属于他的幸福。《圣经》上有一段故事：哥哥以扫急于喝一碗红豆粥，弟弟雅各趁机提出用红豆粥换取哥哥的长子权。以扫一口答应，拿过弟弟的红豆粥灌下肚去，同时丧失了继承父业的长子权……以扫与雅各，跟我和辛远一样，也是双胞胎。只是在我们的故事里，我和弟弟的角色做了置换。当然，我没有用诡计欺骗弟弟，辛远得到的也远不止一碗红豆粥。我们只是根据自己的意愿，对生活做出了重新选择。

弟弟陷入困境。那一连串跌停板像块块巨石压在我的心上。我几次想打电话安慰他，拨好了号码又消除。安慰又有什么用呢？他必须依靠自己，躲过命运的打击。根据我的经验，辛远总有办法脱险，他毕竟只是操盘手，无论多大的损失，不会落在他个人身上。在那个世界里，他已经迅速地扎下了根。与蔡经理的疯女儿订婚，就是一个证明。还有老晃，关键时刻也能帮辛远一把……

　　真正的危机，在于整体生活。弟弟要在无边的苦海游多久呢？他会不会像我一样，有一天醒悟到回头是岸呢？

　　我还担心他的书生气。与我不同，辛远身上的书生气永远洗不净。要分辨我们双胞胎兄弟，最可靠的标识就是那种书生气。辛远心底是白的，难以染成黑色。这就注定他在那个大染缸里，做不到从容自如，游刃有余。怕只怕关键时刻他来了书生气，走错路子，毁了自己。做人必须彻底，与狼共舞，你得比狼更凶、更狠才行！

　　我唯愿弟弟成为一匹出色的狼，在残酷的竞争中得胜。

　　碧海市是一座海滨大城市，经济发达，人口稠密。在我们这个地区，它是政治和经济中心。按岛上人的说法，这可是个大码头。在繁华的大街上，小鸥拉着我到一家又一家的家居广场转悠，兴致勃勃地挑选布置新房的家具。

　　我有些头晕，更惦记着要办的事情，就对小鸥说：我到街道旁的长椅上坐一会儿，休息休息。我在那里等你。

　　出了商厦，我却径直向马路对面的证券公司走去。

　　我得换个角度叙述这件事情。我做梦也想不到，邓铭深老师与我们坐同一条船出岛。然后，他像一条猎犬似的一直尾随着我，监视我的一举一动。

我比别人更清楚，邓铭深是一名隐蔽的精神病患者。但我搞不懂，他为什么对我的隐私那么感兴趣。也许，他以为我像他一样，心里藏着放一把火把世界烧个干净的宏大抱负。总之，学校已经让他提前退休，他无所事事，终日在暗中窥视我。

我踏上恒泰证券公司的石台阶，邓铭深也偷偷跟了过来……

走进营业大厅，电子屏幕一片绿色闪闪烁烁，搅得我头晕目眩。我觉得脚下的花岗岩地板漂浮不定，就像遇到风浪的船甲板。我也如晕船似的，两腿站立不住，坐到椅子上直想呕吐。我可能得了某种怪病，见到闪烁的电子屏幕就犯晕。也许，我已经过惯了海岛生活，再也闻不得股市气味了。

我在散户席上最后一排椅子坐着，有一个戴金丝眼镜的中年男子向我走来。他冲我略一点头，就领我到银证转账的窗口办转款手续。这人姓钟，炒股大户，原先跟着老晃干，现在在碧海市证券界独立门户，人称"眼镜蛇"，算得一条大虫。

我从皮夹里取出一张龙卡，眼镜蛇阿钟把一笔款子转到我卡上，事情就算办妥了。我们没有多少话说，握握手淡然告别。

这时，邓铭深跳到我的面前：哈哈！

我吓一跳，惊问：是你？你要干吗？

我逮住你的尾巴了，他阴险地笑道，你的故事与股票有关，对不对？

我往证券公司大门外走，不想理他。他却追上来，挽住我的胳膊，与我一同走下石台阶。

我已经发现你三次来这里，与那戴眼镜的接头了。你总是赶早班船，悄悄地出岛，中午就回到学校。你以为，你的行动神不知鬼不觉，是吧？可是我邓铭深掌握一切情报……

我恶心。晕船的感觉更加厉害，额上冒出虚汗来。怎样摆脱这疯子呢？我实在无法可想。我靠着他的肩膀，穿过马路，在街边的长椅上坐下。

我想，小鸥一会儿就出来了，她会帮我赶走邓铭深的。快一点儿吧……

其实，我的秘密很简单，我有一笔钱放在阿钟那里，由他代我炒股。我已金盆洗手，懒得再沾股票。实话实说，上岸时我带着一笔不菲的财产，这是我多年积攒下来的。总不能坐吃山空吧？我就搭阿钟的顺风车，得一些收益。

我能出手赞助穷孩子，处处行善积德，靠的都是这笔财富。每当我缺钱使用，就找阿钟支取一笔利润。因此，我常来碧海市的恒泰证券公司。当然，我不想让别人知道这件事情，所以总是独自坐早班船，避免与人同行。谁知道，我的屁股后面会跟着一个尾巴呢？

邓铭深也在长椅上坐下，紧紧挤着我。他摸摸我额头，说：你病了。低温，额头冷得像石头一样！要不要上医院？我早就看出来，你不是一般人，你要做一件轰轰烈烈的大事……我有责任保护你的身体。

我哭丧着脸道：求你，离我远一点。我要吐了……

你是亿万富翁！邓铭深做耸人听闻状，两眼瞪得铜铃一般，你帮助过我，那不过是九牛一毛。如果你肯再帮助我一次，我将不胜感激！

我明白他的意思，这疯子竟在算计我的钞票！

我直视他的眼睛，想看清他到底是真疯还是装疯。那双眼睛翻出老大的眼白，真疯；但眸子里跳动着狡猾的光亮，装疯。不管怎样，他的目光显示出一种决心，不达到目的不会罢休！

我决定让步。他生活不幸，处境令人同情，我做点儿善事又有何妨？再说，惹急一条疯狗，让他乱咬乱叫，也实在是件麻烦事情。

好吧，你需要多少钱？

一万。

今儿晚上我就把钱送到你家。不过有一个条件。

什么？

从今以后，你给我滚得远远的！

小鸥朝我们走来。她老远就嚷：你跑哪儿去了？我在碧海广场到处找你……邓老师，原来你俩在一起呀？

邓铭深站起身，意味深长地一笑：他病了，属于心理、精神一类的疾病。你可要看好他。

邓铭深离去。小鸥用手绢擦去我额上的冷汗，吃惊地问：你怎么了？

没啥，刚才有点头晕。我站起来，从皮夹里拿出那张龙卡，说：走吧，今天我们就把家具买定。

卡里的钱够吗？

我笑笑：足够。我哥留下一大笔钱，让我们结婚用……

哥哥真好。小欧感动地说。

我若有所思：是的，他是天下最好的哥哥。

四十四　情人看刀

蔡经理在全体员工大会上宣布了对我的处分决定：解除聘用合同，罚没奖金。一句话，光着屁股滚蛋！理由显而易见，天堂岛股票崩盘，我作为操盘手负有不可推卸的责任。骄傲一世的孤独鹰折翅坠地，人们投来或同情或惋惜或嘲笑或幸灾乐祸的目光……我耷拉着脑袋，几乎无地自容。正如俗话所形容的，地上如果有条裂缝，我恨不得马上钻进去！

不过，事情并不像表面上那么严重。蔡经理安排的锦囊妙计，正是叫我滚蛋！这场戏剧的奥妙在于：她表面上大义灭亲，其实让我暗度陈仓。她已经与深圳一家著名证券公司联系妥当，聘任我为首席操盘手，下周一就走马上任。

我长长地舒了一口气。总算跳出这是非漩涡，我又踏上光明前途。今后，这边闹得天翻地覆，远在千里之外的我，也毫发无损了。

形势十分紧迫。证监局工作组已经进驻蓝天证券公司，并且，作为整顿的重点，他们还要专派一位科长，长驻湖南路营业部。蔡经理让我快走，最好别与证监局的人碰面。

我问：就这么走了？不用跟秦老、周总打个招呼？

她很有气魄地一挥手：这次我先斩后奏。你是聘用人员，正式编制不在本公司。我有权处理你这样的临时工！

我苦笑，反身去鹰巢收拾东西。

踏入这座灰色简易楼，惆怅的情绪便在我心间蔓延。我对此地已积累下浓浓的感情，就连二楼散发霉味的杂物，也唤起我伤感的记忆（不知小美今在何方）。我步履沉重地爬上三楼，走进办公室。六台电脑默默地瞅着我，像一队战友与我告别……

鹰巢，我有幸在这里指挥了一场战斗，度过我人生中最辉煌的一段时光。我伫立在窗前，眺望灰蒙蒙的天空，不由回想起我与哥哥互换角色的情景。我不后悔。尽管遇到许多出乎我想象的磨难，但我在岛上所追求所梦想的，正是这种轰轰烈烈的生活！

在我感慨、徘徊的同时，证监局那位科长已来到湖南路营业部。蔡经理一见到她，惊得合不拢嘴巴——陶薇，她正是调查天堂岛风波的"钦差大臣"！

陶薇显得亲切随便，一来就问她在哪里办公。蔡经理要把自己的办公室腾出来，陶薇连忙阻拦：那哪成？你这个经理还能到处流浪？停了停，陶薇直截了当地提出：听说你们这里有个鹰巢，我就上那里办公吧。

蔡经理被将了一军，尴尬地笑笑，道：那地方脏，堆放杂物的。你是领导，去那儿办公恐怕不合适……

陶薇连连说：合适合适，我以前常听辛遥夸他的鹰巢，早就想见识见识了。也算满足一下我的好奇心，行吧？就这么定了。

蔡经理因我的关系，曾对陶薇下过不少功夫研究，比较了解她的性格。所以，她也只能随着她的意思办。

我未能及时脱身，与陶薇撞个正着！这真是历史性的会面，我和她相对而立，一时都无话可说。

还是陶薇大方，她指指椅子，以主人的口吻说：你坐下，咱们坐下谈。她又拿纸杯从饮水机接水，递到我面前。

我愣愣地望着她，只觉得她比几个月前更显年轻，精气神十足。忆及我们曾经拥有的一段恋情，我心里很不是滋味。以前常用猫和老鼠比喻我们之间的关系，未料今天真的变为现实。她那双灵动的眼睛，既熟悉又陌生；我的眼神一接触它们，心就急跳，就发慌……

陶薇倒很放松，兴致盎然地观察房间里的每一个细节。哦，你就在这间斗室里翻江倒海？你一个人，怎么操作六台电脑的？她扬起眉毛，略带诧异地问。

我挪动椅子，让滑轮在地板上溜来溜去。又逐个打开电脑，熟练地敲起键盘。然后，我住手，默默地望着她。

噢，这样。陶薇点点头。她又伏在窗台朝外看，感叹道：你独自关在这里，不觉得像在坐牢一样吗？

不。我摇摇头，并不计较她的用词，我觉得，坐在这里，就像坐在世界的顶峰一样。

她回过头，意味深长地看着我：我早就劝你下来，你不听。今天，你终于从顶峰跌落下来了。

时运不济，没办法。

陶薇注意到桌下我堆放的书本、办公用品，指着问：这是干吗？看见我来，你就要搬走吗？我看不必，你可以和我面对面办公。

我？级别不够，你甭抬举我。我讪笑道。

哪里，你正是我的工作对象，重量级的。她的话语透露出一股煞气。

我有些恼怒，冷笑道：对不起，我不能陪你办公。我要走了，永远离开这里……

为什么？这回轮到她吃惊了。

我被炒了鱿鱼，蔡经理刚在全体大会上宣布了这个决定。我停了停，又着重强调：我是被临时聘用的，关系不在公司。正如你所说，我从顶峰跌下来，如今成了一个无业游民……

这个决定不算数。陶薇斩钉截铁地说。

怎么？蔡经理不是经理了？

她站起来，走到我面前：作为证监会工作组的成员，我有权否决蔡经理的决定。从今天起，蔡经理或者公司其他领导，不能擅自对你做出任何处理。你必须每天来上班，配合我的调查工作。

呵呵，我失去自由了？我也站起来，逼近她的脸庞，我不信，这个证券公司，还有你证监局，能管住我一无业游民！

我朝书本踢了一脚，提起一个旅行袋，就朝门外走。这时，我听见陶薇轻微而极有威慑力的声音，止住了我的脚步：法律能不能管住你？法律！

我慢慢转回头：我只是一个操盘手，说穿了是一高级打工仔。我上头有领导，有老板，出了事由他们负法律责任。你说，中国股市有多少人在坐庄炒股？有多少像我一样的操盘手？难道炒股失败，就要把他们绳之以法吗？

陶薇冷笑：如果你仅仅是一个操盘手，高级打工仔，自然没你多少事情。问题是，你究竟扮演的什么角色？你个人究竟有多少触犯法律的行为？顺便告诉你，在我调查的诸多事情中，有一个重点，你，在整个操盘过程中，如何勾结局外人，为自己谋取利益！

呵，什么？我的舌头不听使唤了，你把话讲……讲讲清楚……

我也不必把话讲透，许多事情要你自己交代。不过，我可以给你一点提示。我们不妨这样假设，如果有人预先在低价位、大量地买进天堂岛，然后由你把股票炒高，让你在高位接他的货。你说，最终的情况会怎么样？

我傻吗？我干吗接他的货？

你当然不傻。问题就在这儿。我们都知道，股市里有这样一种不法行为，某些大户老板将股票炒高了，让机构操盘手用公家资金在高位接货。事成之后，老板会以每股一元或两元的回扣，奖给操盘手大笔酬金。辛遥，这个故事还用我说吗？你是老手，当然比我精通此道……

我慢慢在椅子上坐下。我眼前晃动着车光那张瘦脸，头脑里一片空白。

陶薇继续说：这些故事已经不新鲜了，难道你心里真的不清楚吗？老实说，我一直怀疑天堂岛隐藏着一个大阴谋。当然，我指的不仅是慕越峰弄虚作假、蔡经理挪用客户保证金这些事情，我还特别关注庄家的行为。天堂岛股票的波动很反常，很诡秘，我盯盘已经盯了好长一段时间。在我们分手前，我不止一次点过你，希望你揭开其中的秘密，退出危险的漩涡。可是你执迷不悟。还记得我说过的那句话吗？希望我们永不见面。很遗憾，今天我们又见面了，你也就没有其他选择了……

我无言以对。事情的复杂超出想象，但我已经隐约看出端倪。我被冤枉了，然而，我无法证明自己的冤枉。

陶薇脸色缓和下来，又倒了一杯水，放在我面前。她瞥我一眼，那意思是叫我好好考虑，认真交代问题。

陶薇拿起电话，找到蔡经理，她说话的口吻镇定冷静而不容置疑：蔡经理吗？辛遥不能走。对，我刚和他谈过话，已经把你的决定推翻了。请你到我的办公室来一趟，马上来。

四十五　逃亡

有人监视我，有人跟踪我。

两天来，这种感觉特别强烈，虽然我不知道究竟是谁在做这种事情。我可能有点儿神经质，自从我踏入这个大城市，总觉得有一根甩不掉的尾巴。随着形势紧张，这根尾巴越来越成为不容置疑的事实。

夜色朦胧，华灯初上，我独自步行往回走。有一秃头男子骑着自行车，与我并肩缓行。他为何这样慢地蹬车？显然是要盯住我。我拐了一个弯，穿过小胡同回家。胡同口两个老汉在下象棋，其中一个用眼角的余光瞟我。他不看棋，看我干吗？八成是老谋深算的便衣。踏进我所住的公寓，一名年轻的保安拉开玻璃门，礼貌地朝我微笑。这人怎么这样眼生？我怎么从未见过他？也许是假保安，专为我安插在这里……

我知道自己疑神疑鬼，心态很不正常。可是没办法，陶薇的话对我的刺激太深。法律能不能管住你？法律！这句话的意思很明白，我的行为可能触犯了法律，甚至，我本人已处于恢恢法网的控制之中。如果事情真像陶薇说的那么严重，他们绝不会放过我。我一直以为自己只是一名操盘手，只是具体执行者，却把事情看得过于简单。不错，我没与谁勾结，也没拿过谁的回扣，这是事实。可是，现在谁给你讲事实呢？你又怎么讲得清楚呢？

我隐隐约约感觉到：我已经成了一桩阴谋的牺牲品！

我从冰箱取出一盒牛奶，慢慢地吮吸。我吃不下饭，一口也吃不下，只能喝牛奶。我已是这个案子的焦点，处境不妙啊！在他们看来，事实是这样的：我与别人联手，高价买入天堂岛股票，然后与搭档暗中分肥。每股分一块？分两块？（如车光提议的一样）无论如何，我经手的几千万股天堂岛股票，就要涉及一笔天文数字的巨款。

我简直不敢想象！如果我真拿了这笔巨款，枪毙也够格了。可怕。更为可怕的是，这样的假设十分符合逻辑：我一直与之搏斗的对手，难道不正是同党吗？我们有声有色地较量，难道不正是为出货施放的烟幕吗？连我也不得不承认，这样的推测完全站得住脚。那么，我又如何为自己辩解呢？

我躺在床上，双手枕头为自己找出路。这时，手机响起来，我听见一个此刻我最需要的男人的声音：老弟，你怎么样？我曾答应过你，关键时刻送你一条逃生的舢板……

老晃！我一下子坐起来，压低嗓音激动地说：晃爷，我的麻烦大了。我想见你，能不能上你公司来？

不行。公安局里的朋友给我透消息，你已被列为监控目标。

我心里一沉，果然如此！我急问：那我该怎么办？

现在你听我说，你去云南瑞丽，在一家名叫"夜光杯"的大酒店里，打听一位马叔。他会带你去缅甸。再从缅甸转到泰国，我手下的人会接你，把你送入金泰投资公司。从此你就安全了，我已经为你准备好一顿美餐……

出国？那就是说，我得逃亡？我的脊梁骨唰地凉透了。

必须走，而且你得马上就走。晚了脱不了身！你可能不知道，天堂岛股票操纵案已被证监会定为头号大案，卷到案子里的人可能都要被判重刑。你不能犹豫，否则会毁了自己！

明白了，我照你说的办。

别忘了带上护照，我给你办的是真货。出门要小心，有尾巴就甩掉它。不多说了，一路保重。

我收起手机，拉开壁橱，拿出小黑箱。黑箱里装着三十万元现金，这还是慕越峰手下那位证券部经理给我送来的，我既没存，也没用，似乎就等着逃亡这一天。我在心中叹息：不义之财啊，就凭这一箱子钱，我也脱不净手爪！

我又翻出护照，缅甸一本，泰国一本。我不得不惊叹老晃的未雨绸缪，仿佛早预料到会有今天。我锁好黑箱，穿上风衣，准备出门。

仿佛有舍不下的东西，我在屋里转了两个圈儿，自言自语道：就这么走了？凭老晃一个电话，我就踏上亡命天涯的旅途？

不对，我必须听到哥哥的意见，才能做出最后决定。

我迅速拨打手机，急切期待与哥哥通话。然而铃声响了无数遍，就是没人接听！怪了，哥哥在干什么？他把手机扔在什么地方了？

我提着小黑箱出门。无论如何，我得看看外面的形势再说。总觉得有人跟踪，难道我真的被监视着？他们会动手抓我吗？真是那样，我就拼个鱼死网破！

公寓底层大厅冷冷清清，那个面生的小保安朝我微笑，老远就拉开玻璃门。我走下石台阶，冲着夜空深深地吸一口气。

马路上空无一人，偶尔驶过几辆汽车。我把风衣领子竖起来，好像电影里的特务。我走到街口，又转回来，没有发现可疑的人。

来来回回走了三圈，除了我自己，连个鬼影也没有见到。

老晃是不是有些危言耸听？我想起小美的事情，对他总存有几分戒心。但是，我又记起哥哥的话：老晃可靠，遇到紧急情况可以信赖他。确实，老晃为我安排的出路无可挑剔，在目前的情况下，我甚至能够当上一家海外投资公司的经理！对照眼前的厄运，这简直是通往天堂的大道。

沿着马路慢慢走，我又一次拨打手机。许久未与哥哥通话了，我一直认为自己有能力对付这场危机，不想过多地依赖哥哥。也许，我还有一层微妙心理——不愿意让哥哥看到我的失败。看来，我错了，面对如此严重的局面，我应该及早寻求哥哥的帮助。

脑子里一片混沌，错综复杂的关系像一团乱麻，我根本无法理清头绪。然而有一点很明确：我被人陷害了！是谁陷害我？他为什么要陷害我？我必须求助于哥哥，让他帮我解答这些问题。

今儿晚上就走，去遥远的南方？或者，先回公寓睡觉，等明天看看动静再说？我犹豫不决。老晃发出的警报，不能不引起我的重视：天堂岛已成为证券界的大案要案，涉案人员很可能被判重刑！这就是说，一旦我被抓，很难有出头之日。但是，我不甘心束手就擒，我要调查事实真相，为自己申冤。那么，保持人身自由，对我来说最为重要。千万不可冒险，还是走吧……

我拐入两个老头下棋的那条小胡同，琢磨着去机场还是去火车站。胡同里黝黑黝黑，寂静无声。我并不知道，危机已经降临——那根尾巴紧紧跟在我后面！就在这时，手机响了，是哥哥打来的电话。我站住脚，接听手机。同时，我发现两条黑影正无声无息地逼近我……

是哥哥的电话救了我。我不顾一切地朝胡同口奔跑。我听见身后的脚步声唰唰作响，跟踪者紧追不舍。我心想，完了，怎么也跑不过他们的。但我还是拼命向前冲！冲出胡同口，跑到大街上。

一辆出租车在我前面停下。

猴子从车窗探出脑袋，喊道：哥，快上车！

我一头扎进出租车，感到自己终于得救了。

车门还没关上，猴子就驾车飞驰。我抬起头朝后窗看，那两个便衣被远远地甩在后面……

我的逃亡生活从此开始了。

D 归路

四十六　别了，哥哥

出租车在大街小巷疾驶，七弯八拐，转得我分不清东南西北。

惊魂未定的我，手指轻微颤动，小腹收紧，感到阵阵恶心。他们要抓我，这是真的！我闭上眼睛，想象自己被两个便衣警察扑倒在地，反扭双臂，戴上手铐的狼狈情景……

猴子一边开车一边骂人，怒火填膺，仿佛要和什么人拼命：谁？谁要害你？我要是晚来一步，你就遭他们毒手了！

我有气无力地说：真得谢谢你，猴子，没想到关键时刻让你救了一命……你怎么知道我在那条胡同里？

赶巧了。我打电话约你出来练车，可你的手机老占线。我就开车去找你，刚要拐弯，就看见你像兔子一样——对不起，从小胡同里窜了出来。

唉，真是惊心动魄啊！

猴子用力拍打方向盘，大声叫嚷：咱跑什么？干吗怕他们？我这就去叫几个弟兄来，把那俩家伙给灭了！

猴子要停车，我赶忙抱住他胳膊：千万别，那两个人，可能是警察。我，我犯事儿了……

猴子一愣，小脸唰地白了：哥，你可别吓唬我，犯什么事儿了，还让公安局动手抓你？

我不知该怎么说，长叹一声，仰靠在椅背上。

这时，手机响起来。我料定是哥哥的电话，赶忙接听。

怎么回事？刚才你还没说话，手机就掉线了。我在这边心惊肉跳的，总觉得你出事了……哥哥的话语里充满了焦虑，我甚至听见他紧张的喘息声。

我的嗓子有些哽咽：哥，我要走了，从此亡命天涯……

我把最近一阶段的经历告诉哥哥——从影子对手的出现，天堂岛崩盘，直到陶薇进驻鹰巢。我没忘记突出重点：有人陷害我，使我被怀疑成这个惊天大案的主犯之一！影子对手不断卖出股票，所有的人都以为我是他同伙，内外勾结，对敲出货。便衣警察对我采取措施，幸亏老晃及时通报消息，我才侥幸逃脱追捕。刚才手机掉线，恰是我上演生死时速的一幕……

天哪！哥哥低声叹息。

我说：老晃为我安排好了出路，你别担心。不过，让我这就去泰国，我实在不甘心。哥，那个影子对手，我非要把他揪出来不可！只有找到他，才能使这个案件真相大白……

别犯傻，你必须走！哥哥急了，声音突然严厉起来，我早就说过，你所处的位置，十分危险。搞不好，丢掉性命都有可能！现在，你别无选择，就照老晃说的办。你一步也别停下，早早出境，摆脱危险。接手泰国那个投资公司，继续干你的事业，这才是上上之策！

哥哥把道路指明了，可我还有些不服：那么，就让我背着不白之冤，白白便宜影子对手？我咽不下这口气呀……

这事交给我办，你只管走。哥哥斩钉截铁地说，你还信不过我吗？我一定会把事情调查个水落石出，为你灭了那什么影子杀手！

我急忙说：对了，哥，我已经查出些眉目，那个影子对手就在碧海市！

哦？哥哥问道，你怎么查的？

我研究过交易所公布的成交排行榜。影子对手出货的那些日子，碧海市恒泰证券公司卖出的天堂岛股票最多，总是列在排行榜榜首。

聪明！哥哥夸赞道，不过，他们做这种事情，总要设立许多分仓点。你所发现的，可能只是其中一个。

我说：我明白，单凭成交量排行榜，也难以确定那家伙就躲在碧海市。影子嘛，就是神出鬼没，难以捉摸。哥，你可得多费点儿心！

哥哥思忖道：话说回来，这可是一条重要线索。眼镜蛇阿钟就在恒泰证券公司炒股，他是一个颇有实力的大户……

我的眼睛雪亮：眼镜蛇阿钟？你给我详细说说，这人怎么样？

哥哥说：他以前在老晃手下干，专做股票。后来独立门户，去了碧海市发展。他和我关系不错。不过，阿钟不可能掌握那么多天堂岛股票……这事儿你甭管了，我会仔细查的，查到底！

哥，我还得问你一句，老晃这人，到底可靠吗？

可靠。别看他沾着黑社会，人极聪明，很有修养。他非常讲义气，比一般人强得多。出了事，咱们就得依靠这样的人！

哥哥打消了我的顾虑。我安心了。

一阵留恋的情绪涌上心头，我的嗓音低沉下来：哥哥，今后一段时间，我不能给你打电话了。我担心有人监听，暴露我的踪迹……替我照看妈妈。你和小鸥，也早点把喜事办了。

弟弟，我心里很难受。我总觉得是自己害了你。早知道会出这么大的事情，我无论如何也不会和你互换角色……哥哥说不下去了，我仿佛看见，他的泪水涌出眼眶。

哥你就别说这些了。我自己做出的选择，到哪一步也不会后悔。好！不多说了，哥哥，咱们就此告别吧。

弟弟，一路多保重。

挂了电话，一阵惆怅涌上胸口，我的眼睛湿润了。不知什么时候，猴子已把车停下，目光深沉地凝视前方。他听着我们哥俩的对话，知道了我的遭遇，心里很同情，又找不出话来安慰我。我们就这样久久地坐着……

我说：愣着干啥？送我去飞机场吧。事情你都晓得了，咱俩也就从此拜拜。

不行，买飞机票得用身份证，安检又严格。公安局真要抓你，你一去，正好自投罗网。

猴子说得有道理。我想了想，又道：那我去坐火车，车站上人又多又乱，就不信他们能抓住我。

猴子还是摇头：别去冒险。那两个便衣没抓着你，这会儿局子里肯定做好了新的部署。车站、码头、机场这些地方都已张开大网，就等着你往里钻呢……

我发火：这不行那不行，你说怎么办？我就在这里干等着？

猴子笑了，笑得十分自信：养兵千日用在一朝，走，我送你！我们走乡间土路，谁也甭想发现你。

车子发动，猴子攥住方向盘，迅速往郊外驶去。

我说：好兄弟，辛苦你了。今儿晚上你一夜没睡，送走了我，再回家补觉吧……

猴子说了一番令我吃惊的话：回家？不，我要送你，一直送到云南。我跟你说，我就喜欢旅游。咱们一路上游山玩水，多美？

我急忙说：那哪行？我一屁股麻烦，怎能再连累你？这不是一天两天的事情，别为了我，耽误你自己的生意！

猴子动了感情，冲我嚷：都什么时候了，还分你我？为朋友两肋插刀，我猴子这点儿义气还是有的！再说，你走了，我一个人在那城市里混，有什么滋味？我想你，会想死的……刚才你们兄弟告别，我就想哭。咱俩也是兄弟，我和你永不分离！

我心头一热，鼻子一酸，热泪就涌了出来。

我拍拍他肩膀：好兄弟，走吧。我记着你这句话，永不分别！

出租车在乡间小路颠簸。夜色朦胧，田野里的庄稼、树木依稀可见轮廓，飞快地向后掠去……

四十七　天涯路

对于一个亡命之徒来说，茫茫天涯路似乎永无尽头。颠簸坎坷，担惊受怕，不可预测的危险随时发生……这就注定我一路上受尽磨难。

刚入山东境内，猴子就把出租车卖了。他对我说：万一抓你的便衣警察，记住了车牌号码，咱俩分分钟都可能落网。

我同意，这可是一个大漏洞！恰巧，猴子有一个朋友在公路旁开加油站，他就把出租车扔在朋友那里。价钱多少，等他回来再说。

没了小车，就坐大车。中巴大巴来回倒换，昼行夜伏，徐徐南行。这样倒也安全，穷乡僻壤，荒村野店，我这样的人不容易暴露身份。

然而艰苦劳累，也就在所难免了。几天长途汽车坐下来，我浑身骨头疼痛，仿佛被车子颠散了架。一身尘埃，蓬头垢面。我还得了口疮，上颚溃烂，痛苦不堪。全仗喷些西瓜霜之类的药物，勉强止疼。

没办法，上火了，急火攻心啊。对于自己的遭遇，我总觉得匪夷所思。虽然我在逃亡，心中老想着破案。影子对手在我脑际缠绕，使我不得安宁……

有一件事情未曾料到：装满钞票的小黑箱，给我们带来很大麻烦。它太惹人眼，平白添了一份危险！

这只小黑箱是不祥之物。那天夜里田大勇打扮得杀手一样，提着箱子站在我的门前，就把我吓了一跳。从那一刻起，噩运就老纠缠着我。俗话说，不做亏心事，不怕鬼敲门，这样一箱子钞票放在我的手里，我还能算清白之人吗？

抱着小黑箱，我就像抱着一颗定时炸弹。这种感觉此刻更加强烈，我越发领悟到小黑箱的象征意义。

旅途中常有一些骗子，借玩扑克牌骗旅客的钱。那些家伙总爱坐在我身边，吆吆喝喝，千方百计拉我入局。小偷扒手也如苍蝇一般，嗡嗡嘤嘤围着我转，赶走又飞回来。他们的眼睛，都紧紧盯住我手上的小黑箱。幸亏猴子在社会上混久了，经验丰富，一路紧紧护着我。

在河南一个小城市换车的时候，险些出了岔子。那天早晨我们在候车大厅等车，看见书报摊上有卖证券报的，我就想去买一份。

正翻阅报纸，一个拖着鼻涕、浑身脏兮兮的小孩，偷偷将手伸进了我的裤袋。

猴子两眼瞪得滚圆，一个箭步上前，紧紧抓住小孩的手腕。

小孩用河南话骂人，边骂边哭，声音嘹亮。旁边就有三个男人围了上来。为首的年轻人文质彬彬，看上去像一个教师。

他说：同志，你这么大个子，怎么还欺负一个小孩？丢不丢人哪？

猴子说：我抓住这个小偷，还没送派出所呢，他倒先骂人，怎么说我欺负小孩了？

旁边一个络腮胡子的大汉，撸胳膊挥拳头道：你说谁小偷？这孩子是我小侄子，钱掉地下他也不会去捡。你这是骂我们呢！

我赶忙拉开猴子，向他们赔笑道：对不起，误会了。我这朋友，逗孩子玩儿呢……

远处走来两个民警，这伙人只得罢休。

他们坐在对面的长条椅上，贼溜溜的眼睛直盯着我的小黑箱。这些人肆无忌惮，贼相毕露，毫不掩饰自己的企图。那长络腮胡的大汉与我对眼，盯得我心慌意乱，不得不扭头转移视线，避开他凶焰万丈的目光。

广播通知，我们的班车开始检票了。我总算松了口气，与猴子匆匆赶往检票口。上得车来，刚刚坐稳，就看见那几个形迹可疑的家伙尾随而上。他们在前后排的座位坐定，竟把我们紧紧夹在中间。

我预感旅途中会出事，紧张得透不过气来，只顾把小黑箱紧紧抱在胸前。

教师模样的青年与我搭话，口气亲热：老板上哪儿去？固山是吧？巧了，我们也去固山，真有缘分啊……

猴子捅捅我的腰，使个眼色。我不明白他的意思，只见他站起身，独自下车。我忙问：你上哪儿去？

猴子回答：上厕所。

猴子不见了踪影，座位剩下我一个人。我真有些心惊肉跳。那青年竟挤在我身边坐下，觍着脸说：和你的朋友换个座吧，咱俩说话方便些。

我不好硬撵他走，只得暗暗叫苦。他前胸口袋插着一支钢笔，笔帽闪闪发光，所以给我留下教师的印象。他和我说长道短，热情洋溢，甚至拔下钢笔给我写了电话号码和地址，当然都是假的。我也给他留下假地址、假电话，我们仿佛交上了朋友。

你的箱子，可得小心些。这一带贼特多，危险！这位贼朋友竟在耳边小声提醒我，真是贼喊捉贼。

我心里直骂猴子，怪他不该这时候撒尿。汽车开始发动，猴子跑来，却隔着车窗向我招手。

我拉开玻璃窗，呵斥道：车都要开了，你怎么还不上来？

猴子煞有介事地说：老板，你自己去固山吧，新城房地产公司的李总刚才来电话，要我留一宿。我把咱们那笔账结完了再走。你，把小箱子给我，公司图章还在箱里面呢！

我一愣，马上明白他的意思。我把小黑箱递出车窗，一本正经叮嘱道：办完事，赶快来固山找我。晚上少喝酒，别让李总把你灌醉喽……

接下来的一幕颇具戏剧性。司机正要开车，青年教师、络腮胡子一伙人窜到前面，拍拍他肩膀，让他把车门打开。贼们一窝蜂跳下车去。

客车启动，缓缓滑行。猴子忽然急奔两步，猛一跳，投篮似的将小黑箱投进车窗。

我一把抱住箱子，朝那帮歹徒挥手，道一声"拜拜"！

惊魂甫定，我又为猴子担忧，不知他们会把他怎样。好一个聪明猴子，把歹徒们引开，保我旅途平安。

可是，我们怎样碰头呢？猴子能不能脱身？汽车在公路上颠簸行进，我的思绪也跳跃难定。

猴子乘末班车赶到固山，天已经黑了。我一直在汽车站等他，当他一瘸一拐来到我面前时，我几乎认不出他来。

那帮歹徒将他一顿暴打，脸上满是泥尘血迹，衣服都撕碎了。可他还笑，嘴唇肿得老高，门牙也缺了一颗——

别为我担心，我也是做贼出身，抗揍……只是你给我的手机叫他们抢去了，太可惜了！

我们在车站附近一家旅店住下。

夜里，我的口疮犯了，痛得睡不着觉。我喷了满嘴的西瓜霜，眯缝着眼睛，脑子里各种念头层出不穷。回想过去的一段生活，就像在梦里一样。美梦还是噩梦说不清楚，但肯定是一个疯狂的梦！现在，已是梦醒时分，我也应该细细反思所经历的一切了……

焦点还是那个阴谋。整个事件的轮廓已渐渐清晰：有一个熟知内幕的人（影子对手），巧妙地利用了我。他似乎晓得我的一举一动：资金来源、目标价位，甚至我的心态……他早已囤积大量的天堂岛股票在手，当我拉升股价时，他将股票从容抛出，套取巨额利润。所有的人都怀疑我俩是同伙，在演一出双簧戏。而我却不知道那人是谁，替他背了黑锅。

只要把影子对手找到，案子就能真相大白。我判断：此人就在我身边，只要深入分析，就一定能把他揪出来！

我集中脑力思索，将稍有嫌疑的人集中起来，编号排序，挨个分析……

四十八　旅店惊魂

夜深沉。一弯下弦月挂在西天边，冰清玉洁。我坐在窗台上，一手捂着腮帮，眼睛眺望远处山峦模糊的轮廓。在我不久前那段传奇生活中，有几位深刻影响我的命运，或者业务往来密切的人物，他们逐个儿浮现在我的眼前……

我首先想到的是车光。这家伙是我哥的对头，曾企图破坏天堂岛股票的炒作，与我抢庄。他有可能是影子对手，但可能性不大。这不仅仅因为他在桑拿浴房赌咒发誓，甚至邀我去旭日投资公司查账，最关键的是：他不可能持有那么多天堂岛股票！从成交量分析可以得知，车光抢入的股票数量有限，怎么会源源不断、反反复复卖出那么多天堂岛股票呢？他可以排除。

老晃呢？老晃的可疑之处，在于他早早撤出参与炒作天堂岛的资金。我始终搞不明白，他为什么改变初衷，中途退出呢？莫非他早就知道最后崩盘的结局？那么，有没有可能他就是影子对手？这种嫌疑不能排除。不过，哥哥似乎为他担保，证明他是自己人。我的逃生舢板就是老晃打造的，他有什么必要来坑害我呢？并且，与车光一样，老晃也没有机会收集大量廉价筹码。天堂岛股票是我亲手操盘，我从没发现有大规模建仓的迹象。老晃怎么会掌握那么多股票呢？他的嫌疑也不大。

问题渐渐明朗了，做这件事情，必须有一个前提：在我接手操盘之前，那人已经囤积了大量天堂岛股票。

谁能做到这一点呢？慕越峰！我那位粗鲁直率的老乡，他的嫌疑最大。上市公司有许多内部职工股，以发行价分配给管理人员与工人。持股达到一定期限，就可以上市流通。慕越峰会不会掌握了这批股票，为自己谋利呢？还有一种可能：慕越峰可以让手下人，比如证券部经理田大勇，在低价位买入大批股票。然后，他命令我把天堂岛炒到50元高价，乘机出货。他用小黑箱送钱给我，又催又逼，难道仅为增发新股吗？恐怕还有更多猫腻吧？

老慕啊老慕，你把我耍得好苦！现在，你已经被双规，这一层秘密还想保守住吗？我且拭目以待。

沿着这个思路想下去，蔡阿姨殷切的笑脸浮现在我眼前。我一拍额头，失声叫道：这女人嫌疑更大！

蔡经理搞了那么多特殊账户，怎么知道她就没有为自己搞一个？那可能是最大的特殊账户，设在其他证券公司里（如碧海市的恒泰证券公司）。早在我操盘之前，她已经悄悄地买入大批天堂岛股票。她直接控制我，知道我操盘的一举一动，作案条件得天独厚。她从四面八方筹集资金，让我创造奇迹，不正可以在最高价位把股票统统倒给我吗？难怪，她不惜冒天大的风险，挪用客户的国债、保证金，这都是为了保证自己那巨大的老鼠仓获利呀！

还有眼镜蛇阿钟。他可能从老晃那里得知天堂岛股票的坐庄秘密，提前买进，然后在碧海市大量卖出。成交排行榜能证明这一点，他也是重要嫌疑人……

我想得脑子疼。越想嫌疑人越多，又不能确定究竟是谁。问题似乎清楚了，又似乎更加模糊。我仿佛陷入一个迷阵，转来转去就是找不到出路！

我终于坚持不住，沉沉睡去。睡梦中，诸多人物的脸庞不停出现，走马灯似的换来换去：车光、老晃、慕越峰、蔡经理、眼镜蛇阿钟，甚至还有我哥哥辛遥……

猴子把我摇醒，天已经半头晌了，太阳照得满屋子明晃晃。

猴子说：你带着一箱子钱满世界跑，早晚会出事。钱保不住，弄不好把脑袋也搭上！

我揉揉眼睛，坐起来：你说得有道理，咱们想想办法吧。

我们决定暂不离开旅店。我和猴子脸对脸坐着，苦苦思索如何解决钱的问题。作为一个准逃犯，我不敢利用银行系统。银行卡之类的东西，很容易使我暴露身份。再说，我这一路离不开现金，即便到了缅甸、泰国，也要用人民币开路。所以钱必须随身带，但不能放在小黑箱里。怎么办呢？

这家旅店也不太地道。在餐厅吃饭时，我紧紧抱着小黑箱。环顾四周，人人可疑。老板娘风情万种，媚眼频频，却都抛向我怀中的箱子。她老公是个独眼龙，长得高大威猛，时时从厨房窜出，手提一把剔骨尖刀，附在老板娘耳边嘀咕着什么……餐厅光线阴暗，地面脏乱，使我联想起梁山水泊卖人肉包子的野店。

屋角落又有几个东北大汉，一边喝酒，一边高谈阔论，谈的是关内关外强盗之差别。据他们分析：关内强盗是抢完了东西杀人，总还有个目的；而关外强盗则是先杀人再抢东西——即便杀人后发现没什么东西好抢！我听得毛骨悚然，疑心这番宏论是针对我而发……

猴子的聪明得到淋漓尽致的发挥。走出餐厅，他一拍脑袋，想出一条妙计：何不定制一套特殊服装，把钱藏在身上？

抓住这一灵感，我们回到房间里精心设计。画了无数图纸，最终确定特制服装的样式：它是一件背心，用牛仔布缝制；内侧全是口袋，一个挨一个，布满前胸后背。哈哈，将钞票一沓一沓塞入这些口袋，它甚至能当防弹背心用！

我们迅速找到一家裁缝铺。老裁缝看过图纸后，惊得双眼在老花镜片后面直翻。我甩下一笔可观的工钱，令他当天交货！

钱给足了好办事。吃过晚饭，再去裁缝铺遛遛，我就拿到了理想中的钞票马甲。这可能是我一生中最喜爱的服装，它给我带来安全感。往身上一穿，塞入一沓沓钞票，仿佛披上一件盔甲。我站在镜子跟前，左顾右盼，觉得自己就像一个武士。

我说：这下好了。猴子呀，我走遍天涯海角也不用害怕了。

猴子摇摇头：还得下功夫。你最好把那套行头换换，搞一套民工服装穿上，小偷强盗谁也不会注意你了。

我言听计从：行，就按你说的办。

猴子马上出门，在一小摊上找到两个正在喝馄饨的民工。他挑出与我身材相仿的一位，以足以购买两套新衣服的价格，将他身上的一套军绿色衣裤买了下来。这样的交易当然好做，前后不到半个小时，猴子就捧着那套破烂回到旅馆。

尽管有些恶心，我还是试着穿上带有民工余温的旧衣裳。咦，竟然挺合身，就像专为我定做的似的。

这一夜我很兴奋，总也睡不着。猴子本来就是夜猫子，陪着我叽叽咕咕说了半宿话。

我心存感激地反复对他说：猴子呀，想不到你这么仗义，等我逃过这一劫，一定好好地报答你！

猴子激动得浑身颤抖，却装作不以为然：区区小事，何足挂齿？

突然，一阵敲门声擂鼓似的响起。我俩惊得一个鲤鱼打挺坐起，从床上跳下来。猴子打开房门，几个身穿警服的公安人员拥了进来。

我的脑袋轰地一响，完了，他们是来抓我！

把身份证拿出来。一位年长的警官平静地说。

猴子急忙把自己的身份证递给他，警官仔细查看一番，又回头转向我。

我的脑子一片空白。猴子像是提醒我，故意对警官说：你们半夜来查房，是例行公事呢，还是发生了什么大案？

旁边一位高个子警察皱起眉头：你打听那么多干吗，不该问的别问。

猴子扮个鬼脸，又推推我：哥，快把你的护照拿出来，让公安局同志们检查过了，好去忙其他工作。

我这才醒过神来，知道这些警察不是冲着我来的。我拿出一本缅甸护照，递给警官。老警察好厉害，眼睛像鹰一样，闪出犀利的光亮。我心里直发毛，不知道老晃给的这本护照能否经过考验。

年长的警官在屋里走动。既不说话，也不把护照还给我。他那老辣的眼睛，搜索着房间的每一个角落。显然，他心存怀疑，又不能在证件上找出纰漏。所以，他要寻找新的突破口。

他拿起搭在椅背上的新马甲，把一个个口袋翻出来，意味深长地瞥我一眼，又把马甲丢到我面前。

你能解释一下吗？这件背心，为什么缝那么多口袋？

我傻了。真没想到这件杰作成了突破口，我一时又难以做出解释。

这时，猴子把我的小黑箱捧出来，当着警察的面打开箱盖。一箱钞票显露在大家眼前。

他倒有招，干脆实话实说：我们老板回国内做翡翠生意，少不得现金。你们这地方治安状况太差，提着这么一箱子钱，谁不提心吊胆？所以我给老板出主意，做一件藏钱的背心。这主意还挺高明吧？

猴子总算为我解了围。年长警官挑不出毛病，又问了几个问题，就把护照还给了我。

警察们终于离去。我虚脱一般倒在床上，惊魂难定。

口疮疼痛不止。我想，在今后的旅途中，还不知会发生什么事情呢……

四十九　生日无快乐

我总有一种负罪感。

为减轻心理压力，只有不住行善。我的善举在海岛县城引起震惊，并获得人们无尽的赞叹！然而我并不快乐，善行只能带来暂时的轻松，却终究无法拯救自己的灵魂。

我常常上山，找笑和尚谈天论地，试图用佛法净化心灵。笑和尚绕来绕去，总把话题绕到"苦海无边，回头是岸"这句老话上。

我听得有些腻歪，一再重申：我已经回头，并且已经上岸，为什么心里还是不得宁静呢？

　　笑和尚笑而不语，微微摇头。

　　真的回头了吗？临别时，他总是这样问一句，目光里充满劝诫意味。

　　小鸥也觉察到我的心思。我一再推迟婚期，使她不满情绪越来越强烈。原先计划五一结婚，家具都买好了，我却拖着，坚持六月一号结婚……

　　小鸥不解地问：干吗呀？非要赶在六一儿童节办喜事？

　　我说：与儿童节没关系，最近我身体不舒服，想缓一缓再说……

　　小鸥正色道：你有事瞒着我，不讲清楚，咱俩就永远别结婚了！

　　怎么对小鸥说呢？又怎么说得清楚呢？近来我频频出岛，又不告诉她缘由，小鸥对我的怀疑越来越深。我正对眼镜蛇阿钟展开调查，这是我对弟弟做出的许诺。我能告诉小鸥吗？她能理解吗？

　　然而作为未婚妻，小鸥有权要我对一些事情做出解释。她步步紧逼，甚至动用母亲这张王牌。

　　农历四月十六日，是我们双胞胎兄弟的生日。按我的意思，真不想过这生日了。想到亡命天涯的弟弟，我哪有心情搞庆祝呢？小鸥却坚持要为我庆祝，并与我妈结成统一战线，得到她老人家的支持。这天，她向学校请假，早早回家做了一桌子菜。

　　我估计，这未过门的媳妇一边炒菜，一边将满腹疑窦透露给了未来的婆婆。我下课回家，就看见老妈坐在灶前抹眼泪，气氛有点儿僵。

　　吃饭的时候，小鸥缠着母亲讲我们双胞胎兄弟儿时的故事。她旁敲侧击，眼睛瞅着我，问妈妈道：双胞胎长大了，性格变化是不是特别大？我怎么觉得辛远变了一个人似的，我都有些不认识他了呢？

我说：胡扯，双胞胎又不是怪物，能变哪去？

小鸥就把矛头直接指向了我：你对爱情的态度，就有一个一百八十度的大转弯。过去你总那么猴急，或者说感情热烈。现在呢，倒有些绅士风度了，却变得冷冰冰的。这还是不是我原先所爱的辛远？我真有些拿不准了……

她又转身对母亲说：当妈的最了解儿子，不是吗？大婶，你就为我做个证明吧，他是不是原来那个辛远？

母亲的脸色十分难看。她平日里从不喝酒，现在猛地将一杯白酒灌入口中。我火了：小鸥你干吗？找事吗？今天你是来庆祝我的生日，还是有意整治我？

小鸥有备而来，不慌不忙地说：你别瞪眼，当着妈的面咱把话说说清楚。结婚的日子，你一推再推，究竟是什么意思？你整天心事重重，魂都不知丢在哪里了。即使结了婚，也和我同床异梦，这样有啥意思？我们还算得上一对恋人吗？你不能给我一个满意的答复，咱俩的关系就到此结束！

这一军把我将住了。我无法把事实真相告诉她，也就无从回答她的问题。

母亲忽然开口道：是时候了，你应该让小鸥知道，她认识的那个辛远在哪里。有些事情，你不能瞒一辈子，不管你心里有啥想法，早晚要让别人知道……

别说了！你们别逼我！我大声喊道。我的反应如此激烈，竟把手中的酒杯摔在了地上。

小鸥惊恐地跳起来，又慢慢坐下。母亲面无表情，深陷的眼窝却似射出一道冷光，直刺我的心窝。

这一刻太关键了！我生怕母亲揭穿谜底。小鸥毕竟是外人，她若知道我们双胞胎兄弟互换角色，将会产生什么后果？不行，这秘密绝对不能有第三个人知道。否则，我将无法在海岛立足。

要化解眼下的危机，就必须给小鸥一个回答，一个合情合理的答案。

我艰难地开口：哥哥出事了。他正在逃往国外……我很难受。

母亲触电似的一震：什么？他出了什么事？

我满脸痛苦的表情，说：他受了冤枉，又洗刷不清，只有一逃了之。我最后一次和他通电话，警察正在抓他……我怕你们着急，就一直把这事瞒着。小鸥，你知道，我和我哥简直就是一个人。他遭难，我心里有多难受，压力有多大？我哪有心思结婚啊！

小鸥受到震动，喃喃道：原来是这样……

母亲干瘦的身体如同树叶战栗不止。她离开桌子走向自己房间。我想，这一打击足以把老人摧垮。

生日宴会结束。小鸥走后，我抱着酒瓶独自在院子里狂饮。我想念弟弟辛远，想得心碎。五月槐花，香气四溢。云朵飘移，月光忽明忽灭。海风吹来渔家临舍阵阵笛声。这一切构成优美、惆怅的氛围，使我潸然泪下……

弟弟此刻身在何方？他能不能摆脱险境，顺利出国？这一路上他要吃多少苦、受多少罪？无穷无尽的问题折磨着我，内疚与负罪感时时涌上心头。

一个显而易见的结论摆在我面前：若不与弟弟搞什么换位游戏，

现在逃亡的就是我，而弟弟与小鸥结婚生子，顺理成章地过着平凡而幸福的日子。但是，这能怪我吗？当初谁能料到这样的结局？再往深处追究，这也是个人的选择。弟弟渴望大海的风浪，就与我期盼平稳上岸一样。只要命运给我们机会，我们必然选择自己喜欢的礼物。

我们双胞胎兄弟换位的故事，多了一些戏剧性，其实生活的本质，不就包含在人们一次次的选择之中吗？

你，去找你的弟弟，一定要把他找回来！不知何时，母亲站在我身后，以严厉的语调，打断我的思辨。

我一回头，看见她那张因愤怒与绝望而被扭曲了的脸。

我试图宽慰她：妈，辛远不会有事的。我的朋友已经为他做好了安排，他出了国照样有工作，照样赚大钱。你就放心吧……

母亲使劲摇头：我不听你这套鬼话，你把辛远害了！你要是还有一点良心，就把弟弟找回来！

母亲很固执。在她心目中，我是整个事件的罪魁祸首。我若向她说明是弟弟主动要求充当孤独鹰的角色，她一准不会相信。

不知为什么，从小妈就偏向弟弟。无论我表现多么出色，她都不太喜欢我。想起刚才当着小鸥的面，她差点儿揭穿我和辛远的秘密，我的怒气就升腾起来。不将老太太拍制住，早晚会惹出大麻烦！

我冷冷地说：妈，我可以去找弟弟，但他不一定肯回来。而且我要告诉你，我一走，也不会再回头！你愿意失去一个儿子？还是愿意失去两个儿子？

作孽呀……你这是逼我，你在逼我！

是的，我是在逼你。我和辛远的事情，你要是说给别人听了，比方小鸥吧，我马上就走。我不会回来，弟弟也不会回来——你知道他一向听我的。你把我们的秘密揭穿了，我们肯定有麻烦，可能还要坐大牢。妈，嘴不严，你就会丢掉一对双胞胎儿子。我不开玩笑！

母亲坐在石凳上抽泣：作孽呀，我没法说话了……你可真像你爹！

我回到房间躺下。我也可怜母亲，但绝不能让她坏了大事。

五十　中巴遇劫

我们已经来到云南境内。

我情绪低落，一天比一天沮丧。别说孤独鹰，我整个儿像一只脱光了毛的小公鸡。口疮虽然痊愈了，我又开始拉肚子，拉得面黄肌瘦。我的头发长了，胡子长了，买来的民工行头又脏又破。挤在中巴上，与当地农民没什么两样。不会有人正眼看我，小偷强盗再也不会打我主意。这样虽说安全，可人靠衣装马仗鞍，我的精气神儿一点一点地被消磨殆尽。

我裤袋里装着一份证券报，那是我在昆明街头报摊上买的。上面刊登一则消息，我一读完，立即打消在这美丽春城逗留几天的计划，拖着猴子急急忙忙赶路，奔向边境小城瑞丽。

不必多说，这消息正是报道天堂岛股票欺诈案调查的最新进展的。操盘手辛遥，也就是我，被公开点名。事情真闹大了！

这案子由几个部分组成：上市公司老总慕越峰虚报利润，转移募股资金；蓝天证券公司湖南路营业部经理蔡志华，挪用客户存放的国债、保证金，因炒股巨额亏损，导致银行大量贷款无法收回；而我，孤独鹰辛遥，则涉嫌与外人勾结，高位接货，造成高达四亿元的国有资产流失，现已畏罪潜逃……案中套案，案情一个比一个严重，堪称股市之最！

我读着，拿报纸的手不住颤抖。

完了，弄不好真得掉脑袋了。四亿，这是什么概念？我做梦也没敢想这样的天文数字啊！我越发糊涂：怎么会卷入这么一个大案？我真这么干了吗？我和谁联手？别人为什么冤枉我？我被蒙在鼓里，什么事情也不知道。但我感觉到各种势力漩涡似的盘旋着，把我卷入无底深渊……

影子对手，他已经成为我的噩梦。一个无脸无面的怪物，紧紧扼住我的喉咙，使我窒息。我被魔住了。只有揭开他的真面目，使影子变成人，我才能得以解脱。必须行动，解开这个谜团！

我把报纸揉作一团，塞进裤袋。一阵冲动驱使着我，真想站起来，立即返回——是的，只有回去，像陶薇所说的那样，积极主动地配合调查，才能揪出影子对手！事情明摆着：我走了，此事成了无头案，谁也没法查清影子对手的存在。我替他顶罪名，背黑锅，实际上正是在掩护他，使他逍遥法外！

我坐在石凳上，几次努力都站不起来。我没有勇气，这样做要冒太大的风险。报纸把案情渲染得如此严重，我非常害怕。我怎么证明自己是清白的呢？万一找不到影子对手，我不成了唯一的主犯了吗？谁会相信我的关于影子对手的话？不行，不能意气用事。进了监狱，后悔也来不及了……

我又转念一想：管他呢，只要跑到缅甸，一切事情都与我无关了。什么影子对手，什么惊天大案，都离我远远的——我两眼一闭，什么都不知道！在一个陌生的国度，我掌控一家投资公司，继续炒股票，不是很惬意吗？我将重新开始，创一番属于自己的事业。

　　事不宜迟，马上离开这里。我和猴子起个大早，乘头班车上路。

　　现在，我们坐着破旧的中巴，在山路上盘旋。猴子和我低声聊天，打发漫长的时光。

　　这么说，你不是辛遥而是辛远，不是哥哥而是弟弟？这太有意思了！

　　谈谈你的感想，这故事很离奇吧？

　　离不离奇先甭说，闹了半天，我不是在侍候大名鼎鼎的孤独鹰，而是侍候一个普通中学教师，呵呵，比我也强不哪去……

　　怎么，觉得吃亏了？那你就回去吧，我不用你侍候了。

　　不不，我是觉得你冤，太冤了！……这样，我更得送你。

　　猴子对此话题津津乐道，逮住机会就反复讨论这件事情。出逃那夜，我与哥哥最后一次通电话，他坐在旁边听出了端倪。以后他问这问那，旁敲侧击，总想探出个究竟。我也不隐瞒。猴子那样讲义气，陪我行走天涯，瞒他干啥？于是，我索性把事实真相全告诉他。

　　你哥躲过一劫。要我说，你也真够倒霉的，好日子没过几天，就摊上事儿了。这也许是命吧？

　　你跟我哥日子不短了。你说说，他如果坐在原来的位置上，事情会不会闹到这么糟糕？

　　肯定不会。孤独鹰嘛，那本事大着呢！

你能看出我和他的差别吗？

外表倒看不出。你们两人长得太像，说话的声音、动作都一模一样。不过，我觉得你比你哥嫩，对，嫩多了！

怎么嫩呢？

心善一些，也软一些……

坐在我旁边的一位中年男子，侧耳倾听我们的对话，似乎很有兴趣。此刻，他忽然插话：这么说，嫩一些倒好。嫩好救，老了，就不好救了。

我吃惊地望着他。这人穿着一件黑色制服，皮肤白净，戴一副黄框眼镜，右边一条眼镜腿开裂了，还缠着胶布。他的话说得突兀，也好怪。这么一位山村教师模样的人，开口就谈救人，他有什么本事？

我疑惑地问：你说救，是救我吗？

就是救你。他肯定地点点头。

这事有点儿神。我们萍水相逢，素不相识，他怎么知道我正有难，需要搭救呢？莫非他会相面？

我虚心地低下头来，凑到那人眼镜跟前，说：求先生指教，我如何能得救？

他看着我，眼睛里满是真诚，眸子水晶一般闪亮。我的心动了一下。他开口说话，语调那么温柔：只要你愿意得救，就一定能得救。当然，你首先要熟悉一个名字，认识他，追随他……

他是谁？

耶稣。

猴子直拽我衣角，怕我上骗子的当。

我的身心被一种神秘感攫住，久久凝视那人明亮的眼睛。

我说：我愿意和你交朋友，也愿意听你谈耶稣！

他握住我的手：你会得救的。

暮色渐浓。车窗外，高山峻岭黑黝黝。中巴飞驰，颠得人从车座上跳起来。司机急着在天黑前赶完最后一段路程。

忽然，前面有人招手拦车，司机猛踩刹车，晃得乘客们前翻后仰。

三个小青年上车。他们不掏钱买票，却一人掏出一把明晃晃的刀子，喊道：打劫，打劫！

车厢内一片混乱。司机将车熄了火，吓得坐在驾驶座上，呆如木鸡。

我与猴子交换眼神，默默地掏出钱包。我们预先有准备，在钱包里放了不少钞票，以备不测。未承想，这会儿真用上了！

我身边那个中年男人站起来，扶扶裹着胶布的眼镜，挡在三个劫匪面前。

他以温和的口吻责备道：你们怎么又犯罪？把刀子收起来吧，耶稣会宽恕你们的！

一把尖刀抵在他胸前，试图逼他后退。但中年男人面无惧色，纹丝不动。

三个劫匪互相看看，为首的一个就说：谢牧师，你德高望重，伤了你，我们在地方上没法做人。可是，你也不能坏了我们的生意，还是按老规矩，请你下车吧！

另外两个人不由分说，推着搡着，把中年男人赶下中巴。他们回头冲司机吼：还不快开车？

中巴又开始疯跑。中年男人在后面追赶，一边挥舞双手，一边叫嚷着什么。汽车扬起大片沙尘，与夜色一起将他的身影吞噬……

劫匪们轻易得手。中巴驶入木通镇，他们才弃车而去。

我虽然损失了一个钱包，但塞满钞票的马甲仍然安全，也算万幸。

我扭头看看后车窗，想象着戴眼镜的中年男子在山路上苦苦行走……

五十一　谢牧师与十字架

木通镇是云南边陲一个小镇，名不见经传，地图上也找不到它的位置。小镇却挺繁华，马路两旁满是歌厅发廊，还有不少霓虹灯闪烁着红红绿绿的光亮。我和猴子沿街溜达，一边观景，一边盘算着明天的行动。这里离瑞丽很近，再坐半晌中巴，就可到达边境了。

猴子笑我：跑出国门你就得救了。可你，刚才还指望一个牧师救你呢！

我喃喃道：谁知道他是牧师？我还以为他有什么门路呢……

我们在一家名为"大上海"的旅店住下。服务员多是白族姑娘，土气却很漂亮。刚安顿下来，我就在走廊上碰见那位戴着断腿眼镜的牧师。说他风尘仆仆再恰当不过，头发、脸颊蒙着一层灰垢，老远朝着我笑，两排牙齿显得格外洁白。一路跑回来，真够他呛的！

谢牧师是来看望一位朋友的。他本人住在镇上一座小教堂里。木通镇居然有教堂？这使我感到惊讶。谢牧师告诉我，这还是当年法国传教士建的教堂，很有些历史。他建议我去参观一下，若在那里住宿也可以。

他那恳切的态度使我无法拒绝，我答应了。反正夜里闲着没事，看看当地的文物也无妨。猴子却不肯与我同行，一边嘲笑地与我拜拜，一边与白族女服务员打情骂俏。

应该说，我对任何宗教都无兴趣，基督教也不例外。但是这位中年牧师，身上却有一种说不清的东西打动我。他像默默奉献的山村教师，也像一位沦落乡间的老知识青年。我讲了对他的印象，他笑起来，说我的感觉很准确。他正是当年的老知青，"文革"期间从上海上山下乡来到这里。他也当过山村教师，后来考大学上了北京，在一所名校读法律专业。

我就越发好奇，问：那你怎么会信仰基督教呢？怎么又回到这穷乡僻壤当牧师呢？

他沉吟一阵，告诉我，爱情、名声、地位曾使他产生极大困惑，甚至患上心理疾病。一次偶然的机会，他参加朋友聚会，主耶稣拣选了他。谢牧师不想讲故事，跳过曲折的过程，只把最终结果放在我面前。

你瞧，我整个人从里到外变了，重得新生。我想过一种有意义的生活，又回到这里，向贫苦山民传福音，为他们做一些力所能及的事。信仰的选择，其实是生活方式的选择。我心中充满平安喜乐……

我们来到小教堂前。黑暗中我看不出这座教堂有何特别，只觉得它比我所见过的教堂更小、更破旧。但它神韵依然，庄严神圣，令我肃然起敬。

谢牧师直视我的眼睛：你和我当年一样，需要拯救。我在车上看见你，第一印象就是如此。你在一条危险的道路上行走，再不回头，就会在罪中越陷越深！

我的心灵受到震动，一股热流在胸间翻腾。谢牧师有某种不可抗拒的力量，说笑间就把他的信仰渗入我的头脑。但我的本能仍在抵抗，不肯顺服。

我问：罪？我有什么罪？

谢牧师温和地笑笑，说了一番令我永远铭记在心的话：人人都有罪。这罪，不是法律意义上的罪。在希伯来文中，罪的原意是偏离，就如一支射出的箭，偏离了靶心。人生目标原是纯正的，由于世界的种种诱惑，人们往往偏离正道，渐行渐远，做出许多不可思议的事情。就这个意义而言，谁没有罪呢？

刹那间，仿佛有一道闪电划过沉沉夜空，我眼前金光闪闪。我看见幼年的自己，赤身裸体在沙滩上奔跑，小脚丫撩起串串晶莹水花……这幅图景为我提供了思维支点，我愿意重新认识生活。

我马上说：我承认，我有罪。

谢牧师说：既认罪，就要悔改。回去，回到你的起点。基督教的一个核心思想，就是认罪悔改。

我嘴唇嗫嚅着说：可是，我还能回去吗？我想悔改，已经太迟了……

不迟，耶稣基督宽恕一切罪人，他以自己的血赎了世人的罪……你只要信，只要认罪悔改，从此就得新生！

谢牧师讲了许多基督教道理，我似懂非懂，并未完全接受。但我此刻产生了强烈的渴望：我要回去，重获新生！

谢牧师为我祷告，他那热切的、颤抖的声音使我热泪盈眶。我想：如果够资格，做一名基督徒真不错。最后，谢牧师送我一枚精致的木十字架，并亲手挂在我的脖颈上……

整整一夜，我没有回旅馆房间，也没有合眼。

我独自在街上漫步，转遍木通镇每一个角落。回顾几个月来的生活，我对谢牧师所说的罪，有了愈加深刻的体会。自从与哥哥互换角色，离开海岛中学，我就偏离了原来的生活轨道。这种偏离，带来的一连串的后果，是我始料不及的，也是无法抗拒的。我都做了些什么？在看似自然而然的过程中，我的行为，连自己也不敢正视……

小猫咪半夜钻入我的房间，我毫不客气地占有了她。我像野兽似的对待小美，现在回想这些事情，我感到无地自容。

钱马甲紧贴我的肉体，那一沓沓钞票变得石头一样沉重。慕越峰用这些钞票把我变为奴隶，我竟也心甘情愿。

人为贪欲所累，所捆绑，真的没错。蔡经理正是看准这一点，才把我玩弄于掌心之中。想起与她、与疯女若云的关系，我的脑袋立刻要炸开！我羞耻地蹲在地上，拼命撕扯自己的头发。赤裸裸的交易几乎主宰了我的生命，疯狂、变态的欲望，结出可怕的怪胎……

这一切难道不是罪吗？偏离与罪不可分割。离开了正道，必然滑入罪的深渊。

我想起小鸥。这么久了，我第一次真正想她。她代表我放弃的生活——清纯，质朴。我再也配不上她了。

哥哥是聪明的，他已看穿一切，才做出上岸的选择。现在，他与小鸥可能已经结婚了，未来的美好日子将永远属于哥哥。我后悔了，深深为自己做出的选择而后悔……

突然，我在心中做出一个决定：回去，投案自首！

既然偏离，必须纠正。投案自首、认罪悔改就是唯一的纠正办法。我把小黑箱交出去，把所有不义之财交出去，领受应得的惩罚。我要与陶薇面对面站着，直视她的眼睛，把所有事情讲清楚，而且每一句都是实话……

这是多么幸福的时刻！我洁净了，得到解脱，无忧无虑，浑身轻松。我什么也不怕了。只有这样，我才能回归过去的生活。

我跑什么？跑到哪里能有出路？即使在泰国，我也生活在罪中，照样苦恼，照样担惊受怕。既然是大案，国家会放过我吗？多少罪犯被引渡回国，我从媒体上见得还少吗？

回去，投案自首，影子对手必定现出原形。他一直潜伏在我的肉体中，肉体固有的肮脏污垢掩护了他。当我洗净自己，玻璃一般透明，他不就必然现出原形了吗？

但是我还缺乏足够的勇气，种种顾虑仍羁绊着我。万一，万一……

拂晓，我在十字路口久久徘徊。

五十二　试探

我沉睡着，犹如死人。我太需要睡眠了，持续的疲劳、紧张使我濒临崩溃边缘。现在我平稳地呼吸着，身体松弛，无限制地沉湎于黑甜梦乡。这可能是我有史以来睡得最好的一觉。

猴子几次叫我，都叫不醒，眼看日落西山，今天是走不成了。他无可奈何，干脆任我睡个够。同时，他也正好利用这段时间，办自己的事情。

我大睡一天一夜。直到第二天清晨，睡饱了，睡足了，我一骨碌爬起来，翻身下床。

猴子松了一口气：乖乖，你可真能睡！我还以为你病了，吓得够呛……

我想，我的脸色一定如朝霞般灿烂，眼睛也一定熠熠闪光。因为我的感觉很好。我平静地对猴子说：咱们不走了，在这儿住几天。

猴子十分惊讶：为什么？

我说：木通镇这地方不错，我想在此地养养精神。要走，也快，一天工夫就到了缅甸。你舍得咱俩这就分手吗？以后见面不容易了，还是多玩两天吧。

猴子有些迟疑：好是好，不过……只怕夜长梦多。

我不理会他的意见，独自离开旅馆。

我需要时间，好好整理一下思绪。宗教激情的冲击消退之后，我变得格外冷静。我清楚地意识到：我要再一次做出抉择，绝不能出错。这也许是我所能掌握的最后一次机会！必须把事情想清想透，前前后后都搞明白……

我在木通镇外一条清澈的小河边徘徊。当地人称这条河为"六姑娘"，名字很美，不知道蕴含着什么美丽传说。河边种着许多芭蕉树，长扇似的芭蕉叶为我投下大片阴凉。稍远一些，就是连绵群山，山体平地突兀拔起，陡峭而葱茏。我为自己找到这世外桃源而庆幸，能在这样漂亮的地方思索人生，真是福分。

我坐在芭蕉树下，又将证券报刊登的那则消息反反复复读了几遍。我希望在回去之前，能够初步确定影子对手的身份。如果能做到这一点，我将来面对陶薇，说话就有条有理，有根有据，使自己不至于太被动。

心静了，神志格外清醒。似乎出于本能，出于某种直觉，我一下子就抓住了老晃，紧紧地抓住！我要仔细琢磨这个神秘人物，把思维的光圈聚焦在他身上。至于慕总、蔡经理、车光等人，我先把他们的名字删去，以便集中注意力。

我面对的第一个问题是：当时为什么要逃走？

我不听陶薇劝告，不为自己辩解而选择仓皇出逃，是出于两个原因：其一，老晃打来电话，向我通报事情的严重性，并为我的逃亡路线做出周密安排。其二，便衣警察突然对我进行抓捕，情急之下，我就一路逃到这里。

我似乎是被人推着走，被逼着踏上逃亡之路的。当然，还有一个重要的诱因：老晃告诉我，他在泰国开了一家投资公司，缺乏经营的人才，正等着我去主持大局。这就使我心中存有幻想，认为前途光明灿烂。

无疑，老晃是促使我逃亡的关键人物。

再往深处想，老晃早就为我预备下了外国护照，充当我逃生的舢板。这不能不使我产生一个深刻印象：他似乎预先知道今天所发生的一切，一直在为我的出逃做准备。他为什么要这样做？他怎么会有先见之明？最关键的是：他为什么希望我逃跑？而且逃得越远越好？

答案只有一个：我一走，别人就安全了。我从人间蒸发，自然承担了所有的罪名；而天堂岛股票欺诈案的真正主谋，则巧妙地隐藏下来。

我回忆起与老晃下围棋时，他说过的一句名言：永远不要做别人的一颗弃子。如果我跨过国界，陷于不可自拔的困境，那我就真的成为一颗弃子了！

瞧，说老晃就是影子对手，不会太离谱吧？

可是我又迷惑，哥哥为什么一再为老晃打保票呢？难道他就没有发现老晃的可疑之处？哥哥这种态度，模糊了我的视线，使我难以对老晃产生怀疑。过去，他们曾有过合作，这些合作是什么性质的？哥哥和老晃究竟是什么关系？

我不敢往下想了⋯⋯

如果我回去，如果我真的投案自首，谁最害怕？无疑是影子对手。无论如何，我得试一试，看看我的回归会引起怎样的反响！

我向邮电局走去。我一分钟也不能等待，要尽快与哥哥通电话。邮电局处于小镇的丁字路口，我走进去，在一个单间小屋拨通哥哥的手机。

一瞬间，我忽然慌乱起来。当初搞换位游戏，可是由我提出的呀！是我主动要求下海，满怀雄心要闯荡一番。现在我怎么面对哥哥？说我后悔了吗？甚至，说我对整个事件有了疑心？我打这电话，是想对自己一向敬佩的哥哥进行试探吗？⋯⋯

我被这些闪念惊呆了，搞不清自己究竟要干什么！

我正想挂断电话，再思考一番，话筒里却传来了哥哥的声音：是你，弟弟？你现在在哪里？

我说：我在木通镇，小地方，说了你也不知道。我只要一抬腿，就可以到达缅甸。

哥哥好像松了一口气：这一路还算顺利吧？我天天上镇海寺烧香，求菩萨保佑你，看来香钱没白费。不过，你为什么不马上抬抬腿，去缅甸呢？你忘记夜长梦多这句老话了吗？

我得绕着弯子说出自己的想法：哥，我认识一个牧师，几句话使我开了窍。我打算留下来受洗，做一名基督徒……你觉得怎么样？

他有些意外，停顿一下道：好哇，有信仰总是件好事。可是你别停下来，多留在境内一天，就多一分危险。你到缅甸、到泰国，哪里不能受洗入教呢？还是走为上策。

我说：有信仰，行为就要改变。我不想再像以前那样生活了，我要从罪中解脱出来……总之一句话，我要认罪悔改，清清白白做人！

你打算怎么悔改？

我平静地说：我要回来，投案自首。

什么？回来？投案自首？哥哥在话筒那边叫起来，他反应的激烈程度远超过我的想象，绝对不行，你这是在拿生命开玩笑！

怎么了？哥哥，你的声音太响，震我耳朵。你急什么呀？我诧异地问。

辛远，你还不知道事情的严重性吗？你已经卷入震惊全国证券界的大案，搞不好要掉脑袋的！

哥你听我说，我已经把事情分析清楚了，有人制造了一个大阴谋，我是阴谋的牺牲品。只有回来，我才能揭穿阴谋，还自己清白……

别说了，你的脑子出了问题！你真急死我了……哥哥捶胸顿足，似乎要骂我一顿。

忽然就沉默了。我不说话，哥哥也不说话。我们兄弟俩拿着话筒久久伫立。

哥哥叹息一声：唉，辛远……这样吧，你不走也可以，但也别回来。你就在那什么木通镇待着，我马上赶来和你碰头。

我说：那太好了。我们应该见面了。

走出邮电局，我心里沉甸甸的。哥哥出动了，在这最后一刻，他终于出动了。

我想，无论如何，要等见过哥哥再下结论。我们双胞胎兄弟心有灵犀，只要眼睛对着眼睛，什么事情就都一清二楚了。

五十三　是谁搬走了金山？

我走进课堂，学生们正上晚自习，静悄悄地伏在桌前温习功课。我带的这个班纪律特别好，要离开他们，心中真有些恋恋不舍。

我已经向宫校长请了假，明天一早出岛。我准备到碧海市乘飞机，飞赴云南。我隐隐约约有一种预感：此一去不知何日归来，我的田园诗一般的教师生活，也许从此结束了。所以，当我站在讲台前环视教室，当我在课桌间缓缓走动，当我耐心地向学生解释某一个词组，总有一种伤感情绪在胸间弥漫。我觉得每一分每一秒都是那样的珍贵……

下了晚自习，我在楼梯口遇到小鸥，就把自己要去南方的事情告诉了她。

小鸥吃惊地扬起眉毛：你要见哥哥？他在南方？

我不得不硬着头皮撒谎：哥哥遭遇车祸。他乘坐的中巴冲出公路，跌落在一条大河里。他现在躺在当地一家医院，生命垂危……

不等我说完，小鸥双眼就浸满泪水，连声道：你去吧，快去救他！

我一再叮嘱她：这事不能让任何人知道，传出去，别人就可能抓到他了！搞不好，我也会有牵连。

小鸥点点头：放心吧，我有数。

我不知道为何编出这样一条理由，而且细节描绘如此逼真。如果弟弟真的遇到车祸，我所说的一切，可就成了诅咒。

我不得不承认，弟弟突然要回来，对我而言不啻为晴天霹雳！我有难言的苦衷。事情发展到这个地步，弟弟他不能回来，无论如何不能回来！从这个意义上说，我倒希望那个诅咒变为现实。

傍晚接到弟弟的电话，最后一班出岛的客轮已经起航，我不得不等到明天清晨动身。说我是一只热锅上的蚂蚁，绝对不过分。我的心火烧火燎，一刻也不得安宁。这怎么可能？弟弟在一个边关小镇接受了基督教，忽然要回来了。简直是开国际玩笑！这一回马枪，杀乱了我全盘计划，无法预料，无法提防，干脆就让人束手无策！

现在唯一的办法，就是我能说服辛远，让他顺顺当当出国。真的，他只要抬抬腿跨出国门，一切危机全都化解了。天下太平，皆大欢喜。我恨不得跪下来求他：老弟，请你高抬贵腿！你要知道迈出这一步对我，对你，对许多大人物有着何等重要的意义！

学生陆续走出校门，喧闹声渐渐平息。校园重归静谧，白杨树叶哗哗作响，取代了学生们的欢声笑语，成为夜幕中最动人的声音。

我在操场散步，尽量晚一些回家。不仅仅是留恋，我需要认真思索。另外，我害怕母亲的眼睛，虽然她是瞎子，但她能看清一切事物。等她睡着了，我再回去。明天清晨就走，我们不必打照面。

有一点我问心无愧，这次去，我是去拯救弟弟，真的！辛远不知道事情的严重性，他不赶快出国，有人会取他性命！

老晃那边怎么办？总不能对他封锁消息吧？再说，他可不是吃素的，任何事态变化，都在他掌握之中。

我犹豫再三，最终掏出手机，拨通他的号码。老晃夜里精神十足，声音听起来十分洪亮。

是你吗？我估计你也该来电话了。怎么样？有最新消息吗？

有，可不是好消息。

好消息坏消息我都要听，说吧。

他不走了，在木通镇停留了下来。我停顿一下，寻找合适的字眼，有一个牧师影响了他，拉他入教，真是莫名其妙的事情……

老晃打断我的话，声音冷冰冰：问题没那么简单。他也许闻出了什么味道，想走回头路吧？

是的，他想回来。我又急忙补充道：他太天真了，受了别人影响，就胡思乱想……我明天一早飞云南，好好和他谈一谈，他会走的。这事不太难办，他一向听我的话。

你太乐观了。老晃的声音愈加冰冷，透出一股杀气，这事，你别管了，我亲自来办。

不，不！我几乎尖叫起来，心中充满恐惧，你只要给我一天时间，我保证把他搞定！

他回来，是绝对不能容忍的。你难道不懂规矩吗？不必多说了！老晃以他惯有的方式，冷酷地挂断电话。

我仍对着手机喊：可他是……他是我的弟弟呀！……

我呆立在操场上，几乎拿不住手机。问题的严重性超出我的想象，老晃如此决绝，毫无商量余地，竟不让我插手弟弟的事情。他说他亲自办，这意味着什么？再明白不过了，他可是个心狠手辣的家伙！

我要救弟弟的性命，唯一的办法就是抢先赶到木通镇，劝他赶快出境。可是，深更半夜，我又怎么出岛呢？

我左耳旁当地一响，跳出一撮火苗。

我一惊，问：谁？干什么？

哈哈，我给你送来光明！邓铭深鬼一样附在我身后，声音嘶哑地笑道。

这种时候我可没心思与一个疯子纠缠。我转身欲走，却被他一把拉住。

我厉声喝道：放开！想逼我动手吗？

动手，对，咱们一块儿动手！他又打燃火机，双眼冒出狂热的火星。还记得我说过的话吗？放一把大火，照亮整个宇宙！是时候了，今晚就动手……

邓铭深已经达到癫狂的顶峰。我不知他为什么非要拖着我。我用力推倒他，往学校大门跑去。但他躺在地上，用一句话止住我的脚步：是谁搬走了一座金山？要我说出来吗？

我回到他身边，蹲下：说吧，你知道什么？

邓铭深坐起来，神秘兮兮地说：有一个声音告诉我，你与一笔巨款的失窃有关。这声音一直在我脑子里响，我知道是谁在说话——上帝！但我不想管你闲事，只要你给我足够的钱……

这家伙分明又来敲诈我！他到底是真疯还是假疯？他究竟知不知道我的秘密？怎么会冒出这么一个东西，死死地纠缠着我呢？

我觉得自己快要发疯了，热血猛往脑门上冲。我一把掐住他的脖子，使劲掐！持久的、沉重的内心压力瞬间爆发，转化为难以扼制的杀人欲望。

历史老师邓铭深在操场上挣扎。他喉咙里发出咕噜咕噜的声音，好像自来水管子将要断水。他颤颤巍巍地向我伸出三根手指，仿佛要在生命最后一刻，告诉我什么秘密。

我不由得一松手，听到他喘息地说：三,三万……你只要给我三,三万！

我泄气了。这疯子看透我没勇气杀他。

邓铭深喘息一会儿爬起来，拍拍身上的尘土，无声无息地消失在黑暗中。

我却沮丧地坐在操场上，许久许久。我无法控制整个事态的发展，就像我无法制伏这个疯子。而且，邓铭深究竟是不是疯子？到底是他疯还是我疯？这些问题，我都无法回答。

当我准备走出校门时，邓铭深总算给了我一个答复。他把学校食堂旁边的草垛点着了，熊熊大火映红半边天空！

我随值班老师一同去救火，看见邓铭深站在食堂屋顶上仰天狂笑。不一会儿，救火车开来，医院救护车也尾随而至。火很快扑灭了，邓铭深则被塞入了救护车。

他真是疯子。

五十四　重逢小美

　　亚热带的气候就是奇特，下起雨来无穷无尽，好像天上的水库打开了闸门。空气永远是湿漉漉的，有些黏稠。我深深呼吸，仿佛有汁液进入身体内部，可能是琼浆玉液吧。

　　清晨，白雾从深山老林溢出，贴着地面在木通镇游荡。我喜欢在雾中穿行，使自己变得若隐若现。木通镇主要街道呈丁字形，走到尽头往右一拐，就是那座古老的小教堂。

　　我还想找谢牧师聊聊。哥哥就要来了，他肯定会力劝我出国。我内心非常不安。他一向对我很有影响力，我想抓住某种东西，抵御他的影响。我渴望听到谢牧师温柔的声音，它像春雨一样滋润我的心田。

　　今天恰逢礼拜日，许多教徒来聚会，谢牧师很忙。我随众人进入教堂，唱诗、祷告、听谢牧师布道。肃穆、圣洁的气氛攫住我的心灵，我感到自己再一次被净化。更使我感动，并且暗暗惊讶的，是周围的基督徒。他们大多是当地农民，皮肤黝黑，衣服破旧，身上烙着贫穷的印记。但他们眼睛里闪烁着平安喜乐的光芒，精神饱足，显示出超越一般人的优势。

　　我那件特制马甲鼓鼓囊囊地塞满钞票，在他们面前，我却自惭形秽……

　　讲坛一侧，伫立着规模小小的唱诗班。这是一群年轻姑娘，身着绚丽的少数民族服装，十分漂亮。我想，教会也许没有统一服装，索性让唱诗班保留地方特色。赞美诗也用苗家歌谣的曲调谱成，听起来像是少数民族文艺会演。

其中一位姑娘，我越看越眼熟，几乎不敢相信这是事实：她竟是小美，从我鹰巢逃跑的小美！

她怎么会在这里？哦，我想起来了，她曾给我提起过木通镇，说她有个姐姐嫁在这里。太巧了，在遥远的陌生地方遇到熟人，真让我有些激动！

礼拜结束，我在唱诗班找到小美。她也喜出望外，拉着我的手去她姐姐开的饭店。一路上她反复念叨：真没想到能在这儿见到你。什么时候来的？你是来找我吗？真没想到哇……

我问：你也是基督徒吗？

哪里，我只是来帮忙。几个小姐妹见我歌唱得好，就拉我去唱诗班一块儿唱。我呢，也就稀里糊涂地来了。反正我也喜欢唱歌！

小美在她姐姐的酒店当一半家。在她的指挥下，厨师很快烧出一桌菜肴。我们在雅间坐定，举杯庆祝这次重逢。

我按捺不住好奇心，就问小美当初为何不辞而别？是什么事情刺激了她？

小美沉吟一会儿，告诉我，她听见我与老晃通电话，关系好像很密切。过一会儿，我又匆匆赶往老晃办公室，她心里就发慌。那时她处境危险，对我也不得不防……

我有些奇怪：你为什么那样怕老晃？

小美叹息道：你不知道，那些毒贩子的总后台就是晃爷！

我问：你能肯定吗？

小美说：他表面上是个正经生意人，实际上就是黑社会老大！我在GOGO俱乐部混过一段日子，知道内情。他手下那些心腹，经常找我玩，也经常欺负我。他们吹牛说老板如何如何了得，我就听说晃爷不少事情……我知道，就是他要我的命！

小美又讲了许多耸人听闻的故事，使我确信表面上文质彬彬的老晃，其实是个凶恶的不法之徒！

我真有些后怕，当时我把小美的下落告诉老晃，险些害了她。那些日子，GOGO俱乐部的保安头子，我称之为"棺材板"的家伙，就领人守候在我们证券公司附近。幸亏小美机警，及时逃出了他们的魔掌。我真糊涂啊！

小美，我有许多地方对不起你。我喝了这杯酒，向你赔罪。我嗓子有点儿哽咽，将满满一杯白酒灌入喉咙。

小美眼睛闪动着泪光：你心善，别看你也做过坏事，其实你是个好人……

我又把话题转回来：我和老晃有纠葛，想多了解一点情况。你能不能把GOGO俱乐部的内幕，再透露一些给我？

小美说：那俱乐部，就是老晃的独立王国，里面黑着呢！贩毒、赌博、逼良为娼……他们什么都干。当初，我只是一名服务员，他们就强迫我做那种事情。还记得吗？上次和你打架的那个大个子保安？他其实是老晃的主要打手（那些保安都是打手），做尽了坏事。他强奸我，打我；我怕他，只好出台……我们那里边许多小姐，都是这样走上邪路的！

我愤愤地问：就没有人报警吗？你们为什么不……

小美一脸无奈神情：我们不敢。当然，也想多挣一些钱……你知道，GOGO俱乐部组织严密，凡是在里面做事的，第一条就是口子必须紧！否则，会惹大祸的。那些保安不仅是打手，还都是特务，整天盯着我们，谁也不敢乱说话。老晃好像一只毒蜘蛛，俱乐部就是他编织的蜘蛛网。这张网好大好大，连我们木通镇也是他的一个据点……

我惊问：老晃还到木通镇来？

不，他本人不来，派手下来的。木通镇靠近缅甸边境，许多人做毒品生意，老晃就把这里当作据点。那些人我认识，看见了他们好几回。我整天提心吊胆，幸亏这身打扮，他们认不出我来。

我又问：那么，老晃既然做黑道生意，为什么又热衷于炒股票呢？

小美摇头：这我不知道，我不懂股票……

她又劝告我：千万别去惹他！老晃那种人，你隔他远远的，越远越好。因为你斗不过他，玩不过他，只好躲开。

我说：可惜，我躲不开他，只有和他斗一斗了！

小美从我眼神里看见危险的阴影，十分恐慌。

与小美分手，我一直在琢磨老晃炒股的事。回到旅馆，发现猴子与两个当地人在房间里谈话。他们好像在商量什么事情，有点儿鬼鬼祟祟。看见我回来，两人立即告辞离去。

我问猴子：这是些什么人？你在木通镇交了不少朋友啊？

猴子嬉皮笑脸：没错，我要在这里扎根了。白族姑娘真漂亮，把你送走，我打算在木通镇找家好人家，当倒插门女婿……

夜里，我又失眠了。老晃、GOGO俱乐部、天堂岛股票、毒品……乱七八糟地在我脑际缠绕，搅得我痛苦不堪。

蓦地，我眼前蹦出俩字：洗钱！我明白了，老晃是通过炒股，把他从黑道挣来的钱（比如贩毒）洗白。

272

现在，老晃的面目在我心中越来越清晰。我坚信老晃是天堂岛股票欺诈案的主谋，他策划了整个事件。回想起那天晚上我出逃，两个便衣究竟是不是警察？很可怀疑。我甚至想：也许那不过是GOGO俱乐部的两个保安，老晃利用他们把我吓跑吧？

我的心情很沉重。认清老晃真面目，并没有给我带来欣慰。因为哥哥的音容笑貌，老是浮现在我的眼前。他与老晃长期合作，并留下许多疑点（车光就曾举报过他），当然也不干净。这就是说，哥哥一直是老晃洗钱的帮手。他在这个案子中扮演什么角色呢？他怎么对待我，把我放在什么位置上呢？我不愿意想下去，也不敢想下去……

哥哥明天早晨就会赶到木通镇。一切事情，都要等到见面才有分晓。我必须耐心等待。

又有一件怪事发生。

已是午夜时分，猴子蹑手蹑脚来到我的跟前。他伏下身子，倾听我的呼吸，观察我是否睡熟。他想干什么？我尽量均匀呼吸，好像睡得很熟。猴子放心了，悄悄溜出房间，又把房门无声无息地带上……

我惊异地坐起，反复猜测，猴子在捣什么鬼？

这一夜，猴子没回来。

五十五　扑朔迷离

我的行程又一次被推迟。

清晨，我登上飞龙号渡轮。如果不是机房发生故障，轮船正点起航，我可以赶上中午那班唯一飞往云南的航班。当然，故障很快被排除，但这一点点耽搁，却使我遇见一位意想不到的客人。我走不了了，被滞留于岛上。

小鸥喊我。她领着海岛派出所张所长，在旅客拥挤的甲板上找到了我。张所长客气地与我握手，一再说：对不起，耽误你的事了。

我问：怎么了？

他说：辛老师，有一桩要紧的案子，需要你配合我们做调查。

我心头一紧，表面上十分从容：好吧，那我坐下一班船走。

我跟着张所长走下舷梯，一个熟悉的身影跳入眼帘：陶薇！

她站立在码头上，海风吹乱她的短发，老远就朝我微笑。她怎么来了？她已经掌握了我的秘密？我几乎透不过气来，太阳穴突突直跳。不可能！这从逻辑上说不通。辛远既然在逃，谁能揭穿我的身份呢？

我沉住气，对她报以微笑——礼貌而陌生的微笑。我告诫自己：我不认识她，我们从未见过面。

张所长为我们做了介绍，并把辛遥的案子简单说了说。他要我向陶薇提供哥哥的情况，要真实，尽可能详细。

他指指身边一辆吉普车说：走吧，咱们一起去派出所，坐下来慢慢谈。

陶薇望着我，笑道：辛老师，我能提个要求吗？

我显得很腼腆：当然可以。需要什么，你，你只管说。

我希望到你家做客。欢迎不欢迎？她笑得天真烂漫，表现出一贯的风格。你也别有压力，咱们只是随便聊聊。

我说：当然欢迎。

我也没法不欢迎，尽管她实际上将了我一军。

张所长把我们送到家门口。小鸥有课，不便奉陪，又随派出所的车走了。我表现得特别缠绵，趴在车窗上叮嘱小鸥一定回来吃午饭。在陶薇眼里，我们是即将结婚的教师小夫妻。我希望加强这种印象。

我把陶薇领进院子，在老槐树树荫里坐下。

我最担心的人物出场了——母亲从屋里出来，坐在门槛上摇蒲扇。她不说话，两只深陷的眼睛正对我们，似乎能把所有的细节瞅得一清二楚。

我说：妈，来客人了。我们谈工作，要不，你回楼上去？

陶薇截住我的话头：大妈在这儿坐着没关系，有些事，我也想问问她老人家。

我与陶薇半年多没见面了。她还是老样子，一颦一笑令我心动。面对一个你曾经爱过的、最为熟悉的女人，却要装作陌路人一般，这戏实在难演。

陶薇注视着我，似乎也有心弦颤动的感觉。

我们沉默着，足有两分钟之久。这两分钟，是我生平最难熬的时间。我甚至怕她嗅到我的体味，从而辨别出我究竟是谁。

太像了，简直跟一个模子里刻出来的一样……陶薇终于说话了，她发出轻轻的叹息。

我开始放松，问道：哥哥有没有提起过我？

陶薇摇头：没有，从来没有。她沉思着，又补充道：我们曾经谈过恋爱，可他从不谈起家庭状况，没有提到他有一位双胞胎兄弟，也没有提起老母亲……可能因为总有一层隔膜，后来，我们分手了。

我真诚地说：可惜。我真为哥哥感到可惜……

更可惜的是，辛遥最终走上了犯罪的道路。我这次来，就是调查他的案子的。辛老师，你知道吗？你哥哥在坐庄炒作天堂岛股票时，与他人勾结，利用对敲手法，窃取，或者是诈骗国家巨额资金。经初步估算，这笔资金达四亿元之巨！

母亲的手战栗一下，蒲扇吧嗒跌在地上。

我激动地站起来，争辩道：不可能！我哥不可能干这种事情。有人陷害他，他是迫不得已，逃出去避避风头。

陶薇敏锐地扫我一眼：你怎么知道？你们之间有联系吗？

有。他隔几天就给我打电话。我毫不迟疑地说，昨天夜里，他还在电话中对我说，他的冤案一定会昭雪，事情真相总有一天会水落石出……

陶薇见我热血沸腾的样子，抿嘴一笑。她说：很好，欢迎你主动配合我们的调查工作。那么，你能不能告诉我，你哥现在身处何方？

我慢慢地坐下，语调变得平静：我当然愿意配合你。这是基于两个原因，首先，我懂得政策。面对如此重大的案情，我如果知情不报，就会负法律责任。其次，最为重要的是，我希望你们早日查清真相，还他清白，好让他尽快回国……

我这样绕弯子，陶薇有点失去耐心。她打断我话，问：回国？你是说，他不在国内？

是的。昨儿晚上，他是从缅甸打来的电话。

沉默。我与陶薇目光相视，久久对峙。我想，她现在肯定深感无奈。

好吧，咱们换个话题。你能不能告诉我，你哥在碧海市有没有证券界的朋友？具体说，他与恒泰证券公司有什么关系？

我连连摇头：这我就不知道了。我对股票一窍不通。对了，他曾在电话里对我说，陷害他的人就躲在恒泰证券公司。还让我帮他调查，可我只是一名普通教师，两眼一抹黑，上哪儿去查呀？

陶薇说：我就是从碧海市来的，那个恒泰证券公司我也去查过了。可惜，我们并没有发现一个明确目标。

我装作好奇：那是怎么回事？

陶薇倒也坦率：罪犯很狡猾，他开了多个账户，分散操作。开账户的身份证都是从农民手里买来的，难以查处。罪犯陆续从账户提取现金，或者往银行卡转账，几个月来，他总共取走了一亿两千万元资金……

我一拍大腿：这就更加证明罪犯不是我哥哥！你想，辛遥一直在操盘炒股，后来又被迫逃亡，他怎么可能同时来碧海市提取资金呢？

陶薇淡淡地说：那是，除非他会分身法……

说到"分身法"三个字，陶薇蓦地抬眼，目光似箭穿透我的心脏。

真厉害！我努力镇定自己，以免被对手一拳击到台下。我说：分身法是不可能的，世上哪有分身法？还是我哥说得对，有仇人陷害他，这人可能就在碧海市。请你们一定调查清楚！

母亲站起来，转身回里屋。她不想听了，她已经明白一切。

我不知道陶薇此行的真正目的。我也不知道她是否认出了我，故意旁敲侧击。一直到很晚，陶薇才告辞离去。

我送她时，她忽然变得很调皮，竟然朗声背诵《木兰诗》给我听：雄兔脚扑朔，雌兔眼迷离，双兔傍地走，安能辨我是雄雌？

我惊出一身冷汗。这是什么意思？

我有预感：末日临近了。

五十六　不速之客

哥哥还没来，他已经超过约定的时间。我越来越焦虑，不时地猜测哥哥的想法与行为……

对哥哥的怀疑时时刻刻折磨着我。我不知道这个骗局具体是如何设计的，其中还有许多谜团，是我无法搞清楚的。我宁愿相信，是老晃诱惑哥哥，甚至逼迫哥哥，使他陷入犯罪的泥潭。哥哥迫不得已，只得把我拖入，使我变成牺牲品。这个骗局需要一颗弃子，需要一只替罪羊，需要一个傀儡，而我，正好充当这样的角色。

有一点我还是很伤心：无数人利用我，慕总、蔡经理，还有老晃，这我都能理解；我没想到我的哥哥，最亲密的双胞胎兄弟，竟也利用了我！是什么使他下了这样的狠心，金钱？名声？我实在不敢想象。

我不清楚哥哥过去在证券界里是怎样混的，但我知道他一步一步往上爬，付出了太大的代价！他的尊严、他的人格一点点地丧失，蔡经理的谈话就可以证明这个过程。哥哥是不幸的，我为哥哥悲哀……

我在一家装有公共电话的小店门口徘徊。天色已晚，霞光渐退。木通镇纳凉的人们将竹椅搬到街门口，马路两旁比白天更热闹。

我内心有一种渴望，非常强烈：直接给陶薇打一个电话，告诉她，我要回来了！她会怎样反应呢？

不知怎么，我想起陶薇，心中就阵阵难受……

我回忆在她家当准女婿的日子，为她打掩护，与那位不肯离婚的作家交锋（那家伙力气与名气一般大！）……所有的细节，都在我脑子里活蹦乱跳。最美好的记忆，要数天堂岛之行。我们深夜探险，陶薇劝我脱离正在形成的危险漩涡。我甚至吻了她。如果我听从她的劝告，命运可就大不一样了。

我的耳畔，现在还回响着她的声音：我真希望你是一位普通中学教师，那样就好了……

她不知道，我就是一位普通中学教师。当然，我配不上她，想入非非没有意义。一个中学教师的配偶，应该是小鸥这类女孩。我想起这些，是为搞清陶薇对我态度变化的转折点：当神秘的影子对手出现时，当我为获得蔡经理资金支持而答应与疯女若云结婚时，陶薇突然约我到西山茶室见面，断然与我绝交。她第一次明确指出，我正在实行一桩大阴谋，并说我与外人勾结，对敲出货！

这说明什么？说明陶薇当时已经看出事情的端倪。她一直在监视天堂岛股票，对盘面的变化了如指掌。我甚至可以想象，她在证监局的办公桌上安有一台电脑，像我一样专心地盯盘。她对我的指责是基于事实，在她眼里，我正从普通操盘手变为一名罪犯！

如果当时我能像现在一样明白，定会把陶薇的每一句话，当作金玉良言。那么现在，当我选择回归之路，我必须依靠的第一个人就是陶薇！她最清楚事情的始末，我只要在电话里对她说一句：我回来了，我要把所有的事情对你讲清楚……她将多么惊喜啊！

我直觉她的心底仍对我藏有一份感情。要不要给她打电话？我还清楚地记得她的手机号码……

我几次拿起电话，又放下。我觉得这是关键一步，在迈出这一步之前，我应该与哥哥辛遥见面并长谈。还是再等等吧。眼前有一张窗户纸，事实真相被窗户纸挡着，我只能隐约看见轮廓。我相信，只要与哥哥谈过，这层窗户纸一下子就会被捅破。

可是，哥哥何时能来？按照我的计算，他今天早晨就应该赶到木通镇。我整整一天等着他，却始终不见他的踪影。我把旅馆详细地址告诉他，总不至于找不到吧？要不，航班延误了？还是海面有台风，他出不了岛？……

干脆，给哥哥打电话吧。我刚要拨电话号码，忽然发现一位不速之客。他装作买香烟，注意力却在我这边。他侧着身子，点烟，慢腾腾地吸一口，好像在等着听我与谁通话。

他以为我不认识他，所以表现得那么坦然。但是，他犯了一个错误，我恰恰认识他，而且印象非常深刻——

他就是"棺材板"！这位 GOGO 俱乐部的保安队长，曾把猴子打趴在地上，曾领人在营业部门口守候小美，我怎么会认不出他呢？他方头大耳，身材像一块石碑，左眼下还有一块青痣，眼神冷漠僵直——所有的特征都让人很难忘记。

我放下电话，转身离去。

我进入隔壁一家小超市，在货架之间徘徊。我的脑筋飞速转动，涌出一连串问题："棺材板"怎么来了？谁派他来的？难道我像小美一样，要成为老晃灭口的目标吗？老晃怎么知道我在木通镇？谁把我决心回去的消息透露给他的？……

这些问题都指向一个答案，而我不敢正视这个答案。我手脚冰冷，心里更冷。这世界真他妈成了冰窖！

我在工艺品货架上找到一把腰刀，真家伙，锋利无比。也许是这一带少数民族打猎用的。我不问价钱，把它买了下来。要论格斗，我可不是那凶神的对手，就算拿十把刀也没有用。但手里有这样一把漂亮的腰刀，到底能为自己壮胆不少，仿佛我也成了一名武士。

隔着橱窗，我看见大个儿站在超市门前吸烟。总不能老龟缩在这里吧？我心一横，向大门走去。

我心里突突直跳。走过"棺材板"身边时，我把腰刀从刀鞘唰地抽出，闪出一道雪亮的白光！我猜想，他也吓了一跳。我一路耍着刀花，在木通镇大街上行走。人们惊讶地望着我，也许把我当成了疯子。我可不管那些，吓傻了的人，行为能不出格吗？我就这样走进大上海旅店。

猴子这小子趴在服务台上，与姑娘们打情骂俏。这两天我心事重重，在木通镇到处转悠，也不知道他在忙些什么。不过可以肯定，他趁机风流，并且大有斩获。今儿早晨他还告诉我：他爱上一个名叫田花的本地女孩，纯白族血统，正考虑留在木通镇当倒插门女婿……

我拍拍猴子肩膀，他蓦一回头，见我手持明晃晃的腰刀，吓得小脸都扭成苦瓜样。你，你干啥？他惊叫道，你病了，瞧你，脸白得跟死人似的……

我拽着他往房间里走：别嚷嚷，进屋说话。

我把那位不速之客的情况告诉猴子，他也深感意外。他眨巴着眼睛，说：不会吧，你的事情和 GOGO 俱乐部有什么关系？

我激动地说：这两天，我想清楚了，我的案子与老晃有关。我敢肯定，就是他在幕后捣鬼！他知道我要回去了，就派出最得力的干将来解决我。猴子，我已经做好了牺牲的准备。

　　我的话说得很壮烈，猴子却还是将信将疑：小美也在木通镇，他是不是得了消息，来追杀小美？这种可能性你也不能否定呀。再说，老晃怎么会知道你打算回去？

　　我没有回答。我不愿把与哥哥通话的事情告诉他。

　　我们把门窗锁严实，并在各自的枕边放好武器。顺便说一下：猴子的细腰终年勒着一条宽阔的武装带，铜扣，牛皮，是过去的老货。这就是他的武器。他说这是父亲传给他的，他父亲是一名老兵。他还说，一旦他挥舞起武装带，十个八个人靠不了身。当然，上次他是没有来得及抽出武装带，才吃了"棺材板"的亏……

　　猴子愉快地说着，很快进入梦乡。

　　我却辗转反侧，难以入眠。比恐惧更为折磨人的，是我内心日益清醒的认识。我无法回避了，真正的主谋是谁？他的形象已清晰地浮现在我眼前。

　　仿佛一支利箭射穿心脏，锐痛，滴血的锐痛使我浑身战栗。整个故事，或者说，整个设计完美的骗局，是从我和哥哥互换角色开始的……

　　我不知道他为什么要引我入局，我们是亲兄弟，比一般的亲兄弟还要亲！由于双胞胎的特殊性，从小，我们就感觉俩人是同一个人。打哥哥的左手，我的右手就会疼；打我的右手，哥哥的左手就会疼。现在，他怎么会把我当作牺牲品推出去呢？无论如何，我也不敢相信这是哥哥的意思。

老晃已经动手了，下一步他们要干什么？哥哥知道他们的计划吗？他是知道的，一定知道。显然，是哥哥给老晃通风报信的，只有他知道我在木通镇。万一我遭到不幸，哥哥难推罪责。到了兄弟相残的地步，这世界还有什么意思？

我默默地流泪，在黑暗中无声呼唤：哥哥！哥哥！

五十七　谜底

深夜，我听见弟弟痛心的呼唤。他已经猜透了谜底。

是的，我是这个骗局的策划者，也可算主谋。长久以来，我一直在计划建立一个空前未有的、巨大无比的老鼠仓。那些有权有势者，以老鼠仓的方式攫取丰厚利润，深深刺激着我的神经。我也要以同样方式，在现行不公平的分配框架中，拿走我应得的一份。我要创造性地领取我的报酬。坐庄天堂岛股票，便是我施展身手的一个机会。

由于我是操盘手，这个计划的实行似乎并不困难。但是，我需要一个合作者，为我提供巨额的资金。于是我找到老晃，我们一拍即合。

晃爷财源茂盛，黑白两道都有现钞滚滚而来。如何将黑钱洗白，一直是他的心病。老晃从股市发家，当然精通其中门道，炒股又成为他洗钱的主要途径。我在这方面曾帮过他不少忙，所以深得晃爷的赏识与器重。我们达成秘密协议：老晃出资一个亿，由我负责操作，赢利三七分成，我小他大。这样我不仅获得资金，也有一股巨大的势力在暗中撑腰。

我在碧海市的恒泰证券公司开了许多账户，老晃派眼镜蛇阿钟协助我。我用了相当长的时间，耐心吸筹，在8到9元之间买入一千万股天堂岛股票。我敢肯定，这种规模的老鼠仓在中国股市是前所未有的。

我回到鹰巢，制订炒作天堂岛的方案。老晃为这方案拍手叫好，并拿出两亿元资金积极参与坐庄（按照秘密约定，他会在恰当的时候退出，悄悄拉走自己的队伍）。如此一来，我头顶上那些大人物都同意了这个方案。于是，我背着一个巨大的包袱出发，用蔡经理提供的各种资金——当然，都是公家的钱，稳步推升天堂岛股票的价格……

我对弟弟讲过，谁要是说炒股依靠这样那样的技巧，纯属扯淡。庄家真正需要的只有一样东西：钱钱钱！有了足够的钱，你可以把一只股票炒到月亮上去。有蔡经理做后台，资金就不成问题。公道地说，在这一点上我是利用了她。当然，我也为自己报了一箭之仇。

下一步，我所面临的问题是：我将如何出货？我最终要把这些高价股票卖给谁？我早已准备好答案：我把股票卖给我自己！这自然是指老鼠仓里那一千万股天堂岛，至于其他股票我就管不了啦。换句话说，我准备用公家的钱在高位接货，以此完成财富转移——转入我和老晃的口袋。

这计划似乎很完美。然而，我还需要一位帮手，因为我不能同时做两件事情。我常常感叹：如果我会分身术就好了！一方面我坐在鹰巢炒作天堂岛，一方面我又躲在某个鬼才知道的角落，打理老鼠仓。那样，岂不妙哉？

正当我想入非非时，弟弟辛远提出互换角色的请求。我眼前一亮：我所梦想的分身术，不就因此而得以实现了吗？

于是，我们的换位游戏就开始了。需要强调的是：我丝毫没有伤害弟弟的意思。相反，我非常爱他，并想成就他。我和老晃达成的协议中，有着最重要的一条，就是为弟弟找好退路。瞧，我把一切都安排好了！

我心安理得地隐居海岛，接替弟弟当一名中学教师。辛远呢，变成一只孤独鹰，展翅翱翔。应该说，他飞得还不错。既受到伤害，又得了便宜，总之他很快适应了那个世界。他遭遇一连串的爱情波折，应付各色女子，又惊又喜，乐不思蜀。同时，他又认真炒股，研究证券知识，投身于所谓的事业。他还要对付蔡经理、慕越峰、车光、贝宁等形形色色的人物，纵横捭阖，巧妙周旋。我们这个行业万花筒一般的景观，几乎将他弄晕。但是，他挺过来了，最终能够熟练地驾驭这一切。

我为弟弟骄傲。如果假以时日，他可能比我做得更好。可惜，孤独鹰这个角色注定不能长久……

股票涨到一定的高度，是在45元一带吧，我就开始悄悄出货。我知道慕越峰锁定的目标位是50元，他要在此价位增发新股。我可不傻，从来没准备为他抬轿子。在他增发计划实行之前，我就开溜，大把大把地出货。弟弟辛远可就遇上了麻烦，他猝不及防，手忙脚乱地开始一场战争。

辛远很有事业心，又有些天真，渴望把天堂岛打造成一只明星股，并且不惜付出一切代价。他与蔡经理达成协议，答应与若云结婚，以此为条件又得到大笔资金的援助。这倒出乎我的意料，我暂且住手，等他把股价拉到更高的位置，获得更大的利润。

当天堂岛股票冲向百元大关时，我认为弟弟的头脑过于狂热，决定不再等待了，继续出货。很快，危机来临了，天堂岛被曝光，慕越峰被双规，市场一片恐慌。我就把手中剩下的股票全部卖出，不计价位杀跌，最终导致天堂岛崩盘……

我成功了，这一仗打得真漂亮！一千万股天堂岛，除去成本，每股净赚四十元。短短几个月，我挣了四个亿，整整四个亿！我欣喜若狂，卖出最后一手股票的那天傍晚，我一头扎入海中，游，游，一直游向天边……

不错，对于弟弟来说，这样的结局是不幸的。他的梦想破灭了，而且不得不亡命天涯。他不知道这个结局是我早已安排好的，就像一出戏剧，我是导演，他只是一个被动的、不知剧情的群众演员。我可能愚弄了弟弟，可是，我也为他安排好了出路。他的前途是在泰国一家投资公司担任总裁，这不是很好吗？顺便说说，这家公司是我和老晃共同投资的，而资金来源正是天堂岛一战的利润。

弟弟本来可以顺利出境，逍遥度日的。凭他的聪明悟性，没准将来真能成为一名投资家。我呢，安心在海岛当一名中学教师，没有人会怀疑我刚做下一桩震惊证券业的大案。

我沉得住气，我的事业已经大有成就。你能想象吗？在我租赁的银行保险柜里，藏着一百多万元现金，而那只是一点儿零头。我还买了价值两千万元的钻石，以便携带。天堂岛使我飞黄腾达！按规矩，我总共分得一亿两千万元利润；一个亿的整数还没动，暂时存在老晃的账户上。这就是说，我已经是亿万富翁了！

没有作案者。辛遥已经出逃。我是辛远，一个平静散淡、乐善好施的中学教师——这难道不是最完美的故事结局吗？

然而，辛远要回来，用他的话说，要认罪悔改！这真是上帝拿我开玩笑，他为何偏偏在此时选中我的弟弟？好好一盘棋被搅乱了，弟弟只要把我们互换角色的故事一说，我在这岛上就一刻也待不住了……

我坐在礁石上，仰望星空。我似乎看见了双子座，它们就像我和辛远一样，双双成对，永不分离。弟弟是我的另一半，伤他就是伤我自己。此刻我心痛得厉害，我明白弟弟在伤心。

辛远肯定想到这样一幕情景：他在鹰巢拼命买进股票，为获得资金不惜与蔡经理的疯女订婚；而我——他的双胞胎哥哥则隐身于海岛，用笔记本电脑操纵众多账户，大笔大笔抛售股票。这是左手与右手的战争，打得异常激烈。弟弟直到出逃之时，还想调查谁在与他作对。看清真相，对他来说未免太残酷了！

更为残酷的是，我知道弟弟身处险境，却只能在此坐视不救。本来，我计划今天飞赴云南，和他面对面将事情讲清楚，让辛远认清利害，尽快出境。这样，或许能躲过老晃的毒手。可是陶薇的出现，又打乱了我的计划。此时，我万万不敢乱动……

我疑心派出所接到上头指示，在暗中监视我。我若一动，正好暴露了自己的身份。明智的做法，是我每天按时上班，站在课堂上讲课。我甚至决定：这个星期天就与小鸥结婚。一场热闹的婚礼，能够打消所有的怀疑，我要在喜宴上把张所长灌醉。谁能想到新郎曾是大名鼎鼎的孤独鹰呢？从此以后，我就要当辛远，铁定的辛远！

至于弟弟，不管他出不出国，都不可能再回来。因为老晃动手了，他在那一带有一张毒网，还有至今没有亮出的王牌……

涨潮了。浪花在我四周飞溅，我在礁石上坐不住了。弯月西坠，启明星熠熠闪亮，这一夜即将过去。我在沙滩上漫步，回忆儿时与辛远在这里嬉戏，捉螃蟹，挖蛤蜊，打水仗……一幅幅图景历历在目。

人生变幻莫测，我深感无奈。也许我太冷血，除了无奈的感慨，并无感情冲动。在这节骨眼上，保持冷静，理智行事，乃是成败关键。为了生存，人啊，什么事情做不出来呢？

前方有一个黑点。我走近前去，看见了瞎眼的母亲。

我心里一阵抽搐，站在她面前无法张口说话。我在海边坐了大半夜，就为躲避母亲的眼睛，没想到她却找到这里来了。母亲包着一块头巾，仰面瞅着我。尽管她深陷的眼睛什么也看不见，我却感到有两道严厉的目光如箭刺来。

你去，把弟弟换回来。母亲一字一顿地说。

换？怎么换？现在一切都晚了！我嚷了起来。

母亲声音低沉却字字清晰：不晚。我会把你交给公安，换回弟弟！

我倒抽一口冷气：妈，你……你怎么做得出来？

母亲忽然笑了，笑容古怪：你像你爸。你和辛远最大的区别，就是你长着一颗……一颗和你爸一样的心。

我不解地问：怎么扯到我爸了？我爸又怎么了？

你爸有罪。他走了，独自坐着小船走了。他知道自己有罪。你也应该像他一样，摇着小船出海去吧！……

母亲踽踽地离去。我独自站在海边，惊愕地张开嘴巴。

五十八　定时炸弹

　　黎明时分，我正睡得迷迷糊糊，猴子开始行动了。他像昨夜一样，伏身在我面前，认定我睡熟了，又蹑手蹑脚走出房间……

　　这种时候，我睡觉都睁着一只眼睛，什么事情不清楚？我迅速起身，跟了出去。我得看看猴子究竟要干什么。我的精神极度紧张，风声鹤唳，草木皆兵。猴子鬼鬼祟祟的行为，使我起了疑心。

　　猴子站在旅馆前厅，用手机与人通话。他的声音很低，我听不清他说了些什么。一会儿，楼上下来两个男人。其中一个头上包着布巾，当地人打扮。他们正是那天在房间里被我撞见的猴子的客人！

　　三人聚首，低声交谈。猴子指手画脚，仿佛在布置什么事情。两个男人不住点头。很快，他们走出旅馆……

　　猴子回到房间，见我坐在沙发上，不由一怔：你起来了？

　　我说：猴子，你还是不是我的兄弟？如果是，你就跟我说句实话——那两个家伙是干什么的？你这几天偷偷摸摸，究竟在搞什么鬼把戏？

　　猴子笑道：我要说他们是我的大舅子，你准不相信。田花——我跟你说过的那个白族姑娘，真的打算嫁给我了，我们正商量什么时候办喜事。你信吗？肯定不信。

　　我板着脸说：废话，我当然不信！

　　既然我的话你都不相信，还让我说什么呢？猴子收起笑容，脸上呈现严肃、诚恳的神情，哥，你是我的亲哥！有些事情，现在说也说不清楚，你也就别问了。你要相信猴子，他做的每一件事情都是为你好。早晚你会明白，他才是你的亲兄弟！

我被猴子眼睛里流露出的真情打动了，也许不应该那么随便地怀疑他。我松了一口气，说：好了，既然你这么说，我也就不问了。咱们商量商量，下一步该怎么办。

我们在床头坐下，猴子又恢复了活泼性情。

我主张马上离开木通镇，尽早回去。猴子却摇头：这儿离昆明山高路远，老晃又派来杀手，这一路上肯定很危险。

他主张先到深山老林转一圈，与"棺材板"玩玩捉迷藏，甩掉这根尾巴，再踏上归途。他甚至有些兴高采烈：我们打游击，让"棺材板"有劲儿没处使。没准，他会一头栽进猎人的陷阱里……那才叫带劲儿呢！

别胡扯，我可没心思跟你上山打游击……我皱皱眉头道。

猴子挠挠后脑勺，又生出一计：要不，你去找找谢牧师，让耶稣救你？

我没理他，这家伙揶揄我呢。

我忽然想起小美，一拍床沿道：有了，我们去找小美！她姐姐嫁在这里，亲戚多，也许能帮我们的忙。

事不宜迟，立即行动。猴子把武装带束在麻秆似的细腰上，提起旅行包，打开房门。时间尚早，走廊里静悄悄的。我们在前台结完账，走出这家名头唬人的"大上海"旅店。

木通镇街道上雾气袅袅，格外宁静。一个老农牵着黄牛，慢悠悠地走向田野。"棺材板"哪里去了？昨晚的不速之客，消失得无影无踪。猴子不停摇头，怀疑我看走了眼。

连我自己都糊涂起来：这平安的早晨，这美丽的小镇，哪会有什么杀手呀？我实在无法想象这里有危险存在……

我们走到丁字路口，前面不远就是小美姐姐开的饭店。猴子忽然问我：你哥哥怎么还没来？

我心头一沉，不愿触及这个话题。

小饭店刚刚开门，小美正忙着招待吃早点的客人。她热情地招呼我，又看见跟在我身后的猴子，一惊，手上的抹布也掉在地上。

你……你也来了？她脱口问道。

猴子嬉皮笑脸：怎么？不欢迎吗？心里只有我哥哥？

不，不！小美有些慌乱，眼睛瞅着我说，你可没告诉我，猴子兄弟也跟你来了……

我说：他是孙悟空，为我保驾呢。这一路上亏得有他……

小美把我和猴子安排在雅间，摆上各色点心、小菜。她似乎对猴子存有戒心，遮遮掩掩，欲言又止。我知道小美和猴子早就相熟，两人之间也许有什么过节。忽然，小美朝我使了个眼色，似乎在暗示什么……

她说：你们吃吧，我还有许多事情要做。

小美走后，猴子在我耳旁说：我怎么觉得小美有些怪怪的？

我说：她可能怕你。

猴子摇头：怕我干吗，我又不吃人……

猴子津津有味地啃着一种包着树叶的糯米点心。我却惦记着小美的怪异神情，显然，她有话想对我说，只是碍着猴子不便张口。

我借口上厕所，独自走到外间。果然，小美正满脸焦虑地等着我。她拉着我的手，穿过厨房，来到饭店后门。

你怎么把猴子领来了？糟糕！这里待不住了！咱们马上走……小美的声音都变了调，眼睛里充满恐惧。

我拦住她：等一等，你是怀疑猴子？

这还用怀疑？他和"棺材板"原本就是一丘之貉！

我不敢相信自己的耳朵：你这样说有根据吗？能不能再讲明白一些？

我一直没敢告诉你，猴子是老晃的人，而且是他的心腹！他表面上是出租车司机，其实四处为老晃打探消息，是一个无孔不入的奸细。在GOGO俱乐部混饭吃的姐妹，谁都知道这个秘密……

我惊恐至极，半天透不过气来。怎么可能？猴子，这么好的兄弟，竟是老晃安放在我身边的定时炸弹？

我说：我不相信，我要证据！

小美说：好吧，我给你证据。"棺材板"曾亲口告诉我，猴子是老晃手里的一张王牌！平时不动，关键时刻才用。

我不啻遭到雷击，整个人都惊呆了！

小美推我一把：现在，老晃把猴子都用上了，可见情况多么危险！你不能再回去了，就把他扔在这儿，咱们赶快走吧！

忽然，我身后响起一阵马达轰鸣。饭店后门是一条小街，十分僻静。我们站在路边说话，没注意一辆吉普车无声无息滑动而来。小美一拽我，恰好使我躲过吉普车致命的撞击！

吉普车擦身而过，我看见坐在驾驶室里猛踩油门的麻脸司机，还有坐在他身旁的身材硕大的"棺材板"。

小美惊叫一声，和我一起倒在路边长满青草的水沟中……

我们一路狂奔。吉普车掉过头，像一头凶猛的野兽，又从身后追来。这是实实在在的追杀，我拼命奔跑，为自己争取生存的机会！直到此刻，我才确信杀人阴谋的真实性。

小美领我钻入一条铺满青石板的小巷，巷口狭窄，吉普车无法驶入。我听见尖锐的刹车声，车门打开，有人跳下车来……

但是，我们最终摆脱了危险。小美像一头灵巧的小鹿蹦蹦跳跳，带我穿过几幢迷宫似的民居，一会儿就来到教堂后面的小门。

她急促地敲门。一位身着傣族长裙的姑娘把门打开，热情地与小美打招呼。我们进入教堂，那种宁静肃穆的气氛，一下子使我松弛下来。我只觉得双腿软软的，怎么也站不住。最后，我竟然一屁股坐在地上。

谢牧师向我走来。他身穿长袍，很有牧师的派头。只是，他那副缠着胶布的黄色眼镜，显得有些不协调。他向我伸出一只手，脸上浮起和蔼的笑容。

他说：我能帮你一把吗？

一刹那，热泪充满我的眼眶。我真想把自己的遭遇告诉谢牧师，每一个细节都不略过。可是我张张嘴巴，却一个字也说不出来。

谢牧师温和地说：别着急，喘口气，慢慢地说。

我终于能够流畅地叙述，把我危险的处境以及原因详细说出来。

我努力描述心中的感受：谢牧师啊，我现在什么都不怕了，只是伤心，伤心到极点！哥哥究竟想把我怎样？他明知道猴子是埋伏在我身边的定时炸弹，却不告诉我，这不是要置我于死地吗？他与老晃合伙谋害我呀！他的心为什么那么黑？那么狠？我们是双胞胎兄弟呀！在这个世界上，我可以信任谁呢？

谢牧师很是老练，略一思索就说：看来，你所遇到的问题，事关重大，应该尽快与政府取得联系。我的教堂有一部电话，如果你需要，随时可以使用。

我点点头：那好吧。现在，我要立即与陶薇取得联系！

谢牧师领我上楼。进入他的办公室。

五十九　三个凶兆

随着故事的进展，我的伪装一点一点被剥掉，最终露出了真面目。

人的真面目，往往随着利害冲突的发展而形成。它是渐变的，演化的。也就是说，你一开始看不清自己的原形，甚至不知道你究竟是谁。冲突激烈了，你才会暴露真正的本相，并为此本相大吃一惊！

我也是这样。弟弟回归，投案自首，就是置我于死地，我不得不进行防卫。我想救他，但救他等于害了自己。他活着，总是遗患。你可以说我是豺狼，是蛇蝎，是什么都行。但是我们双胞胎兄弟的冲突就是如此尖锐，你说怎么办？我只能放手，让弟弟的命运如一片树叶，随波逐流……

我要与小鸥结婚，马上举行婚礼。我的突如其来的决定令小鸥吃惊，但她还是默默地接受了。我们早已办好结婚的一切法律手续，小鸥等待这个日子已经许久了。恰逢星期天，我在岛上最著名的八仙酒楼大摆喜宴，将头头脑脑、亲朋好友、同事同学全都请到，几乎轰动我们这个小岛。

我和小鸥拍了婚纱照。她身穿一袭洁白的婚纱，更显清纯美丽，我情不自禁地当众吻了她。

说实话，我很喜欢小鸥，但有一只无形的手一直压抑着这种情感。我想，那是因为弟弟的缘故。此前，我总有一种感觉：弟弟某一天会突然回来，我们的游戏总要结束，小鸥是弟弟的而不是我的女人。在这一点上我与辛远不同，我可不想动他的奶酪。然而，自从与老晃通过电话，我就知道弟弟永远回不来了。我有把握，今后不必面对面地站在辛远跟前。我可以娶小鸥为妻，秘密拥有亿万资产，在海岛过着隐居生活。我可以完全放心，赏心悦目的新娘子从今起将属于我……

我的判断，我此时结婚的决定，都是基于一个残酷的事实：弟弟完了，他将死于非命。我知道老晃藏着致命的一着棋，那就是猴子。别人谋害弟弟可能失手，但猴子你根本无法提防。他只消在辛远的茶杯里搁点儿迷药甚至毒药，就会使他束手待毙。

其实，我早就知道猴子是老晃的心腹。他跟我要好，死皮赖脸地纠缠着我，都有其目的。试想，我与老晃合作干那么大的买卖，他能一点儿不提防我吗？他能不派个人盯着我吗？所以我睁一只眼闭一只眼，不把猴子的老底揭穿。

自从猴子驾车送弟弟出发，我就知道老晃打的什么主意。辛远顺利去了缅甸，万事皆休；否则，猴子随时都能结果弟弟的性命……我本想去云南救弟弟，让他明白，回来只有死路一条。然而陶薇的出现打乱了计划，使我不敢乱动。人各有命，这也许是天意。

弟弟应该打来电话，问我为何还不动身。但是我的手机一直没响，这可不妙。我惴惴不安地想：此刻辛远还活在人间吗？他可能已经命归黄泉了，我却喜气洋洋地大办婚宴，娶他的女友为妻……没办法，我必须抹去一切蛛丝马迹，使自己深深隐藏下来。

一亿元，这个数字太庞大，它几乎是一颗原子弹，能将人性炸得粉碎！我无法抵御它的威力。多少年来，我因分配不公而愤愤不平，当我终于用自己的智慧与手段，取得一块大蛋糕时，又怎么肯放弃呢？

弟弟是牺牲品，但不是因我而牺牲的。我做的局给他留好了出路，他却不肯走。善良是无能的别名，善良害了他。我虽然为他悲哀，却也心安理得。毕竟，在我设计的局中，必须有一个号称"孤独鹰"的操盘手离去——不管死了，还是活着。做事情要追求利益最大化，辛远的消失对谁都有好处……

一切都顺理成章，前途似乎平坦、光明。然而，在这大喜的日子里，我却一连遇见三次凶兆！

我疑惑了——莫非命运发生了逆转？

宴席上，我向海岛派出所的张所长敬酒，他差不多已经醉了。打鱼出身的张所长，性情豪爽，又是海量。他喜欢用三两三的玻璃杯喝高度白酒，一口一杯，不用人劝。

他脸红脖子粗，话特别多，扯着我的胳膊嚷道：把你小子美的……喂，那个陶处长，今儿早晨还来电话问你呢，她对你好像有些怀疑。我对她说，辛远和他哥，两码事，岛上人都说他是个好孩子……

我说：配合上级调查工作，是我应尽的责任。你啥时叫我，我就啥时上你的办公室。

不料，张所长就势说道：那好，明天上班你来派出所一趟。我正要找你呢！

哦，什么事？

你们学校那个邓老师，邓铭深，在精神病医院说了你不少闲话。有些情况，我们还需要核实一下……

我一惊，忙问：这个疯子，我怎么得罪他了？他都胡说些什么？

张所长连连摆手：今天是你大喜的日子，不说这个。反正，我是看着你长大的，我相信你。一个精神病患者胡说八道，不能太当回事……

我的情绪一下子低落下来。

这是一个坏消息，没想到邓铭深住在医院里还捣乱。我曾多次去恒泰证券公司转账、提款，邓铭深悄悄地跟踪我，不晓得掌握了多少情况。这可是一条重要线索，对我极有威胁。

这疯子是我的天敌。他错乱的神经似乎有一种直觉，能窥视我心中的秘密。老天爷为何安排这么个角色在我的身边？当初我构思布局时，怎么也没想到会有这种情况。我隐隐约约产生了预感：我的棋局恐怕要被这意外搅乱……

我苦苦思索：怎么办呢？如何封住这个疯子的口？

第二个坏兆头来自母亲。

她没参加我的婚礼，因为她病重在床。那夜从海边回来，母亲就发起高烧，一天一夜未进食。我怎么劝她也没用，她非逼我把弟弟找回来不可。喜宴散了，我和小鸥回家，站在床前问候她。她眼睛朝着天花板，一句话不说，丝毫没有祝福的意思。

当我们离开卧室，母亲咳嗽一声，示意我留下。

母亲干枯的声音透出悲怆、绝望：这些人都和我一样，瞎眼了？老天爷也和我一样，瞎眼了？你干了坏事，让弟弟顶罪，还占了他的媳妇，怎么就没有一个人看出来？小远冤啊，真冤死了……我要把你送给公安，为小远申冤！

凶兆，令我周身战栗。我想，此刻我的脸色肯定非常阴沉。躺在我面前的瞎女人，最清楚我的底细，最能对我构成致命威胁。可她偏偏是我的母亲，我该拿她怎么办？

我沉默着，紧攥拳头，指甲抠得手心生疼。

母亲仿佛看出我的心思，变得十分沉静：你下手吧，杀死我吧。只要我还活着，不会让你过一天安宁日子！

我犹如射出一支利箭，冷不丁地说：辛远死了。

母亲一怔，想坐起来：你……你说什么？

他已经被人害死了。你再怎么想，也没用了……我按住她消瘦的肩膀，迫母亲躺下，你只剩下一个儿子，既是辛遥又是辛远，你必须也只能爱他。他会为你传宗接代，为你养老送终，妈，你还要怎么样？告他？害死他？

母亲两边眼角沁出混浊的泪水，呻吟似的喊道：小远，小远……

我说：应该怎么办，你自己躺在这里好好想想吧！

我来到客厅，倚着沙发沉思。小鸥正忙着收拾屋子，晚上还有许多客人要来闹新房。

她瞥我一眼，问：怎么不高兴了？你们娘俩总闹别扭，有些不对劲……

我起身往外走：别瞎猜。我酒喝多了，头有些晕，去海边遛遛。

小鸥送我到院子，不安地说：我心里老有点儿不踏实，不知道是怎么回事……今天结婚太仓促。我们的日子，能过长远吗？

我正色道：大喜的日子怎么说这种话？我要守着你过一辈子呢！

我正要跨出院门，小鸥抱住我胳膊说：吻我。

我长久地吻她。我真的很动情，今儿晚上我就要真正占有她了。由于弟弟的缘故，我从未越轨，小鸥的胴体还保持着处女的纯洁。新婚之夜，对我这个情场老手而言，也一样激动人心！

然而，当时我无论如何也没想到，这竟是我与小鸥最后的吻别。

老晃打来电话——这是我一天中遇到的第三个凶兆。

当时，我正在海边与一位驾驶摩托快艇的老乡聊天，问他花多少钱买来的快艇。我们这里的海滩有许多游客，所以当地渔民投资买快艇，带游客在海面兜风观光，赚取不菲的利润。不知怎么，我跟那老乡砍起价来，非要花两万块钱买下他那艘快艇。

我们一百块二百块地争，争得面红耳赤。我甚至亲自驾快艇在海面上转了一圈，试试机器的性能。从小在海边玩大，玩船弄桨我可是行家里手。最后，我们竟然以两万五千元的价格成交了。

真是鬼使神差。我坐在新买的快艇中，自己也觉得纳闷：我买这快艇干吗？

这时候，老晃的电话打了进来。他很快让我明白，买这艘快艇很有必要。命运最会捉弄人，这会儿，该我上路了！

老晃说：鱼脱钩了，猴子被甩了……

六十　教堂搏斗

我拨通陶薇的手机，听见她熟悉而又亲切的声音：是谁？我正在开会，请过一会儿再打来好吗？

我说：假如我告诉你，逃跑的不是孤独鹰辛遥，而是他的双胞胎兄弟辛远，你会怎么想呢？

陶薇怔了一下，马上说：我明白。你等一下，别挂机……

过了一会儿，她可能换了一个地方，继续与我通话：你是辛远，镇海中学的辛老师？如果我没猜错，你顶替你的哥哥，当了一段时间操盘手，对吗？我们还打过几个月交道呢！

惭愧，我没听你的劝告，还是惹了大祸。

不能只怪你，我也大意了。别说，你挺会演戏的，我还真没看出来呢……

不。应该说，你是没想到。

是啊，许多事情，我们谁也没想到……

我以郑重的语气说道：陶薇，我想回来。我愿意投案自首，把我所知道的一切向你、向有关部门做彻底的交代。如果需要，我还可以上法庭做证……但是现在，我十分希望得到你的帮助！

陶薇问：可以告诉我，你在哪里吗？

我正在中缅边界一个小镇的教堂里。说来话长，我只能简单地告诉你，我的处境危险！有人要杀我灭口……

我明白！陶薇第二次使用这个词，语气十分干练，辛远你听着，躲在那个教堂里，别动。我会尽快与云南警方取得联系。凭这个电话号码，我们很快就会找到你！

我企图幽默一下：那好，我就待在上帝家里，睡个好觉。

陶薇似乎看透了我的心思，安慰道：别紧张。只要咱们取得联系，一切都会好起来。还记得天堂岛半夜探险吗？你很棒，一直很棒！

你鼓励我呢，谢了……

几个小时过去了。我躺在谢牧师狭长阴暗的寝室里，迷迷糊糊，似睡非睡。

谢牧师把我和小美领到教堂侧楼，让我们躲在他的宿舍里，将门反锁上。他告诉我，有许多弟兄姐妹在楼下，为我们的安全祷告。暴风雨似乎停歇了，阴暗的小屋格外宁静。

我脑子深处保持着清醒。此刻，我最担心猴子，因为他知道我与谢牧师的关系，可能会引歹徒们寻到这座小教堂⋯⋯

现在想来，猴子是老晁早就埋下的伏笔。那天晚上他开着出租车，在小胡同口巧遇我狼狈逃命，其实都是预先安排好的。老晁要逼我走，又要确保我走得成，所以派猴子一路护送我。如今图穷匕见，猴子也暴露了真相。幸亏我遇到了小美，要不是她及时揭穿了猴子的身份，这会儿我可能已经死于非命了。

他们编织了一张密密匝匝的网，把我困在网中央。哥哥、猴子、老晁⋯⋯每个人都是这张网上的丝扣。我却没有看出来，一味相信他们，真是糊涂哇！

不知何时，我睡着了。醒来，天已黄昏。我觉得小腹鼓胀，急于解手，就悄悄打开房门。我沿着走廊寻找厕所，走廊很黑，摸索到尽头才找到。我放了长长一条大龙，痛快地舒了一口气。

忽然，我身后锒铛一响，有人把厕所门口一只铁桶踢倒了。几乎出于本能，我往地下一蹲，一阵冷风贴着头皮扫过。就着天窗透入的昏暗光线，我看见身材高大的"棺材板"，挥着一把匕首朝我扑来。

厕所狭窄，我被逼入死角。"棺材板"狞笑着摆好架势，对准我心窝就是一刀！若无奇迹发生，我肯定一命呜呼了。可是，偏偏奇迹发生了："棺材板"的匕首没有刺入我的肉体，却被厚厚的一沓钞票挡住了——我的钱马甲竟在此关键时刻发挥了作用！

我左躲右闪，浑身扭动，"棺材板"连捅几刀都未能刺穿我的铠甲。他有些慌乱，动作变得迟钝。我一闪身从他腋下穿过，遁入黑暗走廊。

该死的铁桶绊了我一下，我踉跄滚出好远。我一跤扑倒在地，又跳起来，奔向楼梯口。早晨驾驶吉普车撞我的那个麻脸司机，横着一把砍刀挡住我去路。猴子紧随其后，手里拎着那根夸耀已久的武装带。我眼睛一瞄，见走廊另一端两扇窗户大开，这是我唯一的生路！

我闭上眼睛，撞开拦截者，整个人像炮弹似的，一头从窗口射了出去……

此时，我听见小美的尖叫：来人哪，救命啊！谢牧师领着众弟兄姐妹，一齐拥上楼梯。而我，直挺挺跌在一片草坪上——就教堂二层楼的高度而言，这可算是软着陆了。运气还不错！

我一骨碌爬起来，往镇外狂奔。无须回头，我就知道"棺材板"和帮凶们脚下生风，正呼呼地追来。

我很快跑到六姑娘河边。这一带我熟悉，成片的芭蕉林可以把我掩藏起来。正当我接近芭蕉林之际，忽然看见曾与猴子秘密接头的两个本地男人，从芭蕉林中出来，严严实实堵住我的去路。

此番休矣！我一回头，猴子脚快，已经窜到我面前。

猴子笑道：早知道这儿是你修身养性的地方，我派两位兄弟在此久候了。守株待兔，这个成语还是有些道理的……

我咬牙切齿道：猴子，我真是瞎了眼睛，最后被你害了！

猴子还来气我：别介，我说过咱俩是好兄弟，我做的每一件事情都是为你好。你就相信猴子，信到底吧！

我真想在他那张猴脸上啐一口，但我没有力气。被出卖、被愚弄的感觉使我悲哀至极，找不出一个词语来表达自己的心情。罢了，今天我就要死在这个曾与我朝夕相处、亲如兄弟的好朋友手中了！

"棺材板"和麻脸也已追到，他催促道：怎么还不动手？就在这地方干掉他！

那两个头裹布巾的本地男人掏出手铐，一左一右，朝我两侧迂回过来。

我眼一闭，脖子一梗，喊了一声：猴子，你动手吧！

我本想再说一些壮怀激烈的言词，可惜两条腿不争气，已经颤抖不止。并且，这颤抖传遍全身，根本无法抵御。我像面条一样软瘫在地上，整个人就完全崩溃了。真他妈的没出息！

一声异样的响动使我睁开眼睛。我有幸看见猴子的武装带大发神威，他将那带铜扣的玩意挥得风车般旋转，噼噼啪啪一阵乱响。致命打击并未落到我头上，而是落在了对手们那边——"棺材板"手中的刀，麻脸擎着的枪，几乎同时落在地上，疼得他们扼腕惨叫！

这一戏剧性的变化令我瞠目。

"棺材板"叫骂：猴子，你疯了！他伸出大手去夺武装带。麻脸也一弓腰，去抱猴子的腿……

猴子变了个人似的，身手不凡，俨然成了武林高手！他身影闪动，出手如电，到处都是飞舞的皮带。转眼之间，"棺材板"与麻脸都躺倒在地，两只麻袋似的叠在一起。

那两个本地男人手脚麻利，手铐抖动，在夕阳下闪出耀眼的光亮。我眼睛一花，再看时，"棺材板"和麻脸的手腕上，就多了一副银光闪闪的手镯。

我站起身，揉揉眼睛，疑惑地问：这是怎么回事？

猴子笑嘻嘻地向我介绍：这两位同志，是本市刑警大队的侦察员。本人侯江，长期在黑社会卧底，代号1025，属于北宁市公安局禁毒总队编制。

我一跳老高，大吼：猴子，你又在拿我开涮！

两辆警车呼啸而来，"棺材板"与他的同伙被押上车。霞光映红六姑娘河，千姿百态的芭蕉树叶倒映在水面上，无比美丽……

六十一　末路狂奔

我在海边，用手机与老晃通话。我极度紧张，几乎透不过气来。心脏犹如一面大鼓，嗵嗵嗵不停地擂响。这是我一生中最沉重的时刻，我毫无防备，不知如何应付突然降临的变故。

现在轮到你了，你必须出逃。老晃在电话里对我说，岛上的安乐日子过完了，你走得越早越好！

究竟出了什么事？

我手下的人打来电话，说辛远跑了。他们正在木通镇到处找他……你弟弟很不简单呀！

猴子呢？还有猴子！你可是安排好了三步绝杀棋啊！

猴子被他扔在了一家小饭店里，真笨！

怎么会这样……

情况很不妙，我的预感很不好。没准，他们几个会在木通镇出大事！老晃十分焦虑，失去了平时的沉着。下一步，很快就轮到你了……

你呢？我走了，他们会不会追到你头上？

暂时还不会。我的王国很牢固，看不出哪里有漏洞。你走了，避过风头就好办。只要我在，你总有东山再起的日子。

此时，我的头脑变得十分冷静。我知道老晃这家伙心狠手辣，诡计多端。关键的时候，说不定把我也当作一颗弃子扔了，不能不防。

我说：我可以走。我担着罪名，这案子也就结了。可是我担心那笔钱，一亿元，那可是一笔巨款呀……

怎么，你还信不过老哥？

我索性把话讲透：晃爷，我可从来没有对不住你，为你背黑锅也没问题。只是，我这一走，心里有点儿不踏实。你可别像对付辛远一样，在我背后放冷枪，使黑招哇……

老晃冷冷地说：这是什么话？我是这样的人吗？怎么，你还要逼我发一个毒誓？实话实说吧，走不走随你的便，你是聪明人，应该知道结局会怎样！

我苦笑。我当然知道结局，不保着老晃，没准哪一天我就会被人抛尸大海……

我赶紧道：晃爷，我马上走。是我小心眼儿了，光担心那笔钱……这可是我用命换来的啊！

晃爷要是贪小利，不讲信誉，怎么能在道上站住脚？老晃的语气变得缓和一些，说，你放心吧。你那一个亿，我已经兑换成美金，划到泰国的投资公司去了。你到了那里，可以开辟一番新天地。

那，我就谢谢你了！

我们的对话停顿下来。我仿佛看见他就坐在对面，前后左右慢慢地晃悠。

许久，他以温和的口气催促道：赶快行动吧。护照不是早就准备好了吗？按预定计划，你到泰国执掌咱们的投资公司。我可不希望你胡思乱想，与你那位双胞胎弟弟一样。

我和弟弟当然不一样，我根本没有退路。收起手机，我立在海滩上发呆。细密的浪花打湿我的裤脚，也全然不知。

面对这个结局，我真的手足无措。最后出逃的竟是我，这可完全没有想到啊！精心设计的局被粉碎了，坐拥亿万财富的隐居生活还没开始就结束了。还有小鸥，今天的婚礼成了对我的讽刺。事态发展瞬息万变，我觉得大地飞速旋转，以至于立不住脚……

要赶快行动！果真如老晃所说，弟弟逃脱追杀，反身北上，我的处境可就危险了！陶薇只要给张所长打一个电话，我肯定插翅难逃。每一分钟都不能耽误。但是我必须回家一趟，取一样重要东西。

我把刚买来的摩托艇拴在简易码头旁，快步往家中走去。

已经有客人来了。英语组几位年轻女教师正与小鸥说笑。天翔，那个我曾经资助过的残疾孩子也来了，正向我投来热情的目光。

我点点头，对客人们说：能不能放我一会儿假？头晕得厉害，我得回房间躺躺。晚上再陪你们闹个够。

女孩子们好说话，都挥手让我上楼。倒是小鸥放心不下，追到楼梯口，关切地问：你到底怎么样？要不要我给你泡杯茶？

我望着小鸥明亮的眼睛，心里的滋味无法形容。我摆摆手，说：你去陪客人吧，我没事。

我最后瞅她一眼，一扭头登上二楼。

我在母亲卧室前站住，迟疑一会儿，扭开门把。母亲倚靠床头坐着，似乎正等着我到来。

她平静地说：去拿些吃的来，我饿了。

我有些吃惊：妈，你好了？怎么这么快……

如果母亲有一双好眼，此时肯定放射出光芒。她语气坚定地说：你弟弟活着，他很好。刚才我梦见他了。

我说：是啊，你的梦很灵验。我来就是想告诉你，辛远快要回来了。我还要向你告别，因为我得走了。今后，你想见大儿子可就不容易了！

母亲一怔：你要上哪儿去？

我声音低沉地说：像我爸当年一样，驾着小船出海……

母亲神情黯然，深陷的眼窝里沁出一滴泪珠。许久，她轻轻地说：去吧，命定的事情，谁也无法改变……

我忽然在母亲床头跪下，哽咽着说：妈，求你原谅儿子不孝。我也是没办法，想出人头地，想混出个人样来！

母亲抚摸着我的头发：妈知道。妈不是不心疼你。可你不能害人，更不能害你的亲弟弟啊！

我走了，将来就让辛远侍候你，养你老吧。你要是还惦记着大儿子，就求你原谅他的一切过错吧……

做娘的怎么会不惦记儿子？你这一走，娘的心又揪起来了……

我坐在床边，擦干眼泪，把多年藏在心底的问题提了出来：妈，你能不能告诉我，爸当初出了什么事，一个人驾着小船出海了？

你爸贪污公款，他一直不承认。有一天，我在西屋炕洞里发现一包钞票，问你爸哪来的。你爸支吾不过去，才说了实话。我逼他把钱交给公家，你爸不肯。他脸皮薄，丢不起人，就撇下我们娘儿三个，独自走了……我日日夜夜哭，急火攻心，把这双眼哭瞎了……

我喃喃道：我真像爸爸。这是命吗？

该走了，我离开母亲的房间。忽然，我想起一件事情，又转回来对母亲说：我没动过小鸥，妈你信不信？

母亲略一迟疑，点点头道：我相信你。

那么，你就把这事告诉弟弟。你对他说，别让小鸥知道我们的换位游戏。她还是他的女人，让他们好好过日子。

母亲会意地说：是的，小鸥什么也不知道。她已经嫁给了辛远，就是辛远的妻子。哥哥辛遥压根儿就没有回来过。

我带上母亲的房门。我怀疑自己是在梦里，换位游戏从来没发生过，我只是回来度了个假，现在又要回到我那个世界。

回到新房，我把房门反锁上，以极快的动作收拾起一个背囊，带上旅途中的必需品。最重要的是，我从电脑台的夹缝里取出一把银行保险箱钥匙——我回来就是为了拿上它！

现金是背不动多少了，可我提前买了许多昂贵的钻石。这是我在碧海市认识的一个珠宝商为我准备的，一有好货，他就打电话通知我。逃亡路上最好携带这些宝贝，看来我早就未雨绸缪，为今天的行动做好了准备。

老晁已经把我的主力资金转到泰国投资公司，但愿他说的是真话。为了这笔巨款，我把弟弟的性命险些卖了。我已经是罪犯，是畜生！但只要有了这笔钱，就值了。老晁如果敢耍花招，我能生生吃了他！无论如何，在我真正得到亿元巨资之前，银行保险箱里的现钞和钻石，还是我的救命稻草。

收拾妥当，我把后窗打开。

我家的小楼靠着一块巨岩，二楼后窗距岩顶只有两米多远。一切早有准备，床底下藏着一把可以伸缩的不锈钢梯子。我将梯子拉开，窗台与巨岩之间就搭起一道天桥。

我要走了，环视新房，心里忽然涌起一阵悲哀。我倒不是不舍得一个女人，而是舍不得这一段教师生活。奇怪，我竟真的喜欢当一名中学教师！这样的生活含有某种真意，是任何人都会去追求、去珍惜的。

如果我能就此上岸该多好啊！但是就像笑和尚所说的，回头是岸，必须回头才得上岸。可惜，我为亿万财富所累，硬是回不了头。今日一走，不知岸在何方？

我像一只狸猫，轻轻爬下岩石。

天已黄昏，小鸥很快就要去新房叫我。发现新郎失踪，在我们这座小岛不知会引起多大的轰动。我得快走！我背着背囊绕过巨岩，迅速奔向海滩。

当我驾着摩托艇，以极快的速度掠过望夫礁，冲向茫茫大海时，我想起了古时候那些囚徒。他们一生都在盼望逃离海岛，眼巴巴眺望着过往船只。这种企盼，甚至渗透在他们后代的血液里……

我又想起父亲。多年之前，也是在一个傍晚，他划着一条小船从这儿离去，从此再也没有回来……难道我的命运也会像父亲一样，最终迷失在无垠的大海之中吗？

人啊，究竟长着一颗怎样的心？

快艇劈开波浪，雪白的浪花向两边飞溅。大陆的群山显现出铅灰色轮廓，夕阳沉沉下坠，已有大半陷入群山背后。我对准半个嫣红的太阳，像一条飞鱼跃入鲜红的霞光中……

六十二　大结局

我乘坐当天的最后一个航班飞往碧海市。猴子为我送行，他说那边的公安干警正在机场等着迎接我，而且，我还能见到一位意想不到的客人。猴子还是老样子，腰间松松垮垮系着那根宽阔的武装带，吊儿郎当的。我实在想象不出，他穿上警服会是什么模样。

他要马上飞回北京，参加抓捕老晁的行动。作为朋友，猴子悄悄向我透露：他是禁毒战线上的刑警，为逮住老晁这条大鱼，他在GOGO俱乐部潜伏好几年，掌握了大量证据。现在，到了收网的时候了。辛遥作为老晁洗钱的重要伙伴，自然也在监视范围内。他没想到，意外地交上了我这么一个朋友……

我们在候机厅握手告别，真有些恋恋不舍。

两个小时以后，飞机在碧海市降落。一出安全通道，我就看见一个熟悉的身影：陶薇，她就是猴子所说的意想不到的客人。她热情爽朗地笑着与我握手，我却有些羞愧。毕竟，我是从她手中逃跑的。

陶薇把公安局的栾队长介绍给我，并告诉我一个紧急情况：辛遥从婚礼上突然失踪了！她要求我协助破案，分析辛遥下一步可能的去向。

我把老晁安排的逃亡路线告诉他们：辛遥可能会去中缅边界的

瑞丽，在一家夜巴黎大酒店，寻找一个叫马叔的人，由他护送出境……也就是说，辛遥将沿着我的旅行路线，继续前进。

陶薇说：嗯，这可能是老晃走私毒品的路线。我马上与禁毒总队的同志联系一下，请他们配合堵截辛遥！

陶薇去打电话。我双手捧着脑袋，蹲在地上。我产生一种预感：哥哥没有走远，可能就在碧海市内。我努力猜测哥哥会在什么地方，他出逃之前，首先要做什么事情……

小时候，我和哥哥喜欢捉迷藏。可是，我们很难把这游戏继续下去，因为无论躲在哪里，礁石、岩洞、草垛、破房……只要我刚躲好，哥哥一下子就能找到。反之，我也能迅速找到哥哥的藏身之处。我们双胞胎兄弟感觉相通，思维有共同点，这也许就是人们常说的心灵感应吧？

现在，我就要感应一下，寻找哥哥的踪迹！

他不会甩着两只空手上路，肯定要拿一样东西。是什么东西呢？我一拍脑门：对了，小黑箱！他会像我一样，在潜意识中为这次逃跑做好准备。

这只小黑箱里装满钞票或者其他贵重物品，是他早就预备好的。那么，这些东西很可能就放在碧海市的某个地方，因为他曾经从恒泰证券公司提取大量现金……

我把这些想法告诉陶薇，建议她查一查碧海市以我的名义所开立的账户或者其他资产管理户头。陶薇非常赞成我的想法。

栾队长这位反经济犯罪的老行家，笑眯眯地说：这很容易办到，我们和金融系统保持着密切联系。

很快，调查有了结果：在碧海市东方银行，有人以辛远的名义租了一个保险箱。毋庸置疑，这就是哥哥留下的蛛丝马迹。

我拨通哥哥的手机时，已经来到东方银行的石台阶上。太阳照亮银行大厦的玻璃幕墙，反出炫目的光亮。我一抬头，感觉有千万只金蜜蜂迎面扑来！我的心跳一下子停顿了，呼吸也无法控制。我知道，与哥哥见面的时刻终于来到了……

我们的对话很热烈，也很风趣，两人的心情似乎都好极了。这很有意思，我完全放松了，没有我想象中的紧张与激动。

嘿，哥，我回来了。

哈哈，弟弟，我走了！

你是接过我的接力棒，继续向前跑呢！

没办法，你不去，只有我去了。

可惜，此路不通。我都悬崖勒马了，你又何苦一头撞死在南墙上？

晚了，弟弟，说什么也没用了。我只有一条路走到黑了。哥哥停顿一下，充满感情地说，我接你的电话，就是想听听你的声音，和你告别一下。我还想对你说一声，对不起了，弟弟……

我说：事到如今，咱们就甭说客气话了。有一件事情我得告诉你，猴子不是老晃手中的王牌，而是他的掘墓人！现在，他正带领刑警执行抓捕任务，到 GOGO 俱乐部去，把老晃和他的喽啰们一网打尽！

我的话对哥哥有极大的震撼力，他半天没声音，许久才喃喃道：这……这怎么可能？

猴子是卧底警察！我说这一句你该明白了吧？哥，别抱幻想了，老晃都落网了，你还往哪里跑？

哥哥努力从打击中恢复过来。他又笑了，尽管笑声是干巴巴的：

辛远，别劝我了。老晃下场怎样我不管，我走自己的路。你知道我现在到了哪里吗？告诉你，我已经在木通镇，就是你刚刚离开的地方。

木通镇？哈哈，哥你长翅膀了不成？不可能！还是让我来猜猜，你藏在什么地方……我故意停顿下来。哥哥也屏住呼吸。我们仿佛又回到童年，在岛上捉迷藏的情景，一幕幕重现眼前。

我一字一顿地说：你在碧海市。你在东方银行。你打开保险箱，取出一些东西，装在小黑箱里……

哥哥咆哮起来：你胡说！一派胡言！

我笑了：干吗着急，哥？我猜对了是不是？别紧张，听我继续往下猜。现在，你从置放保险箱的地下室出来，脚步凌乱，神色慌张。你提着小黑箱，走上楼梯，来到营业大厅……

哥哥快要崩溃了，但仍在进行最后的抵抗：笑话，你怎么知道得这么清楚？难道你能看见？

是的，因为我们待在同一个地方。你只要抬起头，我们双胞胎兄弟就可以见面了！

我已经进入营业大厅。哥哥拿着手机，提着小黑箱迎面走来。他一抬头，恰巧看见我。

我关机，将手机装入口袋。哥哥的眼睛直了，手机吧嗒掉在地上……

我向他伸出右手：你好哥哥。换位游戏，到此结束！

哥哥脸上泛出苦笑。他的目光落到我身后，陶薇带领警察们正向他走来。

哥哥的脸渐渐涨红，嘴巴张了张。他想说什么，却终于什么也没说出来。

一副闪亮的手铐，锁住哥哥的双手。孤独鹰辛遥终于落网了。

我回到翡翠岛。眼前的一切让我感到亲切，一草一木、一沙一石都像罕见的珍宝，闪闪发光！真的，有过我这样一番经历，谁会不珍惜平安、宁静的生活呢？在这一点上，我相信哥哥的感觉和我是一样的。只是，他再也无缘享受了。那么，我可得抓紧每一分钟，尽情享福！

然而我的麻烦远远没有结束。

回到家，小鸥一见我就勃然大怒：昨晚你跑到哪里去了？

我支支吾吾，不知所云：没上哪儿呀，只不过，去了一趟云南……

小鸥正在整理房间，她把新房里的绣花枕头一个接一个朝我扔来：你撒谎，撒谎！你从这房间逃跑了，梯子还留在窗口呢……新郎爬出新房，岛上的人都笑掉大牙了，我还有脸做人吗？

我一边招架，一边企图为自己辩护：我没爬窗……我不知道，大概是喝醉了吧……

小鸥一边哭一边骂：谁信你的鬼话？肯定有哪个女人约你，把你的魂勾去了……说，你昨晚究竟在哪儿过的夜？不说清楚，我跟你没完！

母亲来了。我把地上的枕头捡起来。母亲为我解了围：小鸥，你消消气，歇一会儿。我来教训他！走吧你，到我屋里去……

从母亲房间出来，我已经明白了一切。

小鸥在厨房洗碗。我从后面抱住她的腰，低声说：哥哥被公安局逮捕了，我赶去见他最后一面……这事不能让外人知道，所以，我悄悄走了。

314

真的？小鸥扭转脸，眼睛闪亮地看着我，那么，哥哥的事情算结束了？

结束了，彻底结束了……我说着，轻轻吻去小鸥脸上的泪痕。

小鸥原谅了我，但是朋友们却不肯算我完。我重新办了几桌酒宴，向大家赔礼道歉。

呵呵，他们当然不会轻饶我这个逃跑的新郎。这个罚一杯，那个罚一杯，我怎么求饶都不行。很快，我醉得手舞足蹈。小鸥想为我开脱，却找不出正当理由。她只得把我实在喝不下的酒接去，替我干了。

英语组的女教师都说小鸥傻。洞房花烛夜都不肯老实待着，这样的新郎，实属罪大恶极，还保护他干啥？她们愤愤不平，又对我发动新一轮进攻……

结果可想而知，我和小鸥都喝醉了。男教师们抬着我，女教师们抬着她，把我们双双放入洞房。

这一夜睡得真美。人醉了，心也醉了，地地道道的陶醉……